上流法则

RULES OF CIVILITY

AMOR TOWLES

[美] 埃默·托尔斯 著

刘玉红 译

湖南文艺出版社
博集天卷

RULES OF CIVILITY by Amor Towles
Copyright © 2011 by Amor Towles
This edition arranged with William Morris Endeavor Entertainment, LLC.
through Andrew Nurnberg Associates International Limited
Simplified Chinese translation copyright © 2023 by China South Booky Culture Media Co., Ltd.
All rights reserved.

©中南博集天卷文化传媒有限公司。本书版权受法律保护。未经权利人许可，任何人不得以任何方式使用本书包括正文、插图、封面、版式等任何部分内容，违者将受到法律制裁。

著作权合同登记号：图字18-2023-183

图书在版编目（CIP）数据

上流法则/（美）埃默·托尔斯著；刘玉红译. --长沙：湖南文艺出版社，2023.9
书名原文：Rules of Civility
ISBN 978-7-5726-1221-3

Ⅰ. ①上… Ⅱ. ①埃… ②刘… Ⅲ. ①长篇小说－美国－现代 Ⅳ. ① I712.45

中国国家版本馆 CIP 数据核字（2023）第 152704 号

上架建议：外国文学·经典

SHANGLIU FAZE
上流法则

著　　者：[美]埃默·托尔斯
译　　者：刘玉红
出 版 人：陈新文
责任编辑：匡杨乐
监　　制：吴文娟
策划编辑：姚珊珊　黄琰
特约编辑：姚珊珊　黄琰　逯方艺
版权支持：辛艳　张雪珂
营销编辑：傅丽　杨若冰
封面设计：尚燕平
封面绘图：阿仁 Aaren
版式设计：潘雪琴
出版发行：湖南文艺出版社
　　　　　（长沙市雨花区东二环一段 508 号　邮编：410014）
网　　址：www.hnwy.net
印　　刷：北京天宇万达印刷有限公司
经　　销：新华书店
开　　本：855 mm×1180 mm　1/32
字　　数：301 千字
印　　张：13.5
版　　次：2023 年 9 月第 1 版
印　　次：2023 年 9 月第 1 次印刷
书　　号：ISBN 978-7-5726-1221-3
定　　价：79.00 元

若有质量问题，请致电质量监督电话：010-59096394
团购电话：010-59320018

献给玛吉，我的彗星

于是对仆人说:"喜筵已经齐备,只是所召的人不配。所以你们要往岔路口上去,凡遇见的,都召来赴席。"那些仆人就出去到大路上,凡遇见的,不论善恶都召聚了来,筵席上就坐满了客。

王进来观看宾客,见那里有一个没有穿礼服的,就对他说:"朋友,你到这里来怎么不穿礼服呢?"那人无言可答。于是王对使唤的人说:"捆起他的手脚来,把他丢在外边的黑暗里;在那里必要哀哭切齿了。"因为被召的人多,选上的人少。

——《马太福音》第二十二章 8—14

目录
Contents

前言　　01

冬天　第一章　友谊地久天长　002
　　　第二章　太阳、月亮和星星　020
　　　第三章　敏捷的棕毛狐狸　032
　　　第四章　机械降神　044

　　　/ 一月八日 /　057

春天　第五章　有钱人和没钱人　062
　　　第六章　最残忍的月份　086
　　　第七章　孤独的枝形吊灯　096
　　　第八章　放弃一切希望　109
　　　第九章　弯刀、筛子与木腿　127
　　　第十章　城中最高楼　141
　　　第十一章　美丽时代　151

　　　/ 六月二十七日 /　168

夏天	第十二章	二十英镑六便士 174
	第十三章	烽烟 192
	第十四章	蜜月桥牌 207
	第十五章	追求完美 224
	第十六章	战利品 242
	第十七章	读了就全明白 254
	第十八章	此时此地 271
	第十九章	通向肯特之路 284

/ 九月三十日 / 301

秋天	第二十章	女人之怒 306
	第二十一章	你那劳苦的人民，贫穷的人民，屡遭重创的人民 327
	第二十二章	梦幻岛 332
	第二十三章	现在你看见了 348
	第二十四章	愿你的国降临 353
	第二十五章	他生活的地方，他为何而活 368
	第二十六章	圣诞夜的昔日幽灵 378

/ 十二月三十日 / 383

尾声	中选甚少 387
附录	少年乔治·华盛顿的《社交及谈话礼仪守则》 401
	鸣谢 411

前　言

一九六六年十月四日，都已人过中年的我和维尔参加在现代艺术博物馆举办的《呼唤众生》的开幕式，这是沃克·埃文斯三十年代末在纽约市地铁车站偷拍的人物肖像照的首次展出。

社交专栏的作者喜欢把这种活动说成是"轰动事件"。男人系黑色领带，与照片的色调相呼应；女人则身着长短不一的鲜艳衣物，长的垂及脚踵，短的可至大腿根。失业的年轻演员端着小小的圆盘送上香槟酒，没人看那些照片，大家都忙着自娱自乐。

一位年轻的社交界名媛喝得醉醺醺的，跌跌撞撞地追逐一个服务生，差点儿把我撞倒在地。她这种情况不是个别的，在正式的社交聚会中，八点前就喝醉在某种程度上已经变得可以接受，甚至是时髦的了。

不过，这也许不难理解。五十年代的美国把全球倒拎起来，还把他的零钱全都从口袋里晃了出来，欧洲成了一个穷亲戚——挂满勋章，却连块桌布都没有。非洲、亚洲和南美那些难以区分的国家才开始像太阳下的火蜥蜴一样偷偷从我们教室的围墙外面溜过。没错，共产主义者就在围墙外的什么地方，不过我们有坟墓里的乔·麦卡锡[1]，还没人去月球，俄罗斯人当时也只是在间谍小说里时隐时现。

所以，我们所有人都喝得多少有些醉了。我们像卫星一样一头扎入夜色中，在地球上方三千多米处环游这个城市，动力是越来越不值钱的外币和精加工的烈性酒。我们在餐桌上大喊大叫，搂着彼此的丈夫或妻子溜进空房间里，像希腊诸神一般激情似火，轻率鲁莽。早上，我们在六点半准时醒来，头脑清醒，乐观向上，准备重新回到我们不锈钢办公桌前的位子上把握世界前进的方向。

那天晚上的焦点不是埃文斯这位摄影师。他六十五岁左右，因为不讲究吃，人已萎缩，撑不起那套晚礼服，看上去颇像通用汽车公司退休的中层管理人员，一脸愁容，毫不出众。偶尔有人和他搭上一两句话，大部分时间他像舞会上最难看的姑娘那样拘束地站在角落里。

是的，众人的目光没放在埃文斯身上，而是投在一个头发稀薄的年轻作家身上，他因为写了一部自己母亲的不忠史而成为众人的焦点。他被自己的编辑和出版代理人夹在中间，正接受一小群书迷的追捧，看上去像个淘气的新生儿。

1　约瑟夫·雷蒙德·麦卡锡（Joseph Raymond McCarthy，1908—1957），美国政治家，生于威斯康星州，美国共和党人，狂热极端的反共产主义者。

维尔好奇地盯着这群拍马屁的家伙。他通过促成一家瑞士连锁百货商店和一位美国导弹制造商进行合并,一天就能赚上一万美元,却一辈子也想不明白,一个搬弄是非的家伙为什么可以引起这么大的轰动。

总对周围环境感觉敏锐的出版代理人与我目光相遇,他招手让我过去,我赶紧挥了一下手以示回应,挽起丈夫的胳膊。

——来吧,亲爱的,我说。我们去看看那些照片。

我们走进不那么拥挤的第二间展厅,开始不紧不慢地绕墙观看。实际上,在所有的照片里,只有一两个地铁乘客坐在摄影师的正对面。

这是一个表情严肃的黑人区居民,留着法式小胡子,头戴硬圆顶礼帽,帽子硬邦邦地翘起来。

这位是戴眼镜的四十岁男人,穿毛领大衣,戴宽边帽,像极了黑帮团伙的会计。

这两个单身姑娘是在梅西商场卖化妆品的,肯定有三十岁了。她们知道青春年华已过,面露酸楚,双眉紧蹙。

这是一个他,那是一个她。

这是一个小伙子,那是一个老人家。

这个衣冠楚楚,那个衣着邋遢。

虽然是二十五年前拍下的,这些照片却从未公开展出过。埃文斯显然是担心侵犯他作品主角的隐私。考虑到这些人是他在地铁这样公共的场合拍摄的,这听起来或许有点奇怪(甚至有点妄自尊大）。但看到墙上一溜儿的脸庞，你就能理解埃文斯的迟疑了。因为，事实上这些照片捕捉到了某种赤裸的人性。这些在思绪里漫游、隐匿于通勤的芸芸众生之中的照片主人公，大多没有意识到自己正被训练有素的相机径直瞄准，因而在不知不觉中流露出内在的自我。

那些为了生计一天得搭乘两次地铁的人，明白那是怎么回事：刚上车时，你展现出来的人格面具与你和同事及熟人待在一起时是一样的。你戴着这样的面具通过旋转式栅门，穿过滑动门，同车的人们就能看出你是什么人——自负的还是谨慎的，多情的还是冷漠的，富得流油的还是领固定救济金的。但你找到一个位子，车子开动了，到了一站又到下一站，一些人下车而另一些人上来，火车像摇篮一样晃荡，你精心构建的人格面具开始滑落，在心思开始漫无目的地在你的忧虑与梦想之间游走时，你的超我溶解开来，或换句话说，它飘移至催眠的状态中，在那儿，就连忧虑与梦想也退却了，平和的沉静弥漫开来。

这种情况发生在我们所有人身上，问题只在于需要经过多少站。对一些人来说是两站，对其他人来说是三站。68街，59街，51街，中央火车站。真放松啊。在这几分钟里，我们放松警惕，目光迷离，在独处中找到真正的慰藉。

对那些没有人生经验的人来说，纵览这些照片的确惬意。年轻的律师、资浅的银行家和勇猛的社交女郎经过展廊看到这些照片时，一定在想：真是杰作啊，真是伟大的艺术成就，我们终于看到了人性的面貌！

但对在那个时代度过青春年华的我们来说，这些照片里的人就像鬼魂一样。

二十世纪三十年代……

那真是个折磨人的年代。

大萧条爆发时，我十六岁，一个很容易被二十年代的浮华奢靡所蒙蔽而被激出诸多梦想与期待的年纪，好像美国爆发大萧条，只是为了给曼哈顿一个教训。

大崩盘后，你听不到人们跳楼时身体撞击人行道的声音，但似乎所有人都在齐声喘气，然后一片寂静如雪花般飘落到这个城市。灯光摇曳，乐队放下乐器，人们悄悄朝门口走去。

沙尘暴从西向东，铺天盖地，把俄克拉荷马的尘土一路刮回42街。它如漫天乌云席卷而来，降落在报刊亭上，降落在公园的长椅上，如庞贝城的火山灰般笼罩所有人，不管是得福的还是遭咒的。突然，我们有了自己的裘德[1]——衣衫褴褛、一脸憔悴、脚步沉重地沿着小街走过燃烧的油桶，走过一个个桥拱下简陋的棚屋和廉价的旅馆，脚步缓慢但目标坚定，朝内陆加州走去，那里也一样贫穷不堪，无可救药；贫困与无力感，饥饿与绝望，至少在战争的征兆照亮我们的脚步之前是这样的。

是的，沃克·埃文斯在一九三八年到一九四一年间用隐蔽的相机拍下的那些人物肖像展现了人性，不过是一种独特的人性——经

1　裘德，英国小说家托马斯·哈代（Thomas Hardy，1840—1928）的长篇小说《无名的裘德》（Jude the Obscure）里的男主人公。

过淬炼的那种。

在我们前面几步远处,一个年轻姑娘正看得入迷。她不会超过二十二岁,每张照片对她来说似乎都是意外的惊喜——仿佛她正身处城堡的肖像画廊,所有的面孔都显得庄重而遥远。她的皮肤因无知之美而泛起潮红,令我羡慕不已。

对我来说,这些人物并不遥远:饱经沧桑的脸庞,得不到回应的凝视,都是那么熟悉。就像走进另一座城市的一家宾馆大堂,却发现客人的衣着和举止都跟你家乡的人如此相似,仿佛命中注定要你碰上某个你不想看到的人。

在某种程度上,事情正是如此。

——是廷克·格雷,我说。这时维尔正朝另一幅画走去。

他回到我身边,又看了一眼这幅肖像照。这是个二十八岁的男子,胡子拉碴,衣服破旧。他瘦了约二十斤,脸脏兮兮的,几乎血色全无。不过目光如炬,直视前方,他的双唇隐现一丝笑意,仿佛在研究摄影师,也仿佛在研究我们。这凝视穿越三十年,穿越相遇的峡谷,看上去如同一次探望,每个细节都像极了他自己。

——廷克·格雷,维尔印象模糊地重复道。我想我的兄弟认识一个叫格雷的银行家……

——是的,我说。就是他。

维尔此刻凑近了些仔细端详照片,表现出一种对这个与他关系疏远、在不景气年代陷入落魄之人礼貌的兴趣,不过看得出难免会有一两个我跟这个男子有多熟的疑问萦绕在他心头。

——不可思议,维尔只说了这么一句。他皱了皱眉头,几乎察觉不出来。

我和维尔开始约会的那个夏天,我俩还只有三十多岁,错过彼此的成人岁月顶多十年;但那段时间够长了,足够引导和误导我们的整个人生。如诗人所说,时间够了,足够我们暗杀和创新——或至少保证有疑问落到你的盘子里。[1]

但维尔有一项美德,那就是他很少回头算旧账;他对待我过去的种种谜团,如同对待许多其他事情一样,他首先是位绅士。

不过,我做了让步。

——他也是我的一个熟人,我说,有段时间他在我的朋友圈里。不过在战争开始前,我就再没他的消息了。

维尔的眉头舒展开来。

也许他从这些小事的单纯表象中得到了安慰,他以更具评估意味的眼光审视着照片,轻轻摇摇头,对这一巧合表示了应有的感慨,同时认定大萧条是如何的不公平。

——不可思议,他又说了一遍,不过口吻更显同情。他挽起我的胳膊,轻轻推着我离开。

我们在下一幅照片前花了必要的时间,然后是下一幅,再下一

---

1 出自T. S. 艾略特(T. S. Eliot, 1888—1965)的诗作《普鲁弗洛克的情歌》(*The Love Song of J. Alfred Prufrock*):"总会有时间去暗杀和创新,总会有时间让举起问题又丢进你盘里的双手完成劳作与度过时日。"(查良铮译)

幅，不过，现在经过的这些脸庞就像走进对面电梯的那些陌生面孔，我几乎视而不见。

看到廷克的微笑……

经过这些年后，我对此毫无准备，真是突如其来。

也许这只是一种自满，一个不再为物质生活发愁的中年曼哈顿人甜蜜而无来由的自满。但在通过博物馆的一扇扇门时，我本想发誓证明，我的人生已经达到了一种完美的平衡。那是两颗心灵的联姻，两个大都会的灵魂的联姻，它们都轻柔却不可逃避地向未来倾斜，如同白水仙向太阳倾斜。

然而，我发现我的思绪却在触及过去，转身背对此刻所有来之不易的完美，寻找过去岁月那甜美的迷茫，寻找所有的因缘际会——那些相遇在当时如此偶然，令人兴奋，随着时间的推移却显露出那只是命运的表象。

是的，我的思绪转向廷克和伊芙——也转向华莱士·沃尔科特和迪奇·旺德怀尔，转向安妮·格兰汀。万花筒转起来，我的一九三八年有了色彩和形状。

站在丈夫身旁，我暗自决定将那一年的记忆留给自己。

这不是说他们中有哪一位令人反感，会让维尔震惊或威胁到我们婚姻的和谐。相反，如果我跟维尔分享那些经历，他很可能更加爱我，可我不想分享，因为我不希望那些记忆被稀释。

最重要的是，我想独处。我想走出周围人的眼光。我想去宾馆的酒吧里喝上一杯，或者更棒的是，打出租到格林威治村，这可是多年来的第一次……

是的,照片里的廷克一脸穷相。他看起来贫穷、饥饿、没有前途,可也显得年轻,充满活力;生动得奇怪。

突然,墙上那些脸庞似乎在盯着我。地铁里的鬼魂,疲惫而孤独,它们认真地琢磨着我的脸,领会着那些妥协的痕迹,这些痕迹赋予上了年纪的面孔一种独特的悲悯感。

接下来,维尔的举动出人意料。

——我们走吧,他说。

我抬起头,他笑了。

——来吧,等到哪个上午没这么多人了,我们再来。

——好。

展廊中间人挤人,我们一直靠边走,走过那些照片。照片里的脸庞一一闪过,像囚犯从牢房的小方窗口里望出来。他们的目光追随我,似乎在说:你以为你要去哪里?就在我们要走到出口时,其中一道目光止住了我的脚步。

我脸上浮起嘲弄的笑容。

——怎么啦?维尔问。

——又是他。

墙上,在两位老妇人的照片中间,又有一张廷克的照片,山羊绒外套,胡子刮得干干净净,衬衫是定做的,温莎领结从领口处活泼地冒出头来。

维尔拉起我的手往前拽,直到我们离照片只有一步之遥。

——你是说跟前面那位是同一个人?

——是的。

——不可能。

维尔转回到第一张照片那里，我看到他在大厅那边仔细研究那张脏兮兮的脸，要找出不同的地方。他回来，站到离羊绒外套男人三十厘米的地方。

——不可思议，他说。就是同一个人！

——请离艺术品远一些，一位保安说。

我们退后。

——如果你不认识他，会以为他们是两个人。

——是的，我说。你说得没错。

——嗨，他又站稳脚跟了！

维尔的心情突然好了起来。从破衣烂衫到羊绒的历程，让他恢复了天生的乐观。

——不，我说。这张照片是更早的。

——什么意思？

——那张照片在这张后面，是一九三九年的。

我指了指那张穿破衣服的照片。

——这张是一九三八年照的。

你不能怪维尔犯错，人们很自然把这张穿好衣服的照片看作后来的，不仅因为它挂在后面，而且因为在一九三八年那张照片里，廷克不仅看上去情况好转，而且也显得年纪更大些：脸更圆，显得饱经沧桑，看破红尘，似乎成功的身后拖拽着一些丑恶的现实；而那张一年后照的更像是和平年代里的二十岁小伙：充满活力，无所畏惧,天真烂漫。

　　维尔有些为廷克尴尬。

　　——哦,他说。不好意思。

　　他又挽起我的手,摇了摇头,为廷克,也为我们所有人。

　　——一夜落魄,他轻轻说道。

　　——不,我说。不完全是这样。

纽约,一九六九

冬天

第 一 章

友谊地久天长

那是一九三七年的最后一个夜晚。

因为没有更好的计划和期待,我的室友伊芙便把我拽回了"热点",这家名字取得一厢情愿的夜总会位于格林威治村地下一米多的地方。

扫上一眼夜总会,你看不出这是新年除夕,没有帽子和彩带,没有纸喇叭,夜总会后面现出一个空空的小舞池,一支没有歌手的四人爵士乐队正在演奏《爱我,离开我》的老调子。吹萨克斯管的是个面带愁容的大个子,皮肤黑得像机油,他显然完全沉浸在冗长单调的独奏曲的迷宫中;贝斯手是个咖啡奶油色皮肤的混血儿,小胡子往下耷拉,他小心地不催促萨克斯手,嘭、嘭、嘭,他以相当于心跳速度一半的节奏弹奏着。

寥寥无几的客人几乎跟乐队的曲调一样忧郁，没有人衣着光鲜，有几对夫妻或情侣散坐在各处，但并不浪漫。谈情说爱、钱包充实的都围在"咖啡交谊"的角落里跳着摇摆舞。再过二十年，人们又都会坐在这样的地下室夜总会里，听着孤僻的乐手奏响他们内心的抑郁；不过在一九三七年的新年前夜，如果你是在看四人乐队的表演，只能是因为负担不起大乐队演奏的开销，或没有好的理由敲响新年的钟声。

我们倒觉得这里一切都很舒服。

我们并不是真的理解正在演奏的乐曲，不过我们得说它自有妙处，它不会唤起我们的希望，也不会毁了它。它节奏清晰、充满诚意，这足以成为我们出门的理由，而我们也这么做了。我俩都穿着舒服的平跟鞋和简朴的黑色外套，不过我发现在外衣之下，伊芙穿的是她偷来的最好的内衣。

伊芙·罗斯……

伊芙来自美国中西部，是那种令人惊艳的美女。

在纽约，你很容易以为这个城市最迷人的女人都是从巴黎或米兰来的，其实那只是少数，更多的美女来自意志坚定的州，它们都以字母"I"开头：艾奥瓦州（Iowa）、印第安纳州（Indiana）和伊利诺伊州（Illinois）。在恰如其分的新鲜空气、嬉闹打斗和懵懂无知的滋养下，这些浑然天成的金发美女从玉米田里冒出来，有如边缘闪光的星星。早春的每个早晨，她们拿着玻璃纸包着的三明治，飞奔过门廊，随时招手爬上第一趟开往曼哈顿的灰狗长途汽车。这个城市欢迎并掂量所有漂亮的东西，即便不是马上接受，至少也可以试试尺码。

这些中西部姑娘的一大优势是，你分不清她们谁是谁。如果是纽约姑娘，你总能分得清哪个穷哪个富；对波士顿姑娘，你也分得清谁有钱谁没钱，这可以从说话的口音和举止中看出来。可在纽约本地人看来，来自中西部的姑娘长相一样，说话一样。当然，来自不同阶层的女孩子生长在不同的房子里，上的是不同的学校，可她们所共有的中西部人特有的谦恭令她们在财富和等级上的区别显得十分模糊，或者，也许只是她们之间的区别（这在得梅因很明显）。在我们繁复的社会经济等级面前，实在微不足道，我们如千层冰川般的等级从鲍厄里街[1]的一只烟灰缸一直横扫到天堂的顶层公寓。无论如何，对我们来说她们看上去都像乡巴佬：大眼睛，天真无邪，对上帝虔诚而敬畏，即使不是全然无辜。

伊芙来自印第安纳州经济体系高端的某处，公司有专车送她父亲上班，她吃的饼干是一个叫萨迪的黑人在备膳室切好的，上的是两年就毕业的学校，在瑞士待了一个夏天，假装学法语。但如果你走进一个酒吧，第一次遇上她，你会搞不清她是个追求金钱的乡下姑娘，还是个在找乐子的富婆；你只能肯定她是个十足的美女，这使得认识她变得简单得多。

毫无疑问，她是个天生的金发美女，头发齐肩，夏天是浅黄棕色，秋天变得金黄，和家乡麦田的颜色一样。她五官端正，蓝眼睛，

---

1 鲍厄里街，纽约市的一个街区，是醉鬼和流浪汉云集之地。

小酒窝线条明朗,似乎有小钢丝绳将脸颊内部各个部分整整齐齐地固定好,她笑的时候,钢丝绳就会紧绷起来。诚然,她身高只有一米六五,可她知道如何穿着五厘米高的高跟鞋跳舞。一旦她坐到你的大腿上,又知道如何把鞋子踢飞到一边。

令人钦佩的是,伊芙在纽约的确干得不错。她是一九三六年来到这里的,从父亲那里拿到足够的钱在马丁格尔夫人的寄宿公寓楼里租到一个单间,她父亲的影响力也足够她在彭布罗克出版公司找到一份市场助理的工作——推销所有那些她在学校一点儿也不想读的书。

她入住寄宿公寓的第二个晚上,在饭桌前坐下时弄翻了自己的碟子,里面的意大利面全倒在我的腿上。马丁格尔夫人说清除污渍最好的办法是用白酒吸掉,于是她从厨房拿来一瓶烹调用的夏布利酒,把我们打发到浴室里。我们只倒了一点点到裙子上,然后坐到地上,背对门口,把剩下的酒全喝了。

一拿到第一个月的薪水,伊芙便退掉了单间,也不再从父亲的账户上取钱。伊芙独立生活几个月后,她老爸寄来五十张十元钞票,还有一张充满爱意的条子,说他怎么怎么为她感到骄傲,她把钱退回去,好像它感染了结核杆菌似的。

——我宁愿屈从于任何东西,她说。就是不要受制于人。

于是我们便住到了一起。我们在寄宿公寓里把早餐吃得精光,中午一起饿肚子,和住在一楼的姑娘换衣服穿,互相帮剪头发。周五晚上,我们让我们不想亲吻的小伙子给我们买喝的,也会吻上几个我们不打算吻第二次的小伙子,作为请我们吃晚餐的交换。在偶尔下雨的周三晚上,班德尔餐馆挤满了有钱人的老婆们,这时伊芙会穿上她最好的裙子和外套,乘电梯到二楼,把丝袜塞到裤子里。我们如果拖欠房租,她会扮演好自己的角色:站在马丁格尔夫人的门前,泼洒一大堆不含盐分的眼泪。

◆

那年除夕的晚上,我们有个计划,想试试看怎么把三块钱花到极致。我们不打算和小伙子混,一九三七年我们给了好几个人机会,现在不打算把一年中最后的光阴浪费在迟到者身上。我们打算待在这个花费低廉的酒吧里,在这里人们认真听音乐,两位漂亮姑娘也不会受到骚扰。这里杜松子酒够便宜,我们每人每小时可以喝上一杯由杜松子酒和其他酒调制而成的马提尼酒。我们打算多吸些烟,稍许突破一点点上流社会所允许的额度。在度过没有庆典的午夜后,我们再去第二大道的乌克兰餐馆,在那里花一毛五就可以买到咖啡、鸡蛋和吐司。

可九点半刚过,我们已经在喝十一点钟的杜松子酒;十点,我们把鸡蛋和吐司钱也喝光了,两人只剩下四个五分的硬币,一口饭还没吃,现在要临时凑点钱了。

伊芙忙着向贝斯手挤眉弄眼,这是她的习惯,她喜欢对正在演奏的乐手抛媚眼,在场间休息时问他们要烟抽。这个贝斯手和大多数克利奥尔人一样非常迷人,可他完全沉浸在自己的音乐中,只朝锡顶天花板挤眉弄眼,伊芙要引起他的注意难上加难。我想让她朝男服务生挤眉弄眼,可她没心思与我理论,只是点上一支烟,把火柴扔向身后,讨个运气。我思忖,我们得很快找到个好撒玛利亚人[1],要不我们也要朝天花板干瞪眼了。

正在这时,他走进了夜总会。

伊芙先看到他,目光从舞台收回来,跟我说了几句,从我的肩头偷偷看他,她踢了踢我的小腿,朝他那个方向点点头,我挪了挪椅子。

他帅呆了,身材挺拔,将近一米八,系黑领带,胳膊上搭一件大衣,棕色头发,高贵的蓝眼睛,两边脸颊的中心有一小片星形红晕。你可以想象他的祖先领舵"五月花"号,目光炯炯,盯着地平线,咸咸的海风把头发吹得微微卷曲。

——我要了,伊芙说。

他利用门口的有利位置,让眼睛适应昏暗的灯光,然后扫视人群,显然他是来会人的,却发现要见的人不在,脸上露出不易察觉的失望。他坐到我们隔壁的桌旁,又扫了一遍屋子,然后打了个手势让女招待过来,一边把大衣搭在椅背上。

大衣很漂亮,山羊绒的颜色近似驼毛,只是更淡些,像那个贝斯手的肤色,毫无皱褶,如同刚刚从裁缝手里拿到,肯定值五百元,也许更贵。伊芙的目光再没离开过它。

女招待悄悄走来,像朝睡椅一角走去的猫,恍惚中我以为她会

---

1 好撒玛利亚人,意为好心人、见义勇为者。

弓起背，伸出爪子抓他的衬衫。她记菜单时退后一点点，弯下腰，让他可以看到衬衫里面，可他没在意。

他用友好、礼貌的口吻要了一杯苏格兰威士忌，对女招待表现出来的顺从过分了一点点。他靠后坐好，开始观察舞厅，目光从酒吧转向乐队，从眼角瞥到伊芙还盯着自己的大衣，他脸红了。他一直专心找人，打招呼让女招待过来，没注意到把大衣搭到我们这一桌的椅子上来了。

——真对不起，他说。我真没礼貌。

他站起来，伸手来拿衣服。

——不，不，没关系，我们说。这里没人坐，没事的。

他停下来。

——真的吗？

——非常肯定，伊芙说。

女招待端来威士忌酒，她转身要走，他要她等一会儿，要给我们买一杯酒——用他的话说，是旧年的最后一轮。

我们知道这酒和那件大衣一样昂贵、精致、纯净。他神态间流露出某种自信，对周围环境出于礼貌的兴趣和友好中带着克制的专横，这是在有教养的富裕人家中长大的年轻人才有的。人们不会想到他们在新环境里有可能吃不开，实际上，他们极少吃不开。

如果一个男人主动给两个漂亮姑娘买酒喝，你会设想他会和她们搭讪，无论他等的是谁，可我们的好撒玛利亚人没和我们说一句话，只是举起杯子朝我们这个方向友好地点点头，便开始喝起来，把注意力转向乐队。

两首歌唱罢，伊芙开始躁动不安，不停地瞟过去，希望他说点儿什么，什么都行，有一次他们目光相遇，他礼貌地笑笑，我看得出来，等这首歌唱完，哪怕她不得不把杜松子酒洒在他腿上，她也要和他搭上话，可她没逮着机会。

歌唱完了，在一小时里，萨克斯手第一次开口说话，他话音深沉，像牧师在布道，他冗长地解释起下一首歌，那是新创作的，献给名叫"银牙霍金斯"的流行歌曲钢琴家，他三十二岁就去世了。这首歌和非洲有点儿关系，名叫《食人者歌》。

他用绑得紧紧的长靴点地敲出一个节奏，鼓手以响弦高声应和，然后贝斯手和钢琴手加入，萨克斯手听了听伙伴们的配乐，点点头对鼓点表示认可，以活泼的小调轻松进入，是那种如同在栅栏内悠然骑行的节拍，接着他开始奏出刺耳的高声，似乎受到了惊吓，一下跃过栅栏。

我们的邻座看似一个游客从警察那里问到了方向，他与我四目碰巧相对，他对我做了个不解的鬼脸，我笑了，他也笑了。

——那是一首曲子吗？他问道。

我像是没有听清他的话，把椅子靠近一点点，身体前倾五度角，不像那个女招待那么过分。

——什么？

——我不知道那能不能算是一首曲子。

——我想"曲子"只是出去抽口烟，马上就回来，不过我想您来这里不是为了听音乐的。

——有这么明显?他问道,羞怯地笑了笑。我是来找我兄弟的,他是个爵士乐迷。

我听得到桌子对面伊芙的睫毛在啪啪地眨,山羊绒大衣,新年约见亲戚,一个姑娘还需要知道什么呢?

——您想坐到我们这边来等吗?她问。

——哦,我不想强人所难。

(这里有个词我们不常听到。)

——您不会强人所难的,伊芙说得乖巧。

我们给他挪出一点位子,他把椅子拉过来。

——西奥多·格雷。

——西奥多!伊芙嚷起来。连罗斯福都叫泰迪[1]!

西奥多笑了。

——我的朋友叫我廷克。

你能猜得到吗?祖先是英国新教徒的美国人喜欢以自己谋生的行当给孩子起名:廷克(修补匠)、库珀(制桶工)、史密斯(铁匠)。这也许是十七世纪新英格兰祖先的指令——手工业会令他们在主的眼里显得强壮、谦恭、纯洁。但也许这只是对他们注定会应有尽有的一种委婉的表达。

——我叫伊芙琳·罗斯,伊芙以旋转音说出自己的姓。这是凯蒂·康腾。

——凯蒂·康腾!哇!所以你很有亲和力吧?

---

1 这里指西奥多·罗斯福(Theodore Roosevelt,1858—1919),美国第26任总统,泰迪(Teddy)为西奥多的昵称。

——一点儿也不。

廷克露出笑容,举起酒杯。

——敬一九三八年。

廷克的兄弟一直没有露面,这正中我们的下怀,因为十一点左右,廷克叫来招待,点了一瓶香槟酒。

——先生,我们这里没有香槟酒,她答道。看到他和我们在一起,她很冷淡。

于是他和我们一起喝杜松子酒。

伊芙兴致高涨,她在讲高中时代的逸事,两个女同学争当返校节[1]女王,那架势就像范德比尔特[2]和洛克菲勒[3]争当世界第一富豪。在大四舞会的那个晚上,其中一个把一只臭鼬放到另一个的屋子里,出于报复,她的对手在她十六岁生日那天,把一车大粪倒到她家的前花园里。最后,一个周日的早上,她俩的母亲在圣玛丽教堂的台阶上互揪头发展开对决。本应更洞悉内情的奥康纳神父试图劝架,却被自己的《圣经》小小地敲了一下。

廷克笑得那么厉害,你觉得他很久没笑了,这使得上帝赋予他

---

1 返校节是美国中西部小城镇尤为盛行的传统。大中小学校都会在每年的秋天选一个周末,招待校友返校,有选美、篝火晚会、舞会、彩车游行等活动,并由所有学生投票选出品学兼优、人缘好且外表出色的学生为"返校节国王"和"返校节女王"。
2 范德比尔特家族,科尼利厄斯·范德比尔特(Cornelius Vanderbilt, 1794—1877)是美国运输促进者和投资者,从铁路运输和航运中积累了大量资金,他的后代涉及金融、铁路等多个行业。该家族在北卡罗来纳州的阿什维尔建起比尔特摩,为美国最大的私宅。
3 洛克菲勒家族:美国石油大王。

的所有特质如他的笑容、他的双眸、他脸颊上的红晕都变得明亮起来。

——你怎么样,凯蒂?他喘了一口气,问道。你从哪里来的?

——凯蒂在布鲁克林长大,伊芙替我答道,似乎这很值得夸耀。

——真的?那里怎么样?

——嗯,我不确定我们有没有评选返校节女王。

——即使有返校节你也不会去的,伊芙说。

她神秘兮兮地朝廷克靠过去。

——凯蒂是你碰到过的最狂热的书虫,如果你把她读过的书堆起来,可以爬到银河去。

——银河!

——月亮也行吧,我做出让步。

伊芙递给廷克一支烟,他推辞了;可她的烟刚触到嘴唇,他已经准备好了打火机,纯金的,上面刻着他名字的首字母。

伊芙仰起头,撮起嘴唇,朝天花板吹出烟雾。

——你怎么样呢,西奥多?

——嗯,我想,如果你把所有我读过的书堆起来,你可以爬进出租车里。

——不,伊芙说。我是说:你怎么样呢?

廷克的回答全与精英圈有关:他来自马萨诸塞州,上的是罗得岛州普罗维登斯的大学,在华尔街的一家小公司工作——就是说,他生在波士顿的巴克湾,上的是布朗大学,现在在他祖父创办的银行工作。通常,这种毫无诚意的话令人厌恶,可就廷克来说,似乎他真的害怕自己的常青藤大学文凭会毁了大家的兴致,最后他说住在上城。

——上城哪儿呀？伊芙"天真地"问。

——中央公园西211号，他有点儿尴尬地说。

——中央公园西211号！贝拉斯福德，那是二十二层的公寓楼，带露台的。

伊芙在桌底下又踢我一脚，不过她头脑好使，马上改变话题，问起他的兄弟。他是什么样的人？是哥哥还是弟弟？比他矮，比他高？

是哥哥，没他高，亨利·格雷是个画家，住在西村。伊芙问用什么话来描述他最好，廷克想了一会儿，终于说"意志坚定"，因为他哥哥总知道自己是什么样的人，想做什么。

——听起来有点儿累，我说。

廷克笑了。

——我想是这样的。

——也许有点儿无趣？伊芙说。

——不，他肯定不算无趣。

——嗯，我们不急着下结论。

没过一会儿，廷克告退。过了五分钟，然后十分钟，我和伊芙都开始烦躁起来，他似乎不是那种逃单的人，不过他要是上卫生间，即便对一个姑娘来说十五分钟也够长的了。我们正有些不知所措时，他出现了，脸红通通的，晚礼服散发出新年寒冷的空气，手里抓住一个香槟酒的瓶颈，像个逃学生抓着鱼尾巴，咧嘴笑了。

——搞定！

砰的一声,他打开瓶子,瓶盖飞向锡屋顶,大家都不满地看着他,不过贝斯手点点头,胡子下的牙齿隐约可见,给了我们几声嘭,嘭,嘭!

廷克把香槟酒倒进我们的空杯子里。

——我们要为新年发发宏愿!

——我们这里没什么宏愿可发的,先生。

——有更好的主意,伊芙说。我们何不为彼此发愿呢?

——棒!廷克说。我第一个来。一九三八年,你们二位……

他上下端详我们。

——不要那么害羞。

我们两人都笑了。

——好了,廷克说。该你们了。

伊芙立刻有了回应。

——你别再循规蹈矩。

她扬起眉毛,又皱起来,像是要给他一个挑战。有一会儿他退缩了,显然她说到了点子上,他缓缓点点头,然后笑了。

——这个愿许得真棒,他说。为别人发愿。

午夜将至,街上传来人们的欢闹声和汽车的喇叭声,我们决定也去狂欢一下。廷克用崭新的钞票多付了钱,伊芙一把抓过他的围巾,像个穆斯林那样围到自己的脑袋上,我们跌跌撞撞绕过桌子,走入夜色中。

外面,雪还在下。

我和伊芙走在廷克的左右两旁，挽住他的胳膊，仿佛为了御寒而靠着他的肩膀，推着他走过韦弗利街，朝欢闹的华盛顿广场走去。经过一家最时髦的餐馆时，两对中年夫妇走出来，钻进等待的出租车里。车开走后，门卫看见了廷克。

——再次谢谢您，格雷先生，他说。

显然，廷克买那瓶香槟时给了他可观的小费。

——谢谢你，保罗，廷克说。

——新年快乐，保罗，伊芙说。

——您也一样，小姐。

银装素裹的华盛顿广场可爱极了，白雪覆盖了每棵树，每道门，有钱人的赤褐色砂石楼房夏天看上去高贵无比，现在沮丧地低垂着眼，沉浸在伤感的回忆中。25号二楼的一道窗帘拉起，伊迪丝·华顿[1]的鬼魂带着一丝嫉妒往外张望。她和蔼、睿智、中性地看着我们三人经过，好奇她那想象得如此精妙的爱情何时会鼓起勇气去敲她的门，它会在哪个不适宜的时候出现，坚持要进门，把看门人拂到一边，一边急切地呼唤她的名字，一边跑上清教徒家的楼梯？

永远不会，我这么猜。

我们走近公园中央，渐渐看清了喷泉旁的狂欢：一群大学生和一个票价五折的拉格泰姆乐队围在一起，准备敲响新年的钟声。所有的男学生都系黑领带，穿晚礼服，只有四个新来的穿栗色毛衣，衣服上有醒目的希腊字母，他们往来穿梭，给大家添酒。一个穿得

1　伊迪丝·华顿（Edith Wharton，1862—1937），美国作家，凭借代表作《纯真年代》（*The Age of Innocence*），成为普利策文学奖第一位女性得主（1921）。

不够暖和的姑娘假装在指挥乐队,而乐队不知是不在乎还是没经验,只反反复复演奏同一首歌。

突然,一个小伙子跳上长椅,挥手让乐队停下,他手里拿着艇长用的扩音器,充满自信,有如在指挥为贵族表演的马戏团。

——女士们,先生们,他宣布道。新年正向我们走来。

他朝一个同伴以及一位被迫站到他身旁椅子上、年纪稍长的灰袍男子夸张地打了个手势。这人戴着戏剧学校里饰演摩西[1]时用的棉球胡子,手举一把纸板做的镰刀,有点儿摇摇晃晃。

指挥展开一个垂及地面的长卷轴,开始严厉批评这个侮辱了一九三七年的老人:倒退……兴登堡……林肯隧道!然后举起麦克风,呼唤一九三八年现身。这时从树丛后面闪出一个大学生联谊会成员,胖乎乎的,身上只围了一块成人尿布,他爬上长椅,在人群的欢呼声中往自己的肉上扎了一刀,刀弯了。同时,老人的一边胡子从耳边掉落,看得出他憔悴,不修边幅,肯定是这群学生不知从哪个巷子里用钱或酒哄来的乞丐。不管用的是什么诱饵,显然是奏效了,因为他突然四目张望,像个落到了治安维持会手中的流浪汉。

指挥拿出推销员的热情,开始指导新年表演队的不同角色,详细讲解如何改进:灵活的悬念,流畅的表现,饱满的热情。

——走吧,伊芙说,一边笑一边蹦跳着往前跑去。

廷克似乎不太想加入这种兴奋。

我从大衣口袋里掏出一包烟,他拿出打火机。

---

1 《旧约》中希伯来人的先知和立法者,曾率领以色列人逃出埃及。

他靠近一步，用自己的肩膀为我挡风。

我吐出一丝烟雾，廷克抬头望着雪花，街灯的光晕映出缓缓下落的雪花，他回头看着那喧闹，几乎是用哀伤的目光扫视那群人。

——看不出是哪个更让你感到遗憾，我说。旧的一年，还是新的一年。

他勉强笑笑。

——那就是我仅有的选项吗？

突然，狂欢人群中靠边的一位正被雪球击中后背，他和两个联谊会兄弟转过身来，其中一个衬衫的褶皱又被打中。

我们回头，那是一个不到十岁的男孩，他躲在一张公园长椅后发起进攻。这孩子穿了四层衣服，胖乎乎的，他的左右两边都是堆到腰间的雪球，他肯定花了一整天时间积攒这些弹药——就像从保罗·里维尔[1]的嘴里直接得令，知道英军在逼近。

三个大学生嘴巴大张，目瞪口呆，小孩趁他们还没反应过来是怎么回事，迅速砸出三个导弹，很有准头。

——逮住那小子，其中一个毫无幽默感地说道。

三个人开始手忙脚乱地从人行道上刮下雪球，还击起来。

我又掏出一支烟，准备观赏这场演出，但我的注意力被另一方向一个令人吃惊的场景吸引住了：长椅上酒鬼身旁，那个围成人尿布的新年郎用完美的假嗓唱起《友谊地久天长》，纯净，动情，如

---

1 保罗·里维尔（Paul Revere，1735—1818），美国银匠、雕刻师及美国革命英雄。在1775年4月18日，列克星敦－康科德之战前，他进行了著名的午夜骑行，以通知当地殖民军英军即将到来。

拂过湖面的双簧管荡出的悲叹一般，给黑夜平添一种怪异的美。尽管按理应该有人跟着他一起唱"友谊地久天长"，可他的表演是如此出神入化，以至于没人敢开口。

他以精湛的处理结束了最后的叠句，一时间，一阵沉默，然后是欢呼；指挥一只手放在男高音肩上，以示肯定，然后掏出手表，举起手示意安静。

——好了，好了，现在安静，准备好了？十！九！八！

伊芙站在人群中央，兴奋地朝我们挥手。

我转身去挽廷克的胳膊——他不见了。

左边，公园的人行道没人，右边，一个孤独、矮壮的身影走过街灯下，我又转头看韦弗利街——看到他了，他蹲在那张长椅后，就在那个小男孩身边，正在抵挡联谊会兄弟们的雪球进攻。小男孩得到意外的援助，更有信心了，而廷克脸上开心的笑容足以点亮北极所有的灯。

◆

我和伊芙回到家里已近深夜两点。通常公寓楼半夜锁门，可过节时关门会晚些，女孩们很少充分利用这一点，真是一种失礼。客厅空无一人，一片萧条，洒满了没人动过的糖果，每张靠墙的桌子上都有没喝完的苹果酒。我和伊芙满足地对视一眼，上楼去了。

我俩没有说话，让走运的感觉延续得更久些。伊芙将衣服从头上脱下，往浴室走去。我们两人睡一张床，伊芙习惯把床罩掀起一角，似乎这是在宾馆里,虽然这种毫无必要的预备动作在我看来总显得有些疯狂,但这一次,我还是为她弄好了。接着,我从装内衣的抽屉里拿出烟盒,在上床前把没花掉的零钱收好。正如别人告诫我的那样。

我伸手到大衣口袋里掏零钱包,却摸到一样东西,它沉重,光滑。我迷惑地掏出来,是廷克的打火机,我想起来了,是我从他手里拿过来点我第二支烟的,那架势多少有些像伊芙,大概在这个时候开始唱新年歌了。

我坐在父亲麦黄色的安乐椅上,这是我拥有的唯一家具。我轻轻弹开打火机盖,拨动打火石,火焰跳出来,摇曳,没等我啪地关上,就散发出煤油味。

打火机重量适中,光泽柔和,看似用了很久,在千百次的轻抚中变得光亮。廷克名字的首字母是蒂芙尼字体,做工精致,你可以用拇指指甲准确无误地划过这些字母。不过刻上去的还不仅仅是他名字的首字母图案,下面还有一个以类似杂货店珠宝商的业余手法加上的尾部,于是就有了这几个字母:

TGR

1910—?

第 二 章

太阳、月亮和星星

第二天早上,我们让贝拉斯福德的门卫转交廷克一张没有签名的字条:

> 如果你想看到你的打火机还活着,那么六点四十二分在 34 街和第三大道的拐角处见面。一个人来。

我认为他来的可能性是百分之五十,伊芙认为是百分之一百一十。他从出租车上下来时,我们穿着军用防水短上衣,在高架铁路的阴影里等着。他穿粗斜纹棉布衬衫和羊皮大衣。

——把这个扎起来,我说。他遵命。
——你那些老规矩怎么样了?伊芙逗他。

——呃,我按时起床,和平时一样打完壁球后吃午饭……

——很多人要到一月的第二周才能取得成功。

——也许我开始得晚了点儿?

——也许你需要帮助。

——哦,我太需要帮助了。

我们用深蓝色方巾蒙住他的眼睛,领他往西走。他是个不错的运动员,因此不会像其他眼睛刚失明的人那样伸手乱舞,他任由我们牵引,在人群中穿梭。

又开始下雪了,大片的雪花慢慢飘过地面,有时蹲在你的头发里。

——下雪了吗?他问道。

——不许提问。

我们经过公园街、麦迪逊广场、第五大道,我们的纽约同胞匆匆擦肩而过,冷漠如常。我们经过第六大道,看到国会大剧院六米高的大圆顶在32街上方熠熠发光,就像一艘远洋客轮切过大厦的正面,来看早场的人们鱼贯走入寒冷中,他们欢快、从容,显出疲倦后的自我满足,这是新年第一夜特有的,他听得到他们的声音。

——我们去哪里呀,姑娘们?

——闭嘴,我们警告他,转进一条巷子。

怕雪的大灰鼠急急蹿过烟灰桶,头顶上,防火梯像蜘蛛一样爬上楼房的侧面,只有剧院紧急出口亮着红色的小灯。我们经过那里,在一个垃圾桶后面停下来。

我解开廷克的蒙眼布，嘘了一声让他安静。

伊芙伸手到衬衫里拿出一个黑色的旧胸罩，开心地笑了，眨眨眼，跑回去，防火梯放下的梯子悬在空中，她踮起脚，把胸罩挂到最下面的横杠上。

她回来，我们等着。

六点五十分。

七点。

七点十分。

紧急出口吱呀一声打开，身穿红色制服的中年看门人走出来，暂时躲开已经看了一千遍的面孔。雪花中他像是《胡桃夹子》里丢了帽子的木头士兵。他掩上门，把一样东西卡到门缝里，不让门关上。雪花穿过防火梯，落在他的装饰肩章上，他倚着门，从耳朵背拿出一支烟，点着，吐出烟雾，露出笑容，像个营养充足的哲学家。

他吸了三口烟，才注意到胸罩。有那么一会儿，他自安全的距离外研究它，然后把烟摔向巷子的墙上，走过去，歪着脑袋，似乎要读上面的商标。他看看左边又看看右边，小心翼翼地把胸罩从横杠上取下来，挂在手上，然后把它捂到脸上。

我们从出口溜进去，注意让门继续掩着。

和往常一样，我们猫腰从银幕下面跑过去，走上对面过道，新闻短片在我们身后一闪一闪的：罗斯福和希特勒轮着从长长的黑色敞篷车上向人们挥手致意。我们来到大厅里，上楼梯，穿回楼厅门，在黑暗中摸到最上面一排。

廷克和我开始咯咯笑起来。

——嘘,伊芙说。

我们来到楼厅,廷克打开门,伊芙率先进入,坐在最里面,我在中间,廷克靠过道。我和伊芙四目相对,她恼怒地假笑一下,好像这样的坐法是我设计的。

——你们经常这样做吗?廷克悄悄问。

——只要有机会,伊芙说。

——银幕黑下来。嘘!一个陌生人用力说。

整个剧院打火机的亮光像萤火虫一样此起彼伏,银幕亮起来,正片开始。

片子叫《赛马场上的一天》,典型的马克斯兄弟[1]的喜剧风格,拘谨世故的开场确立了规范端庄的调子,观众礼貌地接受了。但当格劳乔出场时,观众坐直身子鼓起掌来,仿佛他是过早退休的莎士比亚般的大师,现在重返舞台。

第一卷胶片放完,我拿出一盒枣子,伊芙拿出一品脱黑麦威士忌酒,轮到廷克吃东西时,你得摇晃盒子来吸引他的注意力。

酒转了一轮,又转了一轮,喝光后,廷克奉献出自己的私藏:装在皮套里的一个银瓶。瓶子到我手里,我能摸到皮套上刻着"TGR"。

我们三人开始有了醉意,大笑起来,像在看一部滑稽无比的片

---

1 马克斯兄弟(Marx Brothers),美国喜剧演员家族,跟卓别林同一时期。包括格劳乔、奇科、哈波、季波。他们受人喜爱的电影作品包括《马羽毛》(*Horse Feathers*)和《鸭子汤》(*Duck Soup*)。

子。当格劳乔给那个老太太做身体检查时，廷克笑得直抹眼泪。

我小便很急，再也忍不住，挤到过道里，跑下楼梯到卫生间，没有来得及坐到马桶上就撒尿了，吓得站在门口的一位夫人目瞪口呆。我回来时没有错过多少，不过廷克已经坐到中间，刚才发生了什么不难想象。

我砰地坐到他的位子上，心想，要是我不小心，我门前的草坪上也会有一车大粪的。

不过，如果说年轻姑娘熟谙进行小小报复的艺术，那么这宇宙自有其针锋相对的意识。伊芙在廷克耳旁咯咯直笑，我发现他的绵羊皮大衣拥抱着我，衬里厚实得像绵羊屁股，上面仍有他身体的温热，翻起的领子上雪已融化，湿羊毛的麝香味儿混杂着一丝淡淡的剃须皂味。

我第一次看到穿大衣的廷克，心中突然浮现出一个形象——土生土长的新英格兰人，穿着像约翰·福特[1]电影中的英雄，被雪弄湿的羊毛令这一形象更为真实。突然，我想象廷克骑着骏马，在广阔的天空下奔驰在林荫道上……或许奔驰在他大学同窗的大牧场上……他们用古董猎枪捕鹿，带着吃得比我还好的猎狗。

散场了，我们和所有人一起从前门出来。伊芙开始像电影里的黑人一样跳起了林迪舞，我抓起她的手，我们节奏一致地跳起来，

---

1 约翰·福特（John Ford，1894—1973），美国电影导演，因执导《告密者》（*The Informer*）、《愤怒的葡萄》（*The Grapes of Wrath*）、《青山翠谷》（*How Green Was My Valley*）及《蓬门今始为君开》（*The Quiet Man*）而四度获奥斯卡金像奖。

廷克大声叫好——他本不该这样。在美国,住寄宿公寓的姑娘总是在周六晚上学跳舞。

我们拉起廷克的手,他假装跳了几步,伊芙打乱队形,跳到街上叫了一辆出租车,我们跟着她上了车。

——去哪里?廷克问。

伊芙马上说艾塞克斯和德兰西。

哦,当然,她要带我们去切诺夫酒吧。

——司机,去艾塞克斯和德兰西。

司机加大油门,百老汇掠过窗外,像圣诞树的灯串一一熄灭。

◆

"切诺夫"从前是个地下酒吧,一个乌克兰裔犹太人开的,就在罗曼诺夫沙皇一家被拉到雪地里枪杀前不久移民了。酒吧在一家犹太餐馆的厨房下面。不仅俄罗斯黑帮喜欢在那里聚会,俄罗斯另一派的政治流亡者也常常云集于此。只要开门,每个晚上你都会发现两派人马占据了酒吧里不大的舞厅两边,左边是留着山羊胡子的托派分子,他们盘算着如何推翻资本主义,右边是主张独裁政治的一群,他们留着连鬓胡子,还在梦想着能喝上罗纳葡萄酒。就像世界上其他所有的敌对派系一样,这两派想方设法来到纽约,毗邻而居,住在同一个街区,在同样狭小的咖啡厅里聚首,他们可以在此互相监视。他们如此靠近,时间逐渐加深了他们亲近的情感,淡化了他们对立的决心。

我们下车，朝艾塞克斯走去，路过灯火通明的餐馆，转入通向厨房的巷子。

——又一条巷子，廷克精神抖擞地说。

我们经过一个垃圾桶。

——又一个垃圾桶！

巷子尽头，两个长胡子、穿黑衣的犹太人在深入思考当今时代，对我们视若无睹。伊芙打开通向厨房的门，我们经过两个在大水池的雾气中劳作的中国人，他们也不理睬我们。煮着冬季卷心菜的锅在沸腾，我们走过去，马上有窄小的台阶通向地下室，那是一个小型冷藏间，橡树门上沉重的铜门闩被拉了很多次，发出柔和的金光，就像教堂门上圣人的脚。伊芙拉开门闩，我们走进锯末堆和冰块堆，后面一道假门打开，有着铜面吧台和红皮长椅的酒吧出现了。

运气不错，一群顾客正在离开，我们一下被推进拥护独裁政治那一派的小包间里。切诺夫酒吧的招待从不问你要什么，只是扑通放下俄式肉馅小卷饼、青鱼和粗话。桌子中央放有炮弹形杯子和装了伏特加酒的旧瓶子。尽管废除了第二十一条修正案，他们还是在浴缸里蒸馏伏特加酒。廷克倒上三杯。

——我发誓我很快就会进入梦乡，伊芙说着，一口喝掉自己的酒，然后告退去卫生间。

台上一位哥萨克人独自熟稔地用俄式三弦琴弹唱，唱的是一首老歌，一匹失去了骑手的战马从战场上归来，它与士兵的家乡渐行渐近时，闻出了菩提树和雏菊的味道，听出了铁匠锤子的声音。歌词译得不好，但哥萨克人的表演情感饱满，只有流亡者才有这样的情感，连廷克也顿时想家了——似乎这首歌描绘了他也不得不离开的祖国。

演唱结束，听众爆发出热烈的掌声，不过这掌声也有节制，就像是为一场从容自然的演讲而鼓掌。哥萨克人鞠了一躬，退场。

廷克欣赏地环顾着四周，断言他哥哥也会爱上这个地方，我们应该一起再来。

——你觉得我们会喜欢他吗？

——我想你们会特别喜欢他，我敢说你们两个跟他会很合得来的。

廷克沉默下来，空杯子在手里转来转去，不知道他是在想自己的哥哥，还是受到了哥萨克人歌声的感染。

——你没有什么兄弟姐妹吧，他放下杯子，说道。

这句话令我猝不及防。

——怎么说？我像是被惯坏的吗？

——不！正好相反，你看上去像是喜欢一个人待着。

——真的吗？

——我从前也这样，我这么觉得。可这习惯似乎已经不见了，现在要是我在屋子里没事做，就会发现自己在琢磨有谁在城里。

——我住在鸡笼里，遇到的问题正好相反，我要想一个人待着就得出去。

廷克笑了，给我满上酒。有一会儿，我们两人沉默不语。

——你一般去哪里呢？他问。

——什么时候我去哪里?

——你想一个人待着的时候。

在舞台一边,一个小管弦乐队正拿椅子进场调音,伊芙从后厅冒出来,穿过桌子走过来。

——她来了,我说着,站起来,让伊芙坐回到我们两人中间的位子上。

"切诺夫"的食物是冷的,伏特加酒有药味儿,服务态度生硬,可没有人是冲着吃饭、喝伏特加或享受服务来"切诺夫"的,他们来这儿是为了看表演。

快到十点了,乐队开始演奏带有明显俄罗斯风的爵士乐引子。一道聚光灯穿过烟雾,照出舞台右侧一对中年夫妇,女的打扮成村姑,男的扮演新兵。新兵转向村姑,用无伴奏的清唱提醒她要记得他,记得他温柔的吻,他夜里的脚步声,他秋天从祖父果园里偷来的苹果。新兵脸上涂的胭脂比村姑的还浓,他的外衣尺寸太小,还掉了一颗扣子。

不,她答道。我不会为这些事情记得你。

新兵绝望地跪下来,村姑捧着他的脑袋贴上自己的肚子,他的胭脂染上了她的外衣。不,姑娘唱道。我不会因为这些事情记得你,只会因为你听到的我子宫里的心跳而记得你。

角色分配不当,化妆也外行,你差点笑出声来,因为这表演——如果不是因为前排那位看哭了的成年男子的话。

二重唱结束后,表演者对着热烈的掌声和欢呼鞠了三个躬,把舞台让给一组年轻的舞者,他们衣衫单薄,戴黑貂皮帽。开场是对科尔·波特[1]的致敬,首曲为《万事皆可》,中间穿插两段改编过的小曲,包括"好玩,好吃,好德兰西"。

突然,音乐戛然而止,演员僵住,灯光熄灭,观众屏住呼吸。

聚光灯再次亮起,舞者站成齐刷刷的一排,两个中年演员在舞台中央,男的戴大礼帽,女的穿缀有圆形小金属片的衣服,男主角用拐杖指向乐队:

——奏乐!

所有人唱起结束曲《你让我如此快乐》。

我第一次把伊芙拉到切诺夫酒吧时,她讨厌这里,她不喜欢德兰西街,不喜欢巷子入口和水池旁的中国人,不喜欢那些常客——全是假发,全是政治。她甚至不喜欢那些表演。可天哪,这些东西慢慢影响了她,她开始喜欢上爵士乐和悲情故事的融合。她爱那些曾经红极一时现在却已成过气人物的主唱,还有满怀希望笑得露出牙齿的伴唱。她爱那些站在一旁并肩流泪的多愁善感的革命者和反革命分子。她甚至学会了几首歌,在喝高后会跟着哼唱。我猜对伊芙来说,在切诺夫酒吧待一个晚上,有点像是把她父亲的钱寄回印第安纳州。

如果伊芙是想让廷克瞥见并注意到一个他所不熟悉的纽约,那么她做到了。因为在弥漫着漂泊无依之乡愁的哥萨克怀旧曲调让位于科尔·波特无忧无虑的、热情奔放的歌词以及长腿、短裙和心怀

---

1 科尔·波特(Cole Porter,1891—1964),美国著名音乐家,他创作的许多歌曲都是百老汇的经典。

未经检验梦想的舞者时,廷克看上去就像个没票的小孩在开幕日被挥手召入了剧院的十字转门。

我们决定今晚到此为止,伊芙和我付账,廷克当然反对,可我们坚持。

——好吧,他说着收起了钱夹。不过周五晚上算我的。

——好吧,伊芙说。我们穿什么衣服呢?

——什么都行。

——好的,比较好的还是最好的?

廷克微笑。

——我们就试试最好的吧。

廷克和伊芙在桌旁等我们的大衣,轮到我上卫生间,那儿挤满了歹徒们的约会对象,都打扮得花枝招展。有三位在洗手池边低低地垂下头。她们和合唱队的姑娘一样浓妆艳抹,一样用了大堆人造毛饰物,足以让她们同样有了进入好莱坞的机会。

回来时,我撞上切诺夫他老人家本人,他站在走廊尽头看着人群。

——你好,灰姑娘,他用俄语说。你真漂亮。

——您的灯光不好。

——我眼神很好。

他朝我们这一桌点点头,伊芙好像在劝说廷克再喝上一小口。

——那个小伙子是谁?是你的还是你朋友的?

——大概两人都有一点儿吧。

切诺夫笑了,他有两颗金牙。

——这可不会长久的,我的苗条姑娘。

——你胡说。

——是太阳、月亮和星星都这么说。

第 三 章

敏捷的棕毛狐狸[1]

    马卡姆小姐房门的桃花心木镶板上有二十六盏红灯，分别标着二十六个字母，一盏灯和一个字母代表奎金-黑尔公司秘书工作室的一个姑娘。我的是Q。

    我们二十六个人按五人一排坐成五排，首席秘书帕梅拉·佩特斯（G）独自坐在前排，有如单调的游行队伍中的鼓乐队女指挥。在马卡姆小姐的指引下，我们二十六个人负责公司所有的通信往来、合同起草、文件复印和口授材料记录。每次马卡姆小姐接到一位合伙人的要求，便查对她的日程安排，确定合适的人选，按下相应的

---

1 原文为The Quick Brown Fox。The quick brown fox jumps over the lazy dog（中译为"敏捷的棕毛狐狸从懒狗身上跃过"），是一个著名的英语全字母句，常被用于测试字体的显示效果和键盘有没有故障。

按钮。

在外人看来，如果合伙人和其中一位姑娘关系良好，他直接把活儿派给她不是更合理吗？不管这活儿是一式三份的购买合同，还是离婚诉讼中一张妻子不检点行为的清单。然而，这样的安排马卡姆小姐觉得似乎并不明智。在她看来，把每项工作交由最适合的人来完成至关重要。虽然所有的姑娘都是能干的秘书，但有的人擅长速记，有人能一眼看出用错的标点符号。一位姑娘能用动听的嗓音安抚生气的客户，另一位光是开会时给资深合伙人递去一张折叠小纸条的动作，就能让年轻的合伙人坐得笔笔直。马卡姆小姐常常说，你不能要求摔跤手去投标枪。

举个例子：夏洛特·塞克斯，坐我左边的新人，有着满怀期待的黑眼睛和警觉小耳朵的十九岁姑娘，上班第一天，她一分钟打一百字，这是个策略性失误。你如果一分钟打不了七十五个字，你就没法在奎金-黑尔工作。夏洛特每分钟打字的速度比秘书工作室的平均速度整整多出十五个字。如果一分钟打一百个字，一天就是四万八千字，一周就是二十四万个字，一年是一千二百万个字。作为新雇员，夏洛特一周很可能挣到十五美元，就是说每打一个字在奎金-黑尔挣到的钱不到百分之一分——由此可见，你字打得越快，每个字挣到的钱就越少。

不过夏洛特不是这么看的，她像个试图独自飞越哈得孙河的冒险家，一心只想把字打得尽可能地快，结果，每次有几千页的打字任务时，马卡姆小姐门上亮的那盏灯肯定是"F"。

这说明，在选择你为之骄傲的东西时要小心——因为这个世界会千方百计利用它来与你作对。

一月五日周三下午四点五分，我正在抄写一份证词，灯亮了，是我的。

我用套子盖好打字机（我们被要求哪怕是离开一小会儿，也要把打字机盖好），站起来，理好裙子，拿起速记本，穿过工作室，来到马卡姆小姐的办公室。这房间墙面饰有木镶板，半扇门如同夜总会里带侍者衣帽间的那种。她有一张华丽的小书桌，印花皮面，是拿破仑在战场上签发命令时用桌的风格。

我进门，她只抬了一下头。

——凯瑟琳，有你的电话，是卡姆登-克莱一个律师助手打来的。

——谢谢。

——记得你是为奎金-黑尔工作，不是为卡姆登-克莱工作，别让他们把他们的活儿抛到你肩上。

——是的，马卡姆小姐。

——哦，凯瑟琳，还有一件事，我听说迪克松·提康德罗加联合公司有很多"最后关头"的工作要处理。

——是的，贝内特先生说在年底前完成交易很重要，我想是因为税的缘故，而且，总会有些需要在最后一刻做的修改。

——嗯，我可不想让我的姑娘们圣诞节期间还工作到很晚，不过，贝内特先生感谢你完成这一工作，我也是。

——谢谢您，马卡姆小姐。

她挥挥笔，把我打发掉。

我回到工作室，走到前面的小电话桌旁。一旦合伙人或对方需要对文件进行修订时，可以通过这个电话找到秘书。卡姆登-克莱律师事务所是城里最大的诉讼代理之一。虽然他们与我手头的事务没有直接关系，但他们事事都要插上一手。

我拿起听筒。

——我是凯瑟琳·康腾。

——嗨，姐们儿。

我望了望工作室，那里二十六个打字员中有二十五个在发奋工作，打字声声声响亮，你都听不到自己在想什么，这正是他们想要的效果，但我还是压低了声音。

——你最好是有什么火烧眉毛的急事，朋友，要不一小时内我就得被开了。

——怎么会？

——我出了三处错，再加一个弥天大谎。

——廷克工作的那个银行叫什么？

——不知道。干吗？

——明晚我们可是没有什么计划哦。

——他要带我们去某个高档的地方，在市郊某处，他大概八点钟来接我们。

——好呀，某个地方，某处，大概。你怎么知道的？

我没作声。

我是怎么知道的？

这真是个该死的问题。

◆

在百老汇和交易大厅的拐角处,圣三一教堂的对面有一家小餐馆,墙上挂着汽水钟,有个叫麦克斯的厨师竟会在烤架上煮麦片粥。它离我的住所有五条街远,冬天冷得像北极,夏天很闷热,是城里我最喜欢的地方之一——因为在那儿我总能找到靠窗的弧形双人小隔间。

坐在这个位子上吃一块三明治的工夫,就能见证纽约专有的朝圣之路。来自欧洲各个角落,身着深浅不一的灰色套装的人们背对自由女神像,本能地朝百老汇行进,学习勇敢地步入带有警示意味的风中,他们攥紧戴在同样发型上的同款帽子,愉快地掂量着难分彼此的芸芸众生中自己的分量。他们身后有着超过千年的遗产,每个人都见识过帝国,以及人类表达的登峰造极之作(西斯廷教堂或《众神的黄昏》),而现在他们满足于借他们喜爱的周六音乐会上的罗杰斯来表达自己的个性:金杰、罗伊或巴克[1]。美国也许是充满机遇之地,不过在纽约,把他们拉过那扇门的是一致的动机。

我正这么想着,这时人群中冒出一个不戴帽子的人,敲了敲玻璃。

---

1 金杰·罗杰斯(Ginger Rogers, 1911—1995),美国电影演员、舞台剧演员、舞蹈家、歌手,以和弗雷德·阿斯泰尔的合作最为知名。罗伊·罗杰斯(Roy Rogers, 1911—1998),参演过多部美国西部影片,被称作"牛仔之王"。巴克·罗杰斯为美国20世纪二三十年代的一个想象的太空玩偶。

一阵心跳,是廷克·格雷。

他的耳垂红得跟小精灵似的,咧嘴笑着,像是逮了我一个现场。他在玻璃后面激动地说着什么——我听不到,便挥手让他进来。

——这么说,就是这个喽?他坐到小隔间里,问道。

——就是什么?

——你想一个人待着的时候来的地方!

——噢,我笑了。不一定。

他假装失望地打了个响指,说自己饿坏了,带着没来由的欣赏环顾四周。他拿起菜单,研究了整整四秒。他压抑不住自己的好心情,就像一个在地上发现了百元大钞还谁也没告诉的人。

女招待来了,我点了一份火腿、莴苣、番茄三明治,廷克径直闯入陌生的领地,点了本店的招牌三明治,菜单上说这三明治独一无二、世界闻名、神乎其神。廷克问我是否吃过,我告诉他菜单上形容词太多,细节说得太少。

——这么说,你在附近工作?等女招待走后,他问我。

——很近。

(沉默)

——伊芙不是说是一家律师事务所吗?

——没错,是华尔街的一家老律师事务所。

(沉默)

——你喜欢吗?

——有点儿乏味,不过你可以想见。

廷克微笑。

——你自己就是形容词太多,细节太少。

——埃米莉·波斯特[1]说,谈自己是失礼之举。

——波斯特小姐当然没错,不过她似乎并没有说服我们所有人。

运气青睐勇者。麦克斯餐馆的招牌三明治原来是夹腌牛肉和凉拌卷心菜的烤奶酪,它不到十分钟就不见了,一小片乳酪蛋糕扑通一声被放在它原来的位置。

——美味啊!廷克第五遍说。

——呃,当银行家的感觉如何?他吞下甜点时我问道。

他坦言,对刚接触这一行的人来说,你不能管这叫银行业,他更像是经纪人。他工作的银行为一群有钱的家族服务,他们在私有企业占有很大的股份,从钢铁厂到银矿,他们掌控一切。一旦他们想要流动资金,他的任务就是谨慎地帮助他们找到合适的买家。

——我想买你手上的银矿,我拿出烟,说。

——下次我会第一个打电话给你。

廷克伸手给我点烟,把打火机放在桌上的盘子一旁。我吐出烟雾,用手里的烟指指它。

——这个有什么故事吗?

——哦,他说,有点儿不自在。你是说上面的题字?

他拿起打火机,端详了一会儿。

---

1 埃米莉·波斯特(Emily Post, 1872—1960),美国礼仪专家,著有《礼仪》(*Etiquette: In Society, In Business, In Politics and At Home*),并为受欢迎的辛迪加报纸撰写专栏。

——这是我拿到第一笔丰厚的薪水后买的,你知道,算是给自己的礼物,一个刻有自己名字首字母的金质打火机,沉甸甸的!

他摇摇头,露出忧郁的微笑。

——我哥哥看到后,骂了我一顿,他要么不喜欢它是金的,要么不喜欢它刻的花式字体,不过真正令他不快的是我的工作。我们在格林威治村喝啤酒,他指责银行家和华尔街,攻击我环游世界的计划。我一直跟他说我也想去掉它,最后有天晚上他把打火机拿到街上,叫一个小贩补上后面的字母。

——以便每次你给姑娘点烟时提醒你争分夺秒?

——差不多是这个意思吧。

——嗯,在我看来,你的工作没那么糟吧。

——是的,他承认。不糟,只是……

廷克望了望窗外的百老汇,在理清自己的思绪。

——我记得马克·吐温写过一个老人为驳船导航——就是将载人的船从一个码头引到另一个码头。

——是《密西西比河上的生活》?

——不知道,也许是吧,反正据马克·吐温估摸,三十多年来这个人在河上频繁地来来回回,所走的路程就有河的长度的二十多倍,而他不必离开自己的家乡就能做到这一点。

廷克微笑,摇摇头。

——有时我就是这样觉得的,我的一半客户往北去阿拉斯加,另一半往南去大沼泽地,而我就是那个往来于两岸的人。

——再加一点儿?女招待拿着咖啡壶问道。

廷克看了看我。

奎金-黑尔的姑娘们有四十五分钟的午餐时间，我习惯在打字机前先坐上几分钟，如果现在就走，还来得及坐上这几分钟。我可以谢谢廷克请我吃午饭，顺着拿骚街散步回去，搭电梯到十六楼。对一个习惯准时的人来说，她活动的余地有多大呢？五分钟？十分钟？如果她鞋跟坏了的话，十五分钟？

——是的，我说。

女招待给杯子上满咖啡，我们都往后靠，因为隔间小，两人的膝盖碰在一起。廷克往自己的咖啡里倒奶油，不断地搅啊搅啊。有一会儿，我们沉默不语。

——是教堂，我说。

他有点儿迷惑。

——是什么？

——是我想一个人待着的时候愿意去的地方。

他坐直身子。

——教堂？

我指了指窗外的圣三一教堂。整整半个多世纪，它的尖塔一直是曼哈顿的最高点，是欢迎水手的一个标志。要想看到它，你得坐在街对面的餐馆里。

——真的！廷克说。

——这让你奇怪吗？

——没有，我只是觉得你不是那种信教的人。

——是的，不过做礼拜时我不去教堂，是在另外的时间去的。

/ 040

——去圣三一教堂？

——什么教堂都去。不过我喜欢圣巴特里克和圣米迦勒那样的教堂。

——我去圣巴特教堂参加过一次婚礼，如此而已。我路过圣三一教堂肯定有一千次，却没进去过。

——这正是它的神奇之处。下午两点任何一个教堂里都没人，它们和石头、桃花心木家具、彩色玻璃一起静处——而且空空如也。我是说，它们肯定有个时段人是满满当当的，对吗？——总有些不嫌麻烦的人。忏悔室外一定会排着长队，婚礼上一定有往过道里撒花瓣的姑娘。

——从洗礼到颂歌……

——一点没错。不过随着时间过去，教会也会去糟存真，新来的建起自己的教堂，旧的教堂被抛弃，就像人老了一样，只剩下对昔日繁荣的记忆，我觉得与它们做伴很平静。

廷克有一会儿没作声，他抬头看圣三一教堂，一对海鸥正绕着旧式尖塔飞翔。

——真不错，他说。

我举起咖啡杯敬他。

——很少人知道我的这一面。

他盯着我的眼睛。

——告诉我有关你的没人知道的事。

我笑了。

可他是认真的。

——没一个人知道的?我说。

——只用说一件。我发誓谁也不告诉。

他在胸前画了个"十"字,以示承诺。

——好吧,我把咖啡杯放下说。我的时间感超准。

——这是什么意思?

我耸耸肩。

——我可以在六十秒内数六十秒,正着数和倒着数。

——我不信。

我用拇指指了指身后墙上的汽水钟。

——秒针走到十二时告诉我。

他往我肩上看过去,看着钟。

——好的,他高兴地笑了。各就各位……预备……

◆◆◆

好呀!那天下午晚些时候伊芙这么嚷道。某个地方,某处,大概。你是怎么知道的?

取证词时,你会发现大多数人尊重直截了当、切合时宜的问题,但若是出现了他们始料未及的情况,有时,他们合作的意图会通过重复提问者的问题(以赢取一些时间)表现出来:我是怎么知道的?他们礼貌地回问。有时,他们会略带愠怒地顶回这个大胆的问题:我怎么知道什么?无论采用的是什么策略,老练的律师都知道,当有人以这种方式拖延时间时,进一步诘问的空间很大,于是,对一个厉害问题最好是回答得毫不犹豫,不假思索。

——你在切诺夫上卫生间的时候他说的,我对伊芙说。

我们开了句玩笑便挂了,我回到办公桌前,拿开打字机上的盖布,找到证词中我的那部分,咔嗒咔嗒地打起来。到了第三段的第二句,我犯了今天下午的第一个错误:在列出某人最关心的问题时,把"chief(主要的)"打成"thief(小偷)",其实在键盘上,出错的两个字母甚至都没挨在一起。

第四章

机械降神[1]

周五晚上,我们穿衣服时,伊芙连天气都懒得聊。

我的理性占了上风,我得主动坦白,多少说一点儿,于是言谈中我随便提到在市中心碰到廷克,和他喝了杯咖啡。

——喝杯咖啡,她同样随便地说。真不错。

她再不肯开口说话。

我试探着赞赏她的外套:一条黄色连衣裙,落后季节整整六个月。

——你真的喜欢?她问道。

——看起来不错。

---

1 "机械降神"(Deus Ex Machina)这一说法来自希腊古典戏剧,指意外的、突然的、牵强的解围角色、手段或事件,在虚构作品中,突然引来为紧张情节或场面解围。

——你有时间该试试尺码,也许可以穿它去喝咖啡。

我张开嘴,但不知该说什么,这时,一个姑娘闯进来。

——姑娘们,对不起打扰了,不过白马王子来了,开战车来的。

在门口,伊芙最后看了一眼镜子。

——我还要一分钟,她说。

她回到卧室,脱下裙子,似乎我的赞赏让它过时了。窗外下着冷冷的小雨,像是在为她的冷淡辩护。我跟着她下楼,心想,好吧我们都来受罚。

公寓楼前面,廷克站在他那辆银白色的双人座奔驰一旁。即使住在马丁格尔夫人楼里的所有姑娘把一年的薪水都攒起来,都买不起一辆。

身高一米七五的弗兰·帕切利住在楼下大厅里,是从北泽西的城市学院辍学的,她像绅士看到美女那样吹了声口哨。我和伊芙走下楼梯。

廷克显然心情很好。他吻了吻伊芙的脸颊说:"你真漂亮。"当转向我时,他笑了,捏了捏我的手,没有吻我,也没有夸赞我,可伊芙一直在看着,可以说她才是被慢待的那个。

他打开后座车门。

——恐怕有点儿挤。

——我坐吧,我说。

——对你来说够大了,伊芙说。

廷克感到有点儿不对劲,他有点儿担心地看了看伊芙,把一只手放到车门上,另一只手像绅士一样招手让她上车,她似乎没注意到,只顾端详车子,从上到下地打量,不是以弗兰那种眼光,倒像个专业人士。

——我来开,她说,伸手要车钥匙。

廷克吃了一惊。

——你会开车吗?他问。

——我会开车吗?她像南方美女一样说道。嗨,我九岁就开我老爸的拖拉机啦。

她从廷克手里抢过钥匙,绕过车前。廷克钻进后排座位,还是有点儿不相信的样子,伊芙调整位子。

——老兄,去哪里?她插入钥匙,问道。

——52街。

伊芙打火,忽地一下拨到倒退挡,以每小时三十二公里的速度把车退出路边,嘎的一声打住。

——伊芙!廷克喊道。

她看了看他,同情地冲着他甜甜一笑,加大油门,呼啸着穿过17街。

很快,她恍如神灵附体的情形清晰地呈现在我们眼前。当她拐入第6街时,廷克差点夺过了方向盘,不过我们在车流中七拐八弯时,她开得如行云流水,加油、刹车不动声色,有如鲨鱼穿越水域,精确地计算每一个角度。于是我们靠后坐着,一声不吭,睁大双眼,就像被一股更强大的力量所控制。

我们转到52街,我才意识到他正带我们去21俱乐部。

在某种意义上,是伊芙逼他去的。不错,很不错,非常不错——

他还能说什么呢?

伊芙向廷克炫耀我们还算常去的准俄罗斯风月场,希望给他留下深刻印象,而廷克则很可能是想带我们看上一眼他的纽约并被打动。不管伊芙心情如何,以我们看到的一切来说,他成功了。在餐馆前,豪华轿车空转时从排气管喷出旋转的烟,像是从瓶子里冒出的妖怪。一个戴大礼帽、穿着大衣的服务生上前打开车门,另一个打开餐馆门,露出前胸贴后背地挤在大厅里等候的曼哈顿人。

乍看之下,21俱乐部并不特别高档,阴暗的墙面上挂着带框画,像是随便从插图周刊上撕下来的,桌面磨损,银餐具笨重,和小餐馆或大学餐厅里的一样,不过顾客的确举止优雅,男士穿燕尾服,胸袋上插着崭新的手帕,女士着丝织服装,色调鲜艳,毛皮围巾上嵌有珍珠。

我们来到接外套的姑娘前,伊芙将肩膀微微转向廷克,廷克会意,像斗牛士甩掉大衣一样,把大衣从她身上脱下。

在餐馆里不端盘子的人中,伊芙是最年轻的,她打算充分利用这一点。她最后一分钟换上的衣服是一件低领红丝绸衣,为了这件衣服,她肯定卖掉了自己最好的胸罩,因为大雾天你在十五米开外也能看到她的胸部。她很小心,不用珠宝来破坏这一形象。她的一个红色小漆盒里有一对毕业典礼用过的钻石。平时她笑的时候,耳朵上闪烁微光的耳环和脸上的酒窝相映成趣,不过她有头脑,不在这种地方佩戴那样的饰品。在这种地方,拘谨会令你一无所获,与人比较则处处处于下风。

餐馆的领班是个奥地利人,你有一千个理由嫌他烦,可没人真正嫌他烦。他叫着廷克的名字,欢迎他。

——格雷先生,我们在等您。请。

他说"请"字的方式,就好像它本身是一句话。

他把我们领到大堂里的一张桌子旁,这是唯一的空桌,可坐三人。他似乎能看透人心,拉开中间的椅子,请伊芙坐下。

——请,他又说了一遍。

待我们坐下后,他向空中一挥手,仿佛魔术师玩扑克一般,手里瞬间出现了三本菜单。他隆重地递给我们。

——请享用。

这是我见过的最大的菜单,足足有五十厘米高。我打开,以为有一大堆菜肴可选,不料只有十种,龙虾仁、威灵顿牛肉馅饼、上肋。菜谱都是手写,用的是如写婚礼请柬般雍容大气的字体,没有标价,至少我的菜单上没有。我瞟了一眼伊芙,她没理我,只冷静地扫了一眼菜单,放下。

——我们来一轮马提尼酒吧,她说。

——太好了!廷克说。

他举起一只手,一个白衣服务生出现在领班刚才站的地方,乡间俱乐部的服务生快嘴快舌,擅长故弄玄虚,这些他全都精通。

——晚上好,格雷先生,晚上好,女士们,我斗胆说一句,你们这张桌子是这里最漂亮的,你们还没准备好点单吧?这天气真恐怖,请问需要开胃酒吗?

——事实上,卡斯珀,我们正说要先来点儿马提尼呢。

——那当然,请让我把这些拿开。

卡斯珀将菜单夹在腋下，不出几分钟，酒上来了。

实际上是上了三个空杯子，每个杯子里都有三个穿成一串的橄榄，从杯沿露出头来，有如小舟上的桨。卡斯珀把餐巾盖在银摇杯上，用力晃，然后小心倒酒，先把我的杯子倒满，酒晶莹冰凉，似乎比水还要清澈。接着他倒满伊芙的杯子。开始给廷克倒酒时，摇杯里的酒流得慢起来，变成细线，酒像是不够了，不过一直在流，杯里的酒一直上升，直到最后一滴倒出来，刚好到达杯沿。正是给予人信心的那种精确。

——朋友，卡斯珀说道，是令人嫉妒的天使。

我们谁都没注意到银摇杯是什么时候不见的。卡斯珀亮出一个顶上支了一盘牡蛎的小架子。

——本店的致意，他说完便消失了。

伊芙用叉子敲了敲杯子，似乎要向整个餐馆的人敬酒。

——一次坦白，她说。

我和廷克担心地抬起头。

——今天我有些嫉妒。

——伊芙……

她举手制止我。

——让我说完。我知道你俩喝了一杯小小的咖啡，加奶油和糖——我承认——我嫉妒了，不是一点点，而是很气恼。实际上，我满心打算毁掉这个晚上，给你俩一个教训。不过卡斯珀说得很对：友情最为珍贵。

她举起酒杯，半眯着眼睛。

——突破常规。

几分钟内，伊芙达到了她的完美状态：毫不拘束，活泼轻快，聪明伶俐；真是匪夷所思。

坐在我们周围桌边的夫妇们专注于他们已持续多年的老生常谈中——工作、孩子、避暑别墅——话题虽老套，却能加深他们分享期盼与经验时的感悟。精明的廷克没有谈这些，他起头聊起了更适合我们的话题——是个基于假设的话题。

你们小时候最害怕的是什么？他问道。

我说怕猫。

廷克说怕高。

伊芙：怕老。

我们就这样开始了，我们形成一种默契，开始竞争，看谁的回答最棒——回答须出人意料，充满趣味，令人顿悟，却又是真实的。之前被低估的伊芙出人意料地胜出。

你们想要什么而父母一直没有给？

我：钱。

廷克：一间树屋。

伊芙：一顿好揍。

如果你可以当一天别人，你们想当谁？

我：玛塔·哈丽[1]。

廷克：纳蒂·班波[2]。

伊芙：达里尔·扎努克[3]。

如果有一年可以重新来过，你们会选择哪一年？

我：八岁那年，我家住在一家面包店楼上。

廷克：十三岁那年，我和哥哥在阿迪朗达克[4]徒步旅行。

伊芙：即将来到的一年。

牡蛎吃光了，牡蛎壳被扫走。卡斯珀又拿来马提尼酒，给每人倒了一杯。

——这一次我们为什么喝呢？我问道。

——为了不那么害羞，廷克说。

我和伊芙回敬，酒举到唇边。

——为了不那么害羞？有人问道。

站在旁边，一手搭在我的椅背上的是位刚过五十、举止优雅的高个子女人。

---

1 玛塔·哈丽（Mata Hari, 1876—1917），荷兰女间谍。1905年之后在巴黎做职业舞蹈演员，第一次世界大战期间公然为德国从事间谍活动，后被法国逮捕审讯并判处死刑。

2 纳蒂·班波（Natty Bumppo），美国作家詹姆斯·费尼莫尔·库珀（James Fenimore Cooper, 1789—1851）系列小说的主人公，美国文学中西部牛仔的早期形象。

3 达里尔·扎努克（Darryl F. Zanuck, 1902—1979），美国制片人、编剧、导演、演员，三次获奥斯卡金像奖。

4 阿迪朗达克，美国国家公园，也是美国最大的荒野，几乎与比利时的面积相等。

——像是个不错的抱负,她说。不过更高志向应该是先回别人的电话。

——对不起,廷克有点儿尴尬地说。我本打算今天下午打的。

她胜利地笑了笑,挥了挥手表示原谅。

——得了,泰迪,我开玩笑而已,看得出来,你受到最好的打扰因而分了神。

她朝我伸出手。

——我叫安妮·格兰汀——廷克的教母。

廷克站起来,朝我们两人做了个手势。

——这是凯瑟琳·康腾,这是——

伊芙已经站起来。

——伊芙琳·罗斯,她说。很高兴见到您。

格兰汀夫人绕过桌子,握了握伊芙的手,坚持让她坐下,然后继续和廷克说话。她丝毫不显年龄,金色短发,长着芭蕾舞演员一样精致的五官,只是个子太高,不宜跳舞。她穿黑色无袖外衣,尽显纤细的胳膊,没有戴珍珠项链,却戴了耳饰——软糖一般大小的绿宝石耳环,宝石光彩夺目,与眼睛的颜色恰好相配。从她的举止来看,你觉得她是戴着这耳环在海里游了泳,从水里出来,拿起毛巾擦头发,丝毫不在意这宝石仍在耳垂上还是落在了海底。

她向廷克俯过脸去,廷克腼腆地在她脸颊上啄了一下,重新坐下,她慈爱地把手搭在他肩上。

——凯瑟琳,伊芙琳,记住我的话。教子和侄子一样,他们刚来纽约时你经常见到他们,就像常见到装得满满的面包篮或是空空的厨房。而一旦他们站稳脚跟,你要是想请他们喝杯茶,就得雇个侦探才能找到他们。

我和伊芙笑了,廷克也挤出了腼腆的笑容。教母的出现让他看上去像个十六岁的大孩子。

——在这里碰到您真是意外的惊喜,伊芙琳说。

——世界真小啊,格兰汀夫人答道,带着些许嘲讽。

显然,最早是她带廷克来这里的。

——您和我们一起喝一杯吗?廷克问。

——谢谢,亲爱的,不过不行。我和格特鲁德在一起,她在努力把我拽进博物馆的董事会,我得全力以赴。

她转向我俩。

——如果我拜托泰迪来办,肯定不会再见到你们,所以请接受我的邀请,约个时间一起吃午饭——泰迪来不来没关系。我发誓不会讲太多他小时候的故事来烦你们。

——我们不会烦的,格兰汀夫人,伊芙向她保证道。

——请,格兰汀夫人说,像领班那样把这个字说得如同一句话,叫我安妮。

格兰汀夫人优雅地挥挥手,回到自己的桌子,伊芙一脸兴奋。不过,如果说格兰汀夫人短暂的造访点亮了伊芙蛋糕上的蜡烛,那么对廷克来说,这些蜡烛就是全都被吹灭了。她的不期而至改变了这次外出的基调。眨眼间,字幕从"成功男子带俩姑娘到奢华之地"变为"年轻孔雀在自家后院炫耀羽毛"。

伊芙愉快极了,没注意到这个晚上几乎就快要被毁掉了。

——她真棒,是你母亲的朋友?

——什么?廷克问。噢,是的,她们是一起长大的。

他拿起叉子,在手里摆弄。

——也许我们应该继续点菜,伊芙建议道。

——你是不是想离开这里?我问廷克。

——行吗?

——当然可以。

伊芙显然失望了,她恼怒地瞥了我一眼,她正要开口提议我们就喝一杯开胃酒,但廷克的脸又光彩焕发起来。

——好吧,她说,用力把餐巾扔到盘子里。让我们打败它。

我们站起身来,都感到了第二杯马提尼的酒力。廷克在门口用德语谢过领班,道歉说我们有急事要走。伊芙从保管大衣的姑娘手里接过我那件弗莱珀尔风格[1]的短夹克,把她二十一岁的生日礼物——那件毛领大衣留给我穿,以示冰释前嫌。

小雨停了,天空放晴,和风吹拂。我们小议一下,决定到"切诺夫夜总会"去看第二场演出。

——我们回去时公寓可能关门了,我上车时提出这一点。

——如果我们进不了门,伊芙转而问廷克。可以在你那里过

---

1 原文Flapper,是20世纪20年代女性的潮流,更是一个文化符号。一些年轻的中产女性不再穿着束胸衣,而热衷于中性的着装风格。弗莱珀尔女孩通常抽烟、喝酒、开车、化浓妆,常常晚上外出跳舞到凌晨,对性开放,从各方面挑战社会的传统。

夜吗？

——当然可以。

虽然这个夜晚头开得有点儿不顺，但最终我们的友情再次让我们重归于好。伊芙坐在前排，一只手却伸到后排，放在我的膝盖上。廷克把收音机调到摇摆乐，在我们转入公园路向市中心驶去的途中，谁都没说话。

我们在51街经过了圣巴塞罗缪教堂，这幢宏伟的圆顶建筑由范德比尔特家族建造。他们选的位置相当便利，能让他们在每个周日早上恭维牧师的布道时，越过牧师的肩头看到中央火车站。和镀金时代的其他王族一样，范德比尔特家族上溯三代是个契约佣工，他是荷兰德比尔特人，从荷兰坐最便宜的船位来到纽约。下船时，人们只知道他是从德比尔特来的杰姆，直到后来，科尼利厄斯发了家并让这个名号跃升了好多等级。

不过你不必通过拥有一条铁路来缩短或延长你的名字。

从泰迪到廷克。

从伊芙到伊芙琳。

从凯蒂亚到凯特。

在纽约市，这类的改变是免费的。

车子驶过59街，我们都感到车轮有些打滑，前方的路面闪着光，像有水坑，因不断下雨，地面冻成了一块块冰。廷克减速让车子恢复平稳。他想第3街的路况可能好些，便放慢车速转进去，就在这时，一辆送牛奶的卡车撞到了我们。我们根本没看到它。它装满牛奶，从公园街开过来，时速八十公里。我们减速时，它试图停下来，轧到冰块，从后面正正地撞上我们。车子像火箭一样飞过47街，撞上隔离带铸铁的灯柱。

等我恢复知觉时，发现自己头朝下被卡在变速挡和仪表盘之间，空气冷冷的，司机一侧的门洞开，廷克躺在路边，副驾驶一边的车门关着，可伊芙不见了。

我挣扎着爬出车子，吸气时身上发疼，像是断了一根肋骨。廷克站了起来，跌跌撞撞地朝伊芙走去。她从前风挡玻璃飞出去，在地上蜷缩着。

一辆救护车不知从哪里冒出来，两个穿白大褂的年轻男人抬着担架出现，看着像是从西班牙内战的新闻影片里走了出来。

——她还活着，一个对另一个说。

他们把她抬上担架。

她的脸像一块切下的生肉。

我忍不住，转过身去。

廷克也忍不住，眼睛直勾勾地盯着伊芙，一直到手术室的门关上。

一月八日

他从医院出来,路边停着一排出租车,好像这里是宾馆。他惊讶地发现天已经黑了,他不知道现在是几点钟。

排在前面的出租车司机向他点点头,他摇摇头。

一个穿毛皮大衣的女人从医院里出来,跳上他没乘的那辆出租车后座。关门时她俯身向前脱口说了地址,车子开走,其他车依次向前。有一会儿,在出门处她如此急切令他有些不解,但他很快想明白了,我们满有理由匆匆赶到医院,这并不意味着我们就没理由再匆匆离开。

有多少次他跳上出租车后座,脱口说出地址?上百次?上千次?

——来一支?

一个男人从医院里出来,坐在他右边不远处。他是位外科医生——刚完成一个修复手术的首席专家。他不超过四十五岁,镇静,友好,肯定在做术间休息,因为他的工作服一尘不染,手里拿着一支烟。

——谢谢,他说。多年来第一次接受了别人给的烟。

有个熟人说过,如果他戒烟,那么对最后一次抽烟的滋味会记得比哪次都清楚。这话没错。那是在普罗维登斯站,在他坐车去纽约前的几分钟。差不多是四年前的事了。

他把烟送到唇边,一只手到口袋里找打火机,医生给他点烟。

——谢谢,他又说,朝火焰俯过身去。

有个护士跟他提过,这位医生参加过战争,曾是驻扎在法国前线的一名年轻内科医生。你能看出来,从他的举止间。他像是因袒露于充满敌意的环境中而获得了自信,像是对任何人都不再有什么亏欠了。

医生沉思地看着他。

——你上次回家是什么时候?

我上次回家是什么时候,他思忖。

医生没有等他回答。

——她可能还要等三天才会醒,不过等她醒了,会需要你拿出最好的状态。你应该回家睡睡觉,吃顿好的,痛快喝一杯。别担心,你妻子得到的是最好的照顾。

又来了一辆出租车,排在车队后面。

在麦迪逊广场也会有这样一排出租车,就像停在卡莱尔医院的这排。在第五大道,斯坦霍普前面也有一排。不知世上哪个城市等人的出租车最多?在每个角落里,每个雨棚下,它们在等着,这样你不用换衣服,不用想别的,不必和别人说话,一拐弯就能去到哈莱姆或合恩角。

——……不过她不是我妻子。

医生把烟从嘴边拿开。

——噢,对不起,有个护士让我这么以为……

——我们只是朋友。

——哦,是的,当然。

——我们在一起时出了事故。

——明白了。

——我开的车。

医生没说话。

一辆出租车开走了,那排出租车往前移。

噢——对不起——哦,是的——当然——明白了。

春天

第 五 章

有钱人和没钱人

那是三月下旬的一个晚上。

我的新公寓在第一大道和第二大道之间的11街,在一幢没有电梯的六层公寓楼上,是间工作室。窗外有个小院子,窗台间用滑轮扯起绳子晾晒东西。尽管现在不宜洗晒被单,可冰冻的地面上挂起的灰色被单足有五层楼高,有如无趣、乏味的鬼魂在飘荡。

院子对面,一个只穿内衣的老人手里拿着一口小平底锅在窗前走来走去,他从前肯定是个看门的或守夜的,因为他总在早上衣着齐整地煎肉,晚上则穿着圆领衫煎蛋。我给自己倒了杯杜松子酒,聚精会神玩一副旧扑克牌。

出于一时的兴致,我花一毛五买了一本合约桥牌的入门读本,很快就发现它物有所值。周六晚上我可以从早打到晚,在厨房小小的饭桌上摆开阵势,从一张椅子挪到另一张椅子,轮着扮演四个玩伴,北边是一个叫布里特的贵族,他总鲁莽地叫牌,与因经验不足而小心翼翼的我相映成趣。最令他高兴的莫过于让我不明智地抬高叫牌级别,被迫打一个低花加倍的成局定约。

作为反击,东边和西边的两位玩家开始显示自己的力量。我的左边是一位老拉比[1],他记得每一张牌;我的右边是一位退休的芝加哥黑帮分子,他什么牌也记不得,但猜得挺准,偶尔靠意志力就能赢得满贯。

——两张红桃?我数了数自己的点数,有些担忧,迟疑地开了口。

——两张方块,拉比带着一丝告诫的口吻说。

——六张红桃!我的伙伴一边还在整牌,一边就大吼道。

——过。

——过。

电话响了,我们全都惊讶地抬起头来。

——我来接,我说。

电话放在一堆托尔斯泰的小说上,摇摇欲坠。

我猜电话是一位年轻的会计打来的,他一直在猛烈地追求我。我不够谨慎,让他记下了我的电话号码——格拉梅西街1-0923,这是我唯一拥有的私人电话。我拿起话筒,却是廷克·格雷。

---

1 拉比,希伯来文原意为"教师",犹太教内负责执行教规、律法、并主持宗教仪式的人。精通经典律法、经常充当宗教导师和法律顾问,也在学校中讲解神学法典,传授文化知识。

——嘿,凯蒂。

——你好廷克。

我有两个月没有廷克或伊芙的消息了。

——你在干吗?他问。

在这种情况下,这是个懦弱的问题。

——玩了两盘,没到决胜局。你呢?

他没有回答,好一会儿他一声不吭。

——你今晚能来一下吗?

——廷克……

——凯蒂,我不知道你和伊芙之间怎么了。不过前几周她情况不好,医生说情况在好转前有可能恶化,我不知道是不是应该相信他们,但这段时间情况的确如此。今晚我得去下办公室,但我想她不能一个人待着。

外面下起了雨夹雪,那些晾在外面的床单上攒起一团团灰色,应该早点儿收回来的,现在太晚了。

——当然,我说。我能去。

——谢谢,凯蒂。

——你不必谢我。

——好的。

我看了看手表,在这个时候,百老汇的班车是分时段开的。

——我四十分钟后到。

——为什么不坐出租车?我把车费给门卫。

我把话筒放回机座。

——我加倍,拉比叹了口气说。

过。

过。

过。

◆

出事后的头几天,伊芙一直昏迷,廷克日夜陪护。公寓楼的几位姑娘轮流在等候室里看杂志,但廷克很少离她左右,他让门卫送来干净衣服,就在医生的休息室里洗澡。

第三天,伊芙的父亲从印第安纳赶来,他到她床边时,你能看出他一脸失落,他没有哭,也没有祈祷。这很自然,如果他这样做了,也许会好些,可他只是盯着自己女儿那张被毁的脸,把头摇了一千次。

第五天,她苏醒过来。到了第八天,她多少恢复了神志,或者说恢复了她意志坚定的那一面。她目不转睛、眼神冷静地听医生说话,不管他们用什么术语,如骨折、缝合和绷带,她一概接受,同时她要求他们也接受她更具描述性的词汇,如走路不稳、破相。等她差不多可以出院时,她父亲宣布要把她带回印第安纳的家里,她不肯。罗斯先生先是和她讲道理,接着又恳求她,说在家里她的体力会恢复得快得多。他指出,看她的腿的样子,她爬不了公寓楼的楼梯,再说妈妈希望她回家,可伊芙不为所动,一句话也听不进去。

廷克试探着向罗斯先生提出建议,如果伊芙打算在纽约康复,可以住在他的公寓里,那里有电梯,有厨房,有门卫,而且有一间多出来的卧室。伊芙面无笑容地接受了廷克的建议。即使罗斯先生认为这个建议无法接受,他也没有说出来。他开始明白,在女儿的事情中,他已经没有发言权了。

在伊芙出院的前一天,罗斯先生两手空空回去见妻子,不过在吻别女儿后,他示意想跟我说几句话。我陪他走到电梯前,他把一个信封塞到我手里,说是给我的,用来付这一年伊芙租房的费用。信封很厚,有很多钱,我把信封还给他,说公寓楼会安排别人和我同住的,但罗斯先生坚持要给我,然后消失在电梯门后。我看着指示箭头向下到达大厅,然后打开信封,是五十张十元的钞票,这很可能是伊芙两年前退回给他的那些钞票,当时她确信他们两人谁都不会去花这些钱。

事情这么发展,我觉得是个信号,提醒我该是独立生活的时候了——尤其是马丁格尔夫人已经警告过我两次,如果我不把那些箱子搬出她的地下室,她就要把我扫地出门。于是我从罗斯先生给的钱中抽出一半,预付了一间四十六平方米的工作室六个月的租金,剩下的一半藏在我叔叔罗斯科那个小提箱的底层。

伊芙打算出院后直接搬到廷克那里,我的任务是把她的东西搬过去,我努力做好这一工作,把衬衫和毛衣像她那样叠得方方正正。按廷克说的,我把东西拿到他的主卧室打开,那里的抽屉和衣柜都是空的。廷克已经把他的东西搬到客厅另一边的保姆房中。

伊芙住进贝拉斯福德的第一周,我每晚都过去和他们吃晚饭。我们坐在厨房外小小的餐厅里,享用在大楼的地下室里做好并由穿制服的员工送上来的三道菜:首先是海鲜浓汤,接下来是嫩腰肉加芽甘蓝，最后是咖啡和巧克力奶油慕斯。

晚饭吃完，伊芙已经筋疲力尽，我把她扶到房间里休息。

她坐在床尾，我给她脱衣服，脱右脚的鞋子和袜子，解开衣服的拉链，小心地拉过头顶，不要蹭到她脸上一条小小的缝线。她顺从地任我摆布，眼睛直勾勾地盯着前方。过了三个晚上，我才意识到她在看梳妆台上方的大镜子。我真是太大意了，我向她道歉，说让廷克把镜子移走，可她不肯让我们碰它。

有一次，我给她掖好被子，吻了她一下，熄了灯，轻轻关上门回到客厅，廷克在那里焦急地等着。我们什么都不喝，甚至坐都不坐，在我回家前，我们花几分钟轻声聊，像父母在聊孩子的进步。她胃口好像不错……脸色好转了……那条腿好像不那么吃力了……这些自我安慰的话有如打在帐篷上的雨点。

伊芙出院后第七天，我给她掖好被子，吻了她，她拉住我。

——凯蒂，她说，你知道我永远都爱你。

我坐在她旁边的床上。

——我也一样。

——我知道，她说。

我拿起她的手，捏了一捏，她也捏了捏我的手。

——这阵子你就别来了，我想这样好些。

——好的。

——你明白的，是吧？

——当然，我说。

因为我的确明白，至少我明白得够多。

这不是谁有权利或在电影院里谁坐在谁身边的问题,游戏变了,或者说现在这已不再是游戏,而是如何过夜的问题,这往往说来容易做来难,而且是非常私密的事情。

◆◆

出租车停在中央公园西路,这时,雨夹雪变成了冻雨。值夜的门卫皮特拿着伞等在车旁,他付了司机两块钱车费,用伞挡着我走过从车子到屋檐一米五的距离。电梯值班员是最年轻的汉密尔顿。他来自佐治亚州的亚特兰大,把乡下的礼节带到了纽约,这要么会让他走得很远,要么会给他惹上很多麻烦。

——您一直出门在外吗,凯瑟琳小姐?我们上楼梯时他问我。

——只是去去杂货店而已,汉密尔顿。

他悦耳地轻笑一下,表示他清楚得很。

我真喜欢他的假想,都有些不忍心否认。

——请代我问伊芙琳小姐和廷卡(克)先生问好,在电梯要停站时,他说。

门开了,里面是私人门厅——一个优雅的希腊风格样板间:镶木地板,白色装饰线,墙上挂着一幅印象派静物画。廷克坐在一张无扶手单人椅上,胳膊撑着膝盖,低着头,看着像是回到了在急救室外等候的时刻。我走出电梯,他显然松了口气,似乎担心我不会来。

他握住我的双手,脸色缓和下来,就像他当初把伊芙在医院丢掉的那些十元钞票放到我手里时一样。

——凯蒂！谢谢你能来，见到你真好。

他稍微压低声音，这令我警觉。

——廷克，伊芙知道我来吗？

——是的，是的，当然知道，他悄声说。她很想见你。我只想解释一下，近来她不太好，特别是晚上，所以我尽量待在家里，但如果她……有伴儿的话，会好过些的。

我脱下大衣，把它放在另一张单人椅上。它应该已经告诉了我廷克的心理状态，那是他并未要我问他的。

——我不知道多晚才能回来，你能待到十一点吗？

——可以。

——十二点呢？

——廷克，你要我待多久，我就待多久。

他又握住我的手，然后放开。

——进来吧。伊芙！凯蒂来了。

我们穿过门，走进客厅。

若说廷克的门厅的装饰是古典式的，那可是花了些心思——屋子里的家具是"泰坦尼克号"沉没前的风格，这在整套公寓中绝无仅有。正方形的客厅非常大，附带阳台的窗户可以俯瞰中央公园——看起来就像是从一九二九年巴塞罗那世博会直接空运过来的。房间里有三张白色睡椅，还有两把密斯·凡·德·罗[1]式的黑色椅子紧

---

1 即路德维希·密斯·凡·德·罗（Ludwig Mies van der Rohe, 1886—1969），德裔美籍建筑师，被认为是国际风格的创立者。他所设计的钢制框架和玻璃大厦包括纽约市的西格拉姆大厦和芝加哥的联邦中心。

紧围着玻璃面的鸡尾酒桌放置，桌上巧妙地摆着一叠小说、一个黄铜烟灰缸和一个装饰风格的迷你飞机模型。没有绸缎，没有天鹅绒，没有佩斯利花纹——没有质地粗糙或圆形边缘的东西，只有联结的矩形，强化了抽象的意味。

居住的机器[1]，我想法国人是这么说的。伊芙懒洋洋地躺在这些艺术品中间，穿一袭白色新衣，斜倚在一张躺椅上，一只手拢在脑后，另一只手搁在身旁，一副"我要在这儿待上一辈子"的姿态。在她身后的城市灯光以及地毯上马提尼酒杯的映衬下，她活像一幅警惕车祸的广告。

只有走近了，你才看清她受到的伤害。左脸有两块汇合的伤疤，从太阳穴一直延伸到脸颊。伤疤本来是对称的，现在被稍稍耷拉的嘴角破坏了，她像是中了风。以她坐着的姿势来看，她的左腿只是微微有些扭弯，但从裙子的褶边下可以窥见，在她做过移植手术的地方，皮肤有如拔了毛的鸡皮。

——嘿，伊芙。

——嘿，凯特。

我俯过身去吻她，她毫不犹豫地递上右脸颊。她的反射弧已经适应了新情况。我坐到对面的躺椅上。

——感觉怎么样？我问道。

——好些了。你怎么样？

——老样子。

---

1 The machine for living，这是法国建筑师勒·柯布西耶（Le Corbusier, 1887—1965）的观点，他认为，建筑是居住的机器，孕育情感的机器。

——不错啊。要不要喝一杯？廷克，亲爱的，可以吗？

廷克没有坐下，他站在一张空躺椅后面，双手搭在椅背上。

——当然。他直挺挺地站着说道。凯蒂，你要喝什么？我们刚在喝马提尼，我会很高兴为你再弄一杯。

——我就喝摇杯里剩下的吧。

——你确定？

——当然。

廷克拿着杯子绕过躺椅，把手伸向鸡尾酒酒桌上的飞机，机身从机翼里冒出来——一件设计聪慧的装饰品，已经摇摆着触及时尚的边缘了。廷克拔掉飞机的鼻子，给我倒满酒。在放好摇杯前，他犹豫了一下。

——伊芙，你还想要点儿吗？

——我够了，但你干吗不留下来和凯蒂喝一杯呢？

对这个提议，廷克似乎一脸痛苦。

——我不介意一个人喝，我说。

廷克把摇杯放回去。

——我不能太晚了。

——很好，伊芙说。

廷克吻了吻伊芙的脸颊，朝门口走去，她转头看窗外的城市，门关上，她没有回头。

我喝了一小口马提尼，酒被融化的冰稀释得很好，几乎没有杜松子酒的味道。这对我们的聊天没有多大帮助。

——你看起来不错，我终于开口道。

伊芙耐心地看着我。

——凯蒂,你知道我不喜欢废话,尤其是你说的。

——我只是说你比我上次见到你时好些了。

——那是因为地下室的那帮人。每天的早餐都有培根,中午有汤,鸡尾酒附小鱼吐司,咖啡带蛋糕。

——真让人嫉妒。

——当然,像是《圣经》中浪子回头那一类的故事,不过你很快就觉得自己成了一头肥牛。

她有些困难地坐直身子,伸出两根手指,拿起一粒白色小药片,药片在桌面上几乎看不到。

——没多久我就要找到我的耶稣了,她说,用温热的杜松子酒把药片送下去。

——还来一杯?她问。

——如果你也来的话。

她朝桌子俯过身去,把身子撑起来。

——我来拿,我说。

她苦笑一下。

——医生鼓励我多锻炼。

她把摇杯从桌子上拽下来,艰难地朝吧台走去,左脚拖在身后,像是孩子拖着口大箱子穿街过巷。

她用冰钳将方冰一块一块地夹到空杯里,再把杜松子酒汩汩地倒出来,倒得不太准,然后又小心地将苦艾酒一滴滴往外倒。酒吧上方有一面镜子,她一边搅着鸡尾酒,一边带着某种阴郁的满足端详着自己那张脸。

人们说吸血鬼是照不出自己的影像的,也许这场车祸让伊芙具备了某种与之相反的特性:现在,对她自己来说,她是隐形的,只有在镜子里,她才会现形。

她盖上摇杯,懒洋洋地盖好盖子,一瘸一拐地回到沙发上,给自己的杯子加满酒,然后把摇杯推给了我。

——你和廷克过得怎么样,我加满自己的杯子后问道。

——我精神不够好,没法闲聊,凯蒂。

——这是闲聊吗?

——够闲的。

我朝屋子比画了一下。

——至少,他把你照顾得不错。

——你打坏的,你就得买下来,不是吗?

她喝下一大口酒,更加直截了当地看着我。

——我想你不会马上回家对吧?我非常好,不到十五分钟就会睡得死死的。

为了进一步说明,她又晃了晃杯子。

——我没什么好做的,我可以待到扶你进屋上床。

她朝空中挥一挥手,像是说:想留想走,悉听尊便。然后喝下一大口,往沙发上躺去,我低头看着杯子。

——为什么不给我读点儿什么呢,她说。廷克会这样做的。

——你喜欢吗?

——刚开始时令我发疯,因为那像是他没有勇气跟我交谈,但后来我渐渐习惯了。

——好吧,你要我读什么?

——什么都可以。

鸡尾酒桌上堆着八本书,按开本大小依次排列,书皮色彩光亮、鲜艳,像是一叠包装得好好的圣诞礼物。

我拿起最上面的一本,书里没有折角,于是我从开头念起。

"是的,当然,如果明天天气好的话。"拉姆齐夫人说。

"不过你得很早就起床。"她加了一句。

对她儿子来说,这话是个非同寻常的喜讯,似乎这事已经说定了,到灯塔去远游是十拿九稳的了。他一直期待的奇迹,只要经过一个夜晚和一个白天的航行,就可以实现了。[1]

——哦,停下,伊芙说。真可怕,什么书?

——弗吉尼亚·伍尔夫。

——噢,廷克带回来的全是这些女人写的小说,好像靠这些我就会好起来似的。他把这些书摆在我床边,像是要把我砌在里面。还有没有别的?

——海明威?

——感谢上帝,不过这次先跳过开头吧,行吗,凯蒂?

1　出自伍尔夫作品《到灯塔去》。

——跳多远?

——只要不从头开始就行。

我把书随便翻到第一百〇四页:

> 第四个男人是个大个子,他一边张望,一边从银行大门出来,胸前端着一把汤姆逊冲锋枪。在他倒退出大门时,银行里响起长长的、尖厉的警报声,哈里看到枪口突突突突地跳动着,听到波普—波普—波普的声音。[1]

——这才像样些,伊芙说。

她把枕头拿到脑后放好,躺下去,闭上眼睛。

我大声读了二十五页,其实读完第十页伊芙就睡着了。我想我可以停下来,不过我喜欢这本书。从第一百〇四页开始,海明威的风格更显活力。没有先前的章节,所有的事件都成了速写,所有的对话都成了暗示,小角色与主角平起平坐,并以其不偏不倚的常识给他们断然痛击。主角们没有还击,他们似乎为能摆脱主线故事的束缚而松了口气。我希望用这种方式读完海明威的所有作品。

我喝完杯中酒,小心地放下杯子,不让杯脚碰响玻璃桌。

在伊芙躺着的沙发上有一条白色围巾。看她呼吸平稳,我用围巾给她盖好,心想,她不再需要找耶稣,耶稣已经来找她了。

---

1 出自海明威作品《有钱人和没钱人》,原名为 *To Have and Have Not*。本章标题亦源于此。

吧台上方挂着四幅斯图尔特·戴维斯[1]画加油站的习作，是屋子里仅有的艺术品，用原色画的，与家具形成悦目的对比。酒瓶前面还有一件银质装饰品，上面有一扇小窗子和一个标度盘，你可以啪啪地一张张翻动象牙卡片，就像火车时刻表那样，每张卡片上都有一种鸡尾酒的配方：马提尼、曼哈顿、大都会——哗，哗，哗。竹叶青、班尼特、两者之间——哗，哗，哗。在杜松子酒瓶后面有四种苏格兰威士忌，哪一种我都买不起。我倒了一杯年代最久的，朝后厅走去。

右边第一个房间是小餐厅，我们在那里吃过饭。餐厅后面是厨房，设备很好，但用得很少。灶上有干干净净的铜锅，有标有面粉、糖、咖啡和茶的陶罐，全都装得满满的。

厨房旁边是用人房，看起来廷克还住在那里。椅子上挂着一件无袖汗衫，刮胡刀插在浴室的一个杯子里，小书柜上面的画是地道的现实主义风格，里面的人物站在货运码头上往下看着正在集合示威的码头工人，人群旁边来了两辆警车，码头的尽头蓝色霓虹灯打出的"通宵营业"字样依稀可辨。这幅画不乏亮点，但在这样的公寓里，我能明白它为什么被放到用人房里。与之同样沦落的弃儿还有那个装满硬派推理小说的书柜。

我原路返回，经过厨房，经过睡着的伊芙，顺着对面的门厅往前，左边第一个房间是带壁炉的书房，饰有护墙板，有我的公寓一半大。

---

1 斯图尔特·戴维斯（Stuart Davis, 1894—1964），美国抽象派画家，常把爵士乐节奏感引入他色彩鲜明的油画中。在20世纪20年代深受立体派的影响。

书桌上又有一件令人着迷的装饰品：一个赛车模样的烟盒。这些银物什——摇杯、鸡尾酒目录、赛车——与公寓的国际化风格十分相称，它们如珠宝般精雕细琢，却显现出十足的阳刚之气。没有哪一样像是廷克自己买的，它们像出自一只看不见的手。

两个书立夹着几本精选的参考书：一本百科全书，一本拉丁语语法，一本很快就会过时的地图集。此外还有本较薄的书，书脊上没有书名，原来是华盛顿的书，第一页上的题赠表明这是廷克十四岁时母亲送给他的生日礼物，这书依字母排序辑录了华盛顿所有著名的演说和书信，不过开篇却是作者在十来岁时列出的雄心壮志：

《社交及谈话礼仪守则》

1. 与人相处，言谈举止须尊重在场的人。
2. 与人相处，手不可乱放，不可指手画脚。
3. 勿向朋友展示任何可能让他受惊吓之物。

等等。

我说过等等吗？守则竟有一百一十条！其中一半有下划线——一个少年跨越一百五十年的鸿沟，与另一个少年分享对于礼仪的热忱。很难说清哪个事实更可爱——是廷克母亲把这本书当成礼物送给他，还是他把这份礼物保留至今。

书桌前的椅子是单轴支撑的，我坐到上面，转了一圈，停下，抽屉本都装了锁，却一个也没锁上，下面的抽屉是空的，上面的装满了日常用品，在中间抽屉里有一堆纸，最上面是伊芙的父亲写来的一封信。

亲爱的格雷先生，

我感谢您在医院的坦率，我相信您的话，那就是您和伊芙琳之间没有什么浪漫的关系。这正是我不顾您之前的反对，坚持要支付我女儿在您那里寄宿的费用的部分原因。我附上了一千元支票，之后还会陆续寄去。请给我个面子，把它们换成现金。

一次慷慨的行为往往很难终结一个男人对另一个人的责任，反而有可能成为肩负这种责任的开端。很少人理解这一点，但我确信您明白。

如果您和我女儿之间的关系会有发展，我只相信，您不会因为她的病情，她对你的亲近，她的感恩心理而占她的便宜，相信您会表现出绅士天生的克制，直到你们做好准备去做正确的事情。

怀着感激和信任的，

查尔斯·埃弗雷特·罗斯

我怀着对罗斯先生的敬意，把信折好放回到抽屉里。信的口吻完全是就事论事，生意人对生意人，我想这封信足以让唐璜[1]折服。难怪廷克把它放在这里——伊芙肯定会发现的。

---

1 唐璜，西班牙传说中的人物，风流贵族，为许多诗歌、戏剧和歌剧的男主角。

主卧室里,窗帷打开着,城市有如一条钻石项链般闪亮,一条非常明白谁拥有着它的项链。床单是蓝黄色,与两张有软垫的椅子相配。如果说整套公寓是为一位钻石王老五做的完美设计,那么这个房间丰富的色彩与舒适,则足以让有幸进入的女人不至于感觉自己身处异域。又是那只看不见的手。

衣柜里增添了一些伊芙的新衣服,肯定是廷克买的,因为这些衣服既不便宜,又不是伊芙的风格。我轻抚衣服,像抚摸鸡尾酒配制单那样一掠而过,一件蓝色弗莱珀尔风格的夹克吸引了我的目光。这是我的,一时间我不知道它怎么会出现在这里,伊芙的东西明明是我整理的,接着我想起来了——车祸当晚伊芙穿的就是它。在经历了一场文明及体面行为的奇迹后,它被糟蹋,又被清洗干净。我把它挂回原处,关上了衣柜的门。

在浴室里,伊芙的药放在洗脸池上,看上去是止痛药一类的。我看着镜子,心想如果我是她,会不会受得了。

不会做得这么好,我思忖。

我回到客厅,伊芙不见了。

我去了厨房和用人房,又折回书房,开始担心她是不是真的跑出门了。但接着,我看到客厅的窗帘升起来又落下去,她白色的侧影出现在露台上,我出去见她。

——嘿,凯蒂。

即便伊芙怀疑我在这儿四处窥探,她也没有表现出来。

雨夹雪停了,天空现出星光,公园那面,东区的公寓楼闪着微光,如同峡谷对面的房屋。

——外边有点儿冷,我说。

——但值得,不是吗?真是有趣,天空映衬出的夜景轮廓美得让人屏住呼吸,但人们却很可能在曼哈顿过上一辈子也从未见过这些,就像迷宫里的老鼠。

当然,伊芙是对的。沿着下东区的街道一路看去,天空都被高架轨道、防火梯和还没被埋到地下的电话线遮挡。大部分纽约人在街头的水果车和五楼之间度日。从几百米高的地方俯视这个城市的芸芸众生,有如身在天堂。我们享受着这一时刻。

——廷克不喜欢我到这里来,她说。他以为我要跳楼。

——你会吗?

我试图开玩笑般问她,却没有奏效。

她似乎没有特别恼怒,只是用一句简单的话打发了我。

——我是个天主教徒,凯蒂。

在离地面三百多米高的地方,三盏绿灯进入我们的视线,它们往南越过公园。

——看那里,伊芙指了指公园说。我跟你赌一个晚上的好觉,它们是环绕帝国大厦飞的,这些小飞机总这样,好像情不自禁似的。

和伊芙刚出院那阵子一样,等她准备好了,我便扶她回房间,帮她脱掉袜子和衣服,给她掖好被子。我吻了吻她的前额。

她抬起身子,双手捧住我的额头,回了一吻。

——见到你真好,凯蒂。

——要我熄灯吗?

她看了看床头桌。

——看看这个,她呻吟道。弗吉尼亚·伍尔夫、伊迪丝·华顿、艾米莉·勃朗特。廷克的康复计划,可她们不都是自杀的吗?

——我想伍尔夫是的。

——哦,其他几个大概也是的。

这话我始料未及,我不禁大笑起来,伊芙也笑了,笑得很厉害,头发都披散到脸上。这是今年以来我们两人第一次开怀大笑。

我帮她关上灯,伊芙说,我没必要在这里等廷克,我该离开了,我也差点就这么做了,可我答应过他。

我关上走廊的灯,关上客厅里大部分灯,安坐在沙发上,肩上披着白色披巾。我从那堆书里抽出一本,开始读起来,是赛珍珠[1]的《大地》,可读到第二页就读不下去了,于是翻到第一〇四页再开始,也没用。

我的目光落在那堆书上,考虑了一下这些书名,然后把它们拿到用人房,换出十本侦探小说,把它们放到客厅的桌上,无需按大小排好,因为它们的开本几乎全一样,接着我去给自己弄了一份"内厨关门煎蛋"。

我把两个鸡蛋磕在碗里,和搓碎的干酪及香草一起搅拌,倒在煎锅的热油里,用盖子盖上。热滚的油使鸡蛋冒出的泡触到锅盖,

---

1 赛珍珠(Pearl S. Buck,1892—1973),美国旅华作家,凭借其代表作《大地》(*The Good Earth*)获得1932年普利策文学奖,后在1938年获得诺贝尔文学奖。

鸡蛋变成棕色，但不会焦煳。我小时候父亲就是这样为我煎鸡蛋，但我们早餐从没吃过这样的煎蛋。他常说，关上厨房门，鸡蛋的味道才最好。

我快吃完时，听到廷克压低声音叫我的名字。

——我在厨房。

他走进来，带着宽慰的表情。

——你在这儿，他说。

——我在这儿。

他一屁股坐到椅子里。他的头发梳理过，领带扎成活泼的温莎结，可这掩盖不住他的疲惫。他双眼浮肿，精疲力竭，看上去像是因意外获得了一对双胞胎而不得不超时工作的新手父亲。

——怎么样？他犹豫地问。

——挺好，廷克。伊芙比你想的要坚强，她会没事的。

我想接着说，他应该放宽心，给伊芙一些空间，让她自然康复——但转念一想，毕竟我不是那个开车的人。

——我们在棕榈滩有间办公室，过了一会儿，他说。我在想把她带到那里去待上几周，那里气候温暖，空气清新。你觉得怎么样？

——挺不错的。

——我只是想让她换个环境。

——看上去是你自己想换个环境。

他以一个疲惫的笑容作为回应。

我开始清理，他的目光追随着空碟子，那目光如同一只有良好教养的狗。于是我给他也做了一份"内厨关门煎蛋"。我磕蛋，煎蛋，放到盘中，端给他。先前我在橱柜里看到有瓶没打开的烹调用雪利酒，我拔掉塞子，给两人各倒一杯。我们小口喝酒，不紧不慢地东拉西扯。

由佛罗里达的概念聊及礁岛群，引发了廷克对儿时读《金银岛》，还有他和哥哥在后院挖西班牙金币的回忆；由此我们两人都想起了《鲁滨孙漂流记》以及自己那些有关搁浅被困的白日梦；就此，话题又延伸至若是最终在船难中独自逃生，我们会选哪两样东西随身带上，廷克（明智）选的是折叠刀和打火石，我（不明智）只想有扑克牌和梭罗的《瓦尔登湖》——唯一一本每隔一页你就能读到无限的书。

有一会儿，我们都任由自己想象我们仍在麦克斯餐馆——两人的膝盖在桌下碰撞，海鸥绕着圣三一教堂的尖塔飞翔，新年亮出的所有光彩夺目的可能性依然触手可及。

过去的时光，我父亲常常这样说。如果你不小心，它会如收拾一条鱼一般，掏空你的肚肠。

在门厅，廷克再次握住我的双手。
——见到你真好，凯蒂。
——见到你我也很高兴。

我退后，他并未马上松开手，他似乎挣扎着想要说点儿什么。然而，他什么也没说。伊芙在走廊另一头睡着，他吻了我。

那不是一个强有力的吻，而是一次探询，我只要微微俯身向前，他就会用他的臂膀抱住我，但这一刻，这么做对任何人又有什么意义呢？

我抽出手,抚在他光滑的脸颊上,从关于耐心的忠告中汲取着安慰:凡事包容,凡事相信,凡事盼望,而最重要的是,凡事忍耐。

——你是个好人,廷克·格雷。

缆绳飞快地掠过,电梯停了下来,在汉密尔顿拉开电梯门之前,我放开手,廷克点点头,双手插到外衣口袋里。

——谢谢你煎的蛋,他说。

——别太客气,那是我唯一会煮的东西。

廷克笑了,一刹那展露出他的真实自我。我走进电梯。

——我们还没有时间谈谈你的新住处,他说。我可以过去看看吗?也许下周?

——那太好了。

汉密尔顿谦恭地在一旁等着我们聊完。

——好了,汉密尔顿,我说。

他关上门,拉动杆子,我们开始下降。他兀自吹着小曲,看着电梯经过一层又一层楼。

内战之后,开国者比如华盛顿、杰斐逊等人的名字在黑人中十分常见,可这是我遇到的第一个与因决斗而死的中央银行支持者[1]同名的黑人。电梯到达大堂时,我走了出来,又转身问他这件事。可此时铃响了,他耸耸肩,电梯的大铜门静静地阖上。

门上有一个龙头浮雕,嵌着贝拉斯福德家的箴言:FRONTA

---

1 这里指亚历山大·汉密尔顿(Alexander Hamilton,1755 或 1757—1804),美国政治家,美国第一任财政部长,他建立了国家银行和公众信用贷款制度。在与他的政治对手阿伦·伯尔的决斗中受到致命的伤害。

NULLA FIDES。勿信表面。

我赞同。

冬季的寒风席卷纽约已有三周,但土拨鼠还未见踪影。中央公园里的番红花结上了冰;燕雀在得出唯一合理的结论后,掉头飞回了巴西;但为什么廷克先生,在接下去的那个周一,却一声不吭地带着伊芙琳小姐去了棕榈滩?

第 六 章

最残忍的月份[1]

四月的一个晚上,我站在区间快线的华尔街站等着乘地铁回"大众之家"。上一趟车开走已有二十分钟,站台上人很多,戴帽子的、叹气的、胡乱卷着晚报的,不远处的地上有一个塞得过满的旅行袋,用绳子捆着。因为没有孩子,在战时这算是一个小站。

一个男人从我旁边挤过去,撞到我的胳膊肘,他穿羊绒大衣,戴棕色帽子。和所有赶时间的人一样,他转身向我道歉,就在这一刹那,我以为他是廷克。

而我本该更清楚的。

廷克·格雷不可能在跨区快线附近出现。他们在棕榈滩待了差

---

1 出自T. S. 艾略特诗作《荒原》(*The Waste Land*)第一句:"四月是最残忍的月份。"

不多有一周时，伊芙从她和廷克藏身的浪花酒店给我寄来一张明信片，姐们儿，我们挺想你的——大意如此——廷克在靠边的空白处表达了同样的情绪，小小的黑体字环绕我的地址，一路往贴邮票处而去。伊芙画了一个箭头，指向他们那俯瞰海滩的阳台，还画了一个标志牌插在沙子里，上面写着：勿跳。附言是：一周后见。但两周后，我又收到一张明信片，发自基韦斯特市的码头。

与此同时，我接到五千页的口诉材料，需键入四十万字，文字风格和天气一样灰暗。我修补了分裂不定式，改好了悬垂修饰语，坐坏了我最好的法兰绒裙子。晚上，我独自在厨房餐桌边吃涂了花生酱的烤吐司，学习掌握如何出王牌并对付沮丧，啃读 E.M. 福斯特[1]的小说，只是想看看人们为什么对他的作品如此大惊小怪。我总共存下了十四元五毛七分钱。

我爸爸会为此感到骄傲。

那位温文的陌生人穿过站台，站在一个害羞的姑娘身边。他走近时,姑娘抬了一下头,有一小会儿和我四目相碰,是夏洛特·塞克思,坐在我左边的打字天才。

夏洛特的黑色睫毛又厚又密，却有着精致的五官和细腻的皮肤。她要不是表现得似乎这个城市随时会把她踩在脚下，她本可以给人留下不错的印象。

今晚她戴了顶引人注目的筒状女帽，帽顶上缝着一朵葬礼上用

1　E. M. 福斯特（E. M. Forster, 1879—1970），英国著名作家，后文提到的《看得见风景的房间》（*A Room with a View*）是他的一部长篇小说。

的菊花。她住在下东区,似乎总是以我为标准来确定应该工作到多晚,因为经常是我到车站后几分钟,她也跟着来了。夏洛特偷偷朝我这边看了一眼,显然是要鼓起勇气接近我。我担心的就是这个,于是从包里拿出《看得见风景的房间》,翻到第六章。这真是人性中一种可爱的怪癖,一个人更愿意打扰正在谈话的那两个人,而不是正在独自看书的人,哪怕那人正在读的只是一段愚蠢的浪漫史:

>乔治听见她到来便转过身来,他一时打量着她,好像她是突然从天上掉下来似的。他看出她容光焕发,花朵像一阵阵撞击着她的衣裙。[1]

一阵刹车声淹没了鲜花的碰撞声,站台上的难民们收拾好东西,准备为上车而战,我任由他们在我身边挤来挤去。一旦车站如此拥挤,你最好是等下一趟车。

高峰时段,戴小绿帽的列车长很有策略地在站台那边摆好架势,如同处理事故现场的警察,甩开膀子,根据需要把人们往前推或往后拽。车门打开,人群蜂拥而上,夏洛特帽子上的蓝黑菊花如同海面上的漂流物,起伏着往前涌去。

——那边进去一点,列车长喊道,不管高个矮个,一律向前猛推。

没过一会儿,车子走了,留下少数比较明智的人。我独自翻着书页。

——凯瑟琳!

---

1 译文摘自 E. M. 福斯特所著小说《看得见风景的房间》。(巫漪云译)

——夏洛特……

她肯定是在最后一分钟折回来了,就像切罗基族的侦察员。

——我不知道你搭这趟车,她虚伪地说。

——每天都坐。

感觉到小谎言被揭穿,她脸红了,这抹红晕倒是她苍白的脸颊急需的,她该再多撒些谎才对。

——你住在哪里?她问道。

——11街。

她的脸色一下亮起来。

——我们差不多是邻居了!我住在勒德洛,鲍厄里东边过去几条街。

——我知道勒德洛在哪里。

她抱歉地笑了笑。

——当然。

夏洛特双手将一大本文件抱在胸前,如学生搂住课本一般。从厚度看得出这是一份合并协议或股票出售计划的草稿。不管是什么,她都不该随身带着。

我任由沉默变得尴尬。

尽管似乎还不够尴尬。

——你是在这一带长大的?她问。

——我在布莱顿海滩长大。

——天啊,她说。

她正要问布莱顿海滩是什么样子的,或坐哪趟车能去那里,或我去没去过科尼岛，但车来了，这救了我。站台上人还不多，因此列车长没管我们，他们抽着烟，像大战中进攻间隙的士兵们，脸上挂着老练的冷漠。

夏洛特在我身边坐下，对面的长椅上，坐着一个中年女清洁工，头也不抬。她黑白制服外套着一件紫红色的旧大衣，脚上穿着双实用的鞋子。她头顶上方挂着一张卫生部的宣传海报，提醒人们打喷嚏时务必用手帕遮挡口鼻。

——你为马卡姆小姐工作多久了？夏洛特问。

这是夏洛特值得称赞的地方，她说马卡姆小姐，而不是奎金-黑尔公司。

——从一九三四年开始，我说。

——那你肯定已经是高级职员了！

——当然不是。

我们沉默了几秒钟，我想她也许终于明白我不想和她说话，她却又开始自言自语起来。

——马卡姆小姐是不是很不一般哪？我从没见过像她那样的人，真的非同寻常。你知道她会说法语吗？我听见她和一个合伙人说法语，我发誓，一封信的草稿她只看了一遍，就能记下每个字。

夏洛特突然加快说话速度，我不知道她是因为紧张，还是想在她到站前尽量多说几句。

——……不过奎金-黑尔所有人都特别好，就连合伙人也是！有一次我去奎金先生的办公室找他签字，你进过他的办公室吗？哦，你肯定去过。你知道他是怎样让那个鱼缸装满鱼的，呃，有一条蓝得漂亮极了的小鱼，鼻子顶着玻璃缸，我简直没法移开我的眼睛。尽管马卡姆小姐告诉过我们在合伙人的办公室里不要东张西望。可奎金先生签完字后，他竟然绕过桌子来告诉我每一种鱼的拉丁名字！

夏洛特滔滔不绝地述说时，坐在对面的女清洁工抬起眼睛，她直视着夏洛特认真倾听，仿佛不久前的某天她也曾站在这样的鱼缸前，那时她也有着精致的五官，细腻的皮肤，大大的眼眸里充满希望，眼中的世界美好而公平。

地铁到达坚尼街，门开了，但夏洛特因为说话太快，竟没注意到。

——你要在这站下车吧？

夏洛特跳起来，可爱地、害羞地挥挥手，消失了。

等车门关了，我才看到旁边长椅上的合并协议，封面上别了张条子"自托马斯·哈珀先生办公室"，上面还有卡姆登-克莱公司一位律师的名字，字写得幼稚、潦草。也许他是想利用一点儿学校男生的魅力把这份文件丢给夏洛特去送，这并不费事，她天生容易被诱惑或吓唬。不管是哪种情况，都是这两人皆缺乏判断力的表现。不过，如果说纽约是一台多齿轮机器，那么缺乏判断力就是润滑油，使这台机器能为我们其他人顺利地运转。而这两个人终会以这种或那种方式得到自己应得的惩戒。然后，我把协议放回到椅子上。

列车还停在站内，站台上几个通勤的乘客挤在关闭的门前，怀着希望朝里张望，就像奎金先生鱼缸里的鱼。我的目光转到过道对面，发现那个清洁工正盯着我。她忧愁的目光落在被遗忘的文件上，似乎在说，不会是两人都受到惩戒，有着好听嗓音和松软刘海的迷人男生，他们会让他说明情况,而大眼睛的女生将为两人的错付出代价。

门又开了，通勤客涌上车。

——见鬼，我说。

我抓起文件，就在门要关上时，用一只胳膊顶开。

——快点儿，小甜甜，一个列车长说。

——去你的小甜甜，我回嘴道。

我走上东边的楼梯，朝勒德洛走去，在宽檐帽和抹了百利发乳的人头中寻找跳动的蓝黑菊花。我对自己说，如果我在五个街区内找不到她，就让这份协议和垃圾桶合并吧。

我在坚尼街和克里斯蒂街的拐角处发现了她。

她站在斯科兹父子店门前，这家店卖各种各样的腌制品，她没在买东西，而是在和一个小老太太说话。黑眼睛的老太太穿着常见的葬礼礼服。老太太用昨天的报纸包着今晚的熏鲑鱼。

——对不起。

夏洛特抬起头，惊讶的表情变成少女的微笑。

——凯瑟琳！

她朝身边的老太太做了个手势。

——这是我奶奶。

（不是开玩笑的。）

——很高兴认识您，我说。

夏洛特用意第绪语和老太太说着什么，大概在解释我们是在一起工作。

——你把这个落在地铁上了，我说。

夏洛特脸上的微笑不见了，她把文件拿在手中。

——哦,我太大意了,该怎么感谢你呢。

——没事儿。

她停了一秒,然后忍不住冲口而出:

——哈珀先生明天第一件事就是和一位重要的客户会面,这份修正稿需要在九点前送到卡姆登-克莱,所以他才问我去办公室的路上能不能——

——哈珀先生除了有哈佛大学的文凭,还有一份信托基金。

夏洛特带着迟钝的迷惑看着我。

——即使哪天被解雇,那些足以保障他过得很好。

夏洛特的奶奶看着我的手,夏洛特看着我的鞋子。

夏天,斯科兹一家把一桶桶腌制品、青鱼、西瓜皮在人行道上一字摆开,带酸味的盐水泼洒在铺路石上,八个月后你还能闻到那股味儿。

老太太对夏洛特说了句什么。

——我奶奶问你是否愿意和我们一起吃晚饭。

——对不起,我还有事。

夏洛特翻译了我的话,多此一举。

从坚尼街出发,我还得走十五条街,要是再乘地铁,线路又太短。用本地话来说,我犯傻了。每到一个十字路口,我都左右张望,喜士打街、格兰街、布隆街、春之路、王子街、第1街、第2街、第3街。每个街区都像是异国他乡的一个死胡同。在便宜的公寓房中间,你能看到其他的父子店出售另行加工的家乡特产——他们的香肠或奶酪,烟熏的或盐腌的鱼,用意大利语或乌克兰语的报纸包着,由他们那些打败不了的祖母带回家。抬起头,你能看到一排排两间房的小公寓楼,那里有一家三代晚上挤在一起吃着教会施舍的糖,喝着饭后的利口酒。

如果说百老汇是一条河,从曼哈顿流到炮台公园,在车流、店铺和灯光中波浪起伏,那么由东到西的街道则是一个个旋涡,从那里,我们可以像树叶一样慢慢地转着圈子,从开始转到永远,这是一个没有尽头的世界。

我在亚斯特坊广场停下来,在一个路边报刊亭买了《纽约时报》的晚版。头版头条是一张修改过的欧洲地图,以雅致的点线优美地标出边境的细微变化。柜台后的老人白眉飘逸,表情和善,像随和的乡下大叔,让人好奇他在那里干什么。

——美好的夜晚,他说,大概是指他在女帽店橱窗玻璃上能看到的一点点夜色。

——是啊。

——你觉得会下雨吗?

我往东区的屋顶望去,那里的晚星如飞机上的探照灯一样明亮。

——不会,我说。今晚不会。

他笑了,脸色开朗起来。

我递给他一块钱,这时又来了一位顾客,在离我有些太近的地方停住脚步,我还没来得及做出反应,我就发现卖报人的眉毛耷拉了下来。

——嘿,姐妹,那位顾客说。你有没有烟什么的?

我转过身,与他四目相对。看来,他在从失业走向失去就业能力的过程中，头发已长得太长，山羊胡也一团糟，却有着我们十四岁时那种专横的微笑和好奇的眼睛。

——没有，我说。对不起。

他摇摇头，然后歪歪脑袋。

——嘿，我认识你，对不？

——我想不会。

——当然，他说。我认识你，214教室，萨莉·萨洛姆修女的课，E在I后面，除非C在I前面……

他想起这条拼字规则，笑了出来。

——你把我错认成别人了，我说。

——没有认错，他说。你也不是别人。

——给你，我把零钱递过去，说。

他向后举起双手，温和地表示拒绝。

——我可没预设这样的条件。

他又为自己的用词笑了，朝第二大道走去。

——这就是生在纽约的问题，卖报老汉有点儿悲哀地说道。你没法再逃往纽约。

第 七 章

孤独的枝形吊灯

——我是凯蒂·康腾。

——我是克拉伦斯·达罗[1]。

奎金-黑尔的打字员全力以赴拼命打字,但我还是听到了伊芙嘴里轻快的小曲,尽管她只是轻声哼唱。

——达罗小姐,你什么时候进城的?

——八十七小时之前。

——基韦斯特怎么样?

——很滑稽。

——我不需要羡慕?

---

1 克拉伦斯·达罗(Clarence Darrow,1857—1938),美国著名民权律师,一生义务为无助的弱势团体与穷人辩护。

——完全不必。听着,今晚我们几个朋友过来,如果你能来吃饭,我们会高兴的。你能放下你的日程安排,让我们把你诱走吗?

——我的什么日程安排?

——这就对了。

我迟到四十分钟赶到贝拉斯福德。

我得尴尬地承认,迟到是因为我不知道该穿什么。和伊芙一道住寄宿公寓时,我们和其他姑娘共用大厅的衣柜,周六晚上我们看上去总是那么漂亮。等我搬出去后才如梦初醒——我发现所有好看的衣服都是她们的,显然,所有老土的和实用的那些才属于我。扫一眼我的小橱柜,那些衣服看上去和窗外的被单一样单调乏味。最后我选了件过时已有四年的海军蓝外衣,并花了半小时把褶边收短。

开电梯的曼宁是个宽肩膀,我不认识他。

——汉密尔顿今晚不上班?上楼时我问道。

——那小伙子走了。

——真糟。

——对我来说不是。如果他还在,我就拿不到这份工作。

这次是伊芙在门厅等我。

——凯蒂!

我们互吻对方的右脸颊,她拉起我的双手,就像廷克喜欢的那样,然后退后,上下端详我,好像我才是那个在海边待了两个月刚刚回来的人。

——你看起来好极了,她说。

——你在开玩笑吧?你看起来才是好极了,我看着就像莫比·迪克[1]。

她半眯起眼睛,笑了。

她看起来的确很不错。她的头发在佛罗里达变成了亚麻色,她把它剪至及下巴的长度,五官因此更显精致。三月带着嘲弄意味的慵懒被驱散,一丝挑逗的光芒又回到眼神中。她还戴着一对耀眼的形似枝形吊灯的钻石耳环,如瀑布一般从耳垂一直吊到脖子,在色泽均匀的古铜色的肌肤上闪闪发光。毫无疑问,廷克的棕榈滩处方见效了。

伊芙把我领进客厅,廷克站在一张沙发旁和一个男人谈着铁路股票,伊芙拉起他的手,打断他。

——看看谁来了,她说。

他看上去也很不错。佛罗里达帮他减掉了因护理病人而增加的体重,也扫除了一直挂在脸上的羞愧神色。他打扮随意,没系领带,敞开的领口里露出古铜色的胸肌。他没太松开伊芙的手,同时俯过身来,在我脸上轻啄一下。如果他是想借此表明什么,那倒大可不必,我对情形已经洞悉。

似乎没人特别提出我迟到了,但我付出的代价是没能喝上酒。在简短介绍了我之后,我什么也没喝上就被引进餐厅,从大家的脸色看,我错过了不止一轮酒。

席间还有三位客人,坐在我左边的就是我进门时在和廷克聊天的那位,一个绰号叫巴奇的股票经纪人,小时候暑假里跟廷克一起

---

1 莫比·迪克,美国作家赫尔曼·麦尔维尔(Herman Melville,1819—1891)的长篇名著《白鲸》(*Moby Dick*)中白鲸的名字。

玩过。一九三七年股票触底反弹,巴奇显然嗅觉灵敏,在他的客户做出反应之前出了手。现在他在康涅狄格的格林威治过着舒适的日子。他相貌堂堂,颇有魅力,虽然远远没有他听上去那样聪明,但至少比他妻子讨人喜欢些。怀斯(威斯塔的缩写)像个女学究,头发往后梳,上下整洁,一脸愁容。康涅狄格是美国最小的州之一,但对她来说还不够小。下午时,她很可能爬上家里那幢殖民时代风格的房子的楼梯,从二层的窗户眺望特拉华州,目光中饱含苦涩和嫉妒。

坐在我对面的是廷克的一位朋友,名叫华莱士·沃尔科特。华莱士和廷克在圣乔治就读时,华莱士比廷克高几年级,他有着一头金发和大学网球明星特有的庄严神情,但其实从未在乎过这项运动。有那么一会儿,我在想伊芙或廷克是不是有意为我而请他来吃饭的,没准是两人不谋而合,那种幸福婚姻所特有的心有灵犀。不管是谁的主意,这个算盘都打错了。华莱士说话有一点口吃,每次话说到一半都会卡死。他对把玩汤匙明显兴趣更大,对我则无暇多看。总而言之,你会觉得他宁愿坐在书桌前撰写关于家庭的论文。

大家突然谈起鸭子。

在回纽约的路上,他们五个人在南卡罗来纳到沃尔科特的狩猎庄园做过停留,此时他们正讨论着野鸭羽毛上的细点。我任凭自己神游天外,直到意识到有人在问我问题,是巴奇。

——什么?我问,

——你在南方打过猎吗,凯蒂?

——我哪儿都没打过猎。

——那是项不错的运动，明年你应该跟我们一块儿去。

我转向华莱士。

——你们每年都去那里打猎？

——大多数时候都去，住几个周末……秋天和春天。

——那鸭子为什么还会回来？

大家都笑了，只有怀斯不笑，她为我做解释。

——他们种了一片玉米，放水淹了，鸟儿就给吸引过来了。就此而言，这实际上不是那么有"体育精神"。

——哦，巴奇也是用这样的方法吸引你的吗？

有一会，大家都笑了，只有怀斯没笑。后来怀斯笑了，大家也都笑了，只有巴奇没笑。

汤上来了，是黑豆加一满匙雪利酒，也许正是我和廷克分着喝过的那瓶雪利酒。如果真是这样，那有人真是得了报应，但要说得报应的是谁现在还为时过早。

——味道不错，廷克对伊芙说。这是他半小时里说的第一句话。是什么？

——黑豆汤加雪利酒。别担心，一点儿奶油都没有。

廷克露出尴尬的微笑。

——廷克一直注意营养，伊芙解释道。

——很有效，我说。你看上去棒极了。

——我不信，他说。

——是的，伊芙朝廷克举起杯子。凯蒂说得对，你光彩照人。

——那是因为他一天刮两次脸，巴奇说。

——不,华莱士说。是……锻炼。

伊芙朝华莱士竖起一根手指表示同意。

——在基韦斯特,她补充说明。有座小岛距离岸边有一千六百米,廷克每天来回游两次呢。

——他是……一条鱼。

——这不算什么,巴奇说。有一年夏天他还游过了纳拉甘西特湾呢。

廷克脸上星星点点的红晕扩散成一片潮红。

——只有几千米,他说。如果算准洋流的时间和方向,那并不难。

——你怎么样,凯蒂,巴奇问我,又是哪壶不开提哪壶。你喜欢游泳吗?

——我不会游泳。

所有人都坐直了身子。

——怎么?!

——你不会游泳?

——一点儿都不会。

——那会怎样?

——我会沉下去,就像很多东西一样。

——你是在堪萨斯长大的?怀斯问,并无嘲讽之意。

——我在布莱顿海滩长大。

更加哗然。

——妙啊,巴奇说。似乎我是登上了马特峰[1]。

---

1 马特峰,位于瑞士,是阿尔卑斯山最后一个被人类征服的著名险峰。

——你想学吗？怀斯问。

——我也不会射击，在这两者间，我宁可学射击。

笑声。

——呃，这很好掌握的，巴奇鼓励我。真的一点儿不难。

——当然，我会扣动扳机，我说。我想学的是怎样打中靶心。

——我教你，巴奇说。

——不，廷克说，看着大家的注意力转移了，他显得放松了些。华莱士会是你的教练。

华莱士用吃甜点的汤匙在亚麻布上画了一个圈。

——是这样吗，华莱士？

——……差不多吧。

——我见过他在一百米远的地方射中靶心，廷克说。

我扬起眉毛。

——真的假的？

——真的，他不好意思地说。不过平心而论……靶心是不动的。

碗收走后，我离席去卫生间。和汤一起上来的美味勃艮第葡萄酒让我的脑袋开始旋转起来。离客厅不远有个小卫生间，可我顾不上礼貌，穿过客厅去上主卧的卫生间。我快速扫了一眼卧室，能看出伊芙不再是一个人睡了。

我小便完冲好马桶，站在洗手池前洗手时，伊芙出现了。她朝镜子里的我挤了挤眼，提起裙子坐到马桶上，就像从前一样。这让我为自己的窥探欲感到后悔。

——这么说,她腼腆地问道。你觉得华莱士怎么样?

——他看起来是优等生。

——还远远不止。

她冲马桶,提起裤子走过来,站在我刚才的地方洗手。洗手池上有一个小烟盒,陶瓷的,我点起一支烟,坐在马桶上抽起来。我看着她洗手。从我坐的地方看见她的疤痕,还是红的,有一点儿发炎,不过已无大碍。

——耳环真华丽,我说。

她对着镜子自我欣赏起来。

——你看到了呀。

——廷克对你不赖。

她点起一支烟,把火柴朝肩膀后扔去,接着她背倚着墙,吸了一口,笑了。

——不是他给的。

——那是谁给的?

——我在床边的桌上发现的。

——该死。

她吸了一口烟,扬起眉毛点点头。

——它们要值一万块以上,我说。

——还远远不止。

——它们为什么会在那儿?

——鬼知道。

我张开腿,把烟扔到马桶里。

——最好玩的是,她说。我们从棕榈滩回来后我每天都戴着它,他连哼都没哼过一声。

我笑了,这才是很棒的伊芙式笑话。

——呃,我想它们现在是你的了。

她把烟掐灭在洗手池里。

——姐们儿,你说是就是吧。

和主菜一道又上了两瓶勃艮第葡萄酒,它们还不如都直接被倒在我们头上,我想谁都没尝那些嫩腰肉、羊肉,以及无论还有的什么。

巴奇酩酊大醉,开始跟我说起他们五个人去坦帕-圣彼得的一家赌场玩的情形。他们在一个轮盘赌桌前耗了十五分钟,显然男的谁也不想下注(大概是担心在第一处就输掉本不属于他们的钱)。于是伊芙给他们上了一课,她从每人那里借来一百元钱,把筹码押在偶数、黑色,还有她生日的数字上。出来九个红点后,她当场归还本金,然后把赢到的钱塞到胸罩里。

说到赌博,有人赢了会感到恶心,有人输了会感到恶心,而伊芙不管是输是赢,胃口都很好。

——巴奇亲爱的,他妻子警告他。你说话已经不清楚了。

——说话不清楚是说话的草书,我评论道。

——戴(太)……戴对啦,他用胳膊肘捅捅我的肋骨,说道。

幸好,这时客厅里正好开始上咖啡。

伊芙履行之前的承诺,带威斯塔去参观这套公寓,这时巴奇逼华莱士答应秋天邀请他去打猎。于是客厅里只剩下我和廷克,他坐在沙发上，我坐在他旁边，他用胳膊肘撑着膝盖，双手扣在一起。他回头看了看餐厅，似乎希望第七位客人会神奇地出现，他从口袋里拿出打火机，啪地打开盖子，关上，放在一边。

——你能来真好，他终于开口道。

——这是聚会，廷克，又不是什么有危险的事。

——她看上去好多了，是吧？

——她看上去很棒，我跟你说过她会好起来的。

他笑了笑，点点头，然后直视我，也许这在整个晚上是第一次。

——问题是，凯蒂——我和伊芙某种程度上在一起了。

——我知道，廷克。

——我想我们并没有真的准备好——

——我觉得这挺好。

——真的？

——当然。

一个中立的旁听者听到我的回答，很可能会扬起眉毛，我的话简短、单调，不太能令人信服，但事实上，我就是这个意思，每个字都很真诚。

对初坠爱河的人，你很难责怪他们。和煦的微风，碧蓝的大海，加勒比朗姆酒，这些都是久负盛名的"春药"，但也同样是绝望的催化剂与近邻。如果说，在显然相当痛苦的三月，廷克和伊芙都因那场车祸失去了他们各自某些最基本的东西，那么在佛罗里达，他们已经帮助彼此找回了一点。

牛顿有一条物理定律，运动中的物体会一直遵循其运行轨迹，直到遇到外力改变这轨迹。我想,世界自有其规律,这样的外力或许会出现,改变廷克和伊芙目前的运行轨迹,但这外力不可能是我。

巴奇跌跌撞撞地进来,一屁股坐到椅子里,连我见到他都松了口气,廷克借机走去了酒吧那边。他拿着谁也不需要的酒回来后,坐到了另一张沙发上。巴奇感谢地一口喝光,一下又跳回到铁路股票的话题。

——所以,你觉得实际吗,廷克?我们可以弄一点阿什维尔铁路公司的股份。

——为什么不呢?廷克承认说。如果对你的客户来说这是正确的事。

——要不改天我到华尔街40号,然后我们吃午饭时再推敲一下?

——好啊。

——这周?

——哦,巴奇,让他安静会儿。

威斯塔正好和伊芙走了过来。

——别这么粗鲁,她说。

——好了,怀斯,他不介意在娱乐的时候谈点儿生意,是吧,廷克?

——当然不会,廷克礼貌地说。

——你看到了吧?而且,他拥有全部的优待,整个世界别无选择,只能把成功之路铺到他的门口。

怀斯满面红光。

——伊芙琳,华莱士老练地插话。晚餐……很美味。

——听听，大合唱。

在接下来的几分钟里，大家老调重弹，赞扬起菜式（肉好吃，酱汁完美，而巧克力奶油慕斯太棒了）。有条微妙的社交礼仪似乎日益盛行，你攀爬的社交等级越高，请你做客的女主人越少下厨房。伊芙以适度的派头与不屑一顾的挥手接受了这些恭维。

钟敲响一点，我们告别，伊芙和廷克十指缠绕地手拉手，既为彼此支撑，又为展现恩爱。

——愉快的夜晚。

——美妙的时光。

——一定要再聚。

甚至连怀斯也要求再来，天知道这是为什么。

电梯来了，开电梯的还是带我上来的那位。

——一楼，一拉上门他就宣布道，似乎他从前在百货大楼工作。

——这座公寓真不错，怀斯对巴奇说。

——像凤凰浴火，他答道。

——你觉得这会要多少钱？

没人理她，华莱士要么喝得太高，要么对她的问题全无兴趣。巴奇忙于漫不经心地用肩膀撞我。而我在忙于思考，如果再接到赴宴的邀请，能找个什么理由不来。

◆◆◆

然而……

当天晚上晚些时候,我独自躺在床上胡思乱想,这幢没有电梯的公寓楼道分外安静,我想得最多的是伊芙。

要是在从前,我碰巧受邀参加了一个像今晚这样有那么点儿不搭调的晚宴,而且就非周末之夜来说在外面待得过晚,我的安慰之一就是找到伊芙。她会靠着枕头,等着听每一个细节。

第 八 章

放弃一切希望[1]

五月中旬的一个晚上,回家路上,我正穿过第7街,一个年龄和我相仿的女人正好转过街角,把我撞倒在地。

——走路要看路,她说。

然后她俯下身,离得更近地看着我。

——我的天哪,康腾,是你吗?

是弗兰·帕切利,住在马丁格尔夫人公寓楼底层的小胸女孩,她是从城市学院辍学的。我和她不太熟,但她看起来还不坏,喜欢不穿衬衫在走廊里逛,大声问那些乖乖女还有没有喝不完的酒,把她们吓一跳。一天晚上,我看到她只穿着高跟鞋和一身洛杉矶道奇

---

1 原文为 Abandon Every Hope,但丁的《神曲》中,通往地狱之门警告牌上的语句。

队[1]队服,爬进二楼的窗户。她父亲是开货车的,在那时这往往意味着他在二十年代偷运过私酒。听弗兰讲话,你会怀疑她二十年代也可能偷运过一些。

——一次多么幸运的撞见!她说着把我拉了起来。你看起来真不错。

——谢谢,我掸了掸裙子说。

弗兰看了看四周,似乎在想什么。

——呃……你去哪里?喝一杯怎么样?你看上去像是需要来一杯。

——我想你说的是我看起来真不错。

——当然。

她往回指指第7街。

——我知道那边有一个可爱的小地方,我请你喝杯啤酒,咱们什么也不会耽误,只当是补充下元气。

这个可爱的小地方原来是间老旧的爱尔兰酒吧,前门上的牌子写着:淡啤酒,生洋葱,女士勿进。

——我想这指的是我们。

——得了,弗兰说。别那么胆怯。

屋里一片喧嚣,充满打翻的啤酒的气味。在吧台的前排,东部地区那些暴发户肩并肩坐着,吃着煮硬的鸡蛋,喝着烈性啤酒,地板上到处是锯屑,锡制天花板上粘着过去几十年煤气灯的油烟,大

---

1 洛杉矶道奇队,一支位于洛杉矶的职业棒球队。

多数客人不理睬我们，服务生阴沉地看了我们一眼，但没赶我们出去。

弗兰扫了一眼人群，前面有几张空桌子，但她嘴里念叨着对不起伙计之类的话，挤过了几堆喝酒的人群。后面有一间喧闹的小房间，挂着坦慕尼派[1]成员——聚在一起用棍棒和现金投票的小伙子们——的木纹框照片，弗兰一言不发地朝对面的角落挤过去，在离煤炉最近的那张桌子旁有三个年轻人挤在一起喝啤酒，其中有个红发稀薄的瘦高个儿，穿连衣裤，胸前缝的"帕西里货运"字样像是装腔作势的女性手笔，我开始看清状况了。

我们走近时，能听到他们三人的争吵压过了众声喧哗，或者说是能听到其中之一的声音——背对我们，比较好战的那个。

——其次，他对红头发说。他是个该死的半吊子。

——半吊子？

红头发笑了，享受着这场争论。

——没错。他有耐力，但缺乏技巧和控制力。

夹在两人中间的小个子不安地挪挪身子，你看得出他天生害怕冲突，不过他看看这个，又看看那个，似乎生怕漏掉一个词。

——第三，那个好战者继续道。他远远被高估了，比乔·路易斯[2]更甚。

---

1 坦慕尼派前身是成立于1789年的圣坦慕尼公会，开办之初是社会慈善团体，不过很快便带上了政治色彩并改组为政治组织，后来发展成美国最重要的政治结构形式。南北战争后，坦慕尼派在选举中采取欺骗、贿赂和勒索的手段，卷入一系列丑闻。它对纽约乃至美国的巨大影响力，直到20世纪60年代才式微。
2 乔·路易斯（Joe Louis, 1914—1981），美国职业重量级拳击手，被认为是历史上最伟大的重量级拳击手之一。

——对，汉克。

——第四，操你的。

——操我的？红头发问。从哪个孔？

汉克正要解释，红头发看到了我们，咧嘴笑了，露出龅牙。

——漂亮妞儿！你们来这里干什么？

——格鲁伯？！弗兰大吃一惊地嚷起来。嗯，活见鬼！我和我的朋友凯蒂在附近，顺便来这里喝杯啤酒！

——这得有多巧啊！格鲁伯说。

得有多巧？百分之一百吧。

——干吗不和我们一起？他说。这是汉克，这是约翰。

格鲁伯拉开身边的一把椅子，倒霉的约翰拉开另一把，汉克一动不动，看上去他比服务生更想把我们赶出去。

——弗兰，我说。我想我得走了。

——噢得了，凯蒂，喝一杯吧，然后我们一起走。

她没等我回答，便走到格鲁伯那里，丢下我坐在汉克旁边。格鲁伯从大罐里把酒倒进两个杯子，杯子好像有人用过。

——你们住在附近？弗兰问格鲁伯。

——你不介意吧？汉克对弗兰说。我们话正说到一半。

——哦，好吧，汉克，继续。

——说到哪里了？

——汉克，我知道你认为他是个雇佣文人，不过他是他妈的立体派的先驱。

——谁说的？

——毕加索说的。

——对不起,我说。你们是在讨论塞尚[1]?

汉克阴沉地看了我一眼。

——不然你他妈的认为我们在讨论什么?

——我以为你们是在讨论拳击。

——那是比喻,汉克轻蔑地说。

——汉克和格鲁伯是画家,约翰说。

弗兰高兴地扭了扭,冲我挤挤眼。

——不过汉克,约翰小心地说。你认为那些风景画好看吗?我是说那些棕绿色的?

——不好看,他说。

——那是没品位的看法,我对约翰说。

汉克又看我一眼,不过更警惕了,我看不出他是想反驳我还是想揍我,也许他还拿不定主意。我还没得出结论,格鲁伯朝门口的一个男人叫唤。

——嗨,马克。

——嗨,格鲁伯。

——你认识这些伙计吧?约翰·杰金斯,汉克·格雷。

男人们互相轻点一下头,没人劳神介绍我们两个女的。

马克在旁边的桌子坐下,格鲁伯去和他坐一起,直到弗兰也跟了过去,我才注意到,只剩下我独自防守。我一直盯着汉克·格

---

1 保罗·塞尚(Paul Cézanne,1839—1906),法国画家,后印象画派的代表人物,是印象派到立体主义派之间的重要画家,被称为"现代绘画之父"。

雷，比坚定不移的亨利·格雷稍年长些，个稍矮些，他看着就像是两周没吃饭，一辈子都不讲礼貌的廷克。

——你见过他的画吗？约翰说，他偷偷朝马克做了个手势。格鲁伯说那些画一团糟。

——他又错了，汉克悲哀地说。

——你画什么？我问道。

他端详了我一会儿，在考虑我的问题值不值得理会。

——真实的东西，他终于说道。美的东西。

——画静物？

——我不画盛着橘子的碗什么的，如果你指的是那个的话。

——盛着橘子的碗不能成为美的东西？

——不再会了。

他伸手到桌上拿起那盒"好彩"烟，那是放在约翰前面的。

——这是一件美的东西，他说。船体是红色，榴弹炮是绿色，同心圆，这些颜色是有用意的，形状是有用意的。

他没有问过约翰，便从他的烟盒里拿出一支烟。

——那是汉克画的，约翰指了指靠着煤斗的一幅油画说。

你能从约翰的声音中听出他敬佩汉克，而且不仅仅是作为艺术家，似乎汉克的方方面面都令他难忘——似乎汉克为美国男性塑造了一个重要的新形象。

不过，不难看出汉克其来有自。新一代的画家试图把海明威的斗牛士风格运用到绘画中；即使不是用在绘画中，至少也是用在无辜的旁观者身上。他们阴郁，傲慢，粗野，最重要的是他们不怕死——

不管那对一个在画架前度日的人来说意味着什么。我怀疑约翰还不清楚汉克的人生态度正在变得有多时髦，也不清楚这种粗暴的冷漠背后是有什么样的婆罗门银行账户在支撑。

这幅画的作者和廷克房间里那幅码头工人集会的作者显然是同一个人，画的是屠宰场的码头，中心是排成一排的卡车，背景有一个巨大的霓虹灯牌子，状似公牛，上面写着"维特里的店"。作为装饰的颜色和线条简化了，是斯图尔特·戴维斯的风格。

非常强烈的斯图尔特·戴维斯的风格。

——甘斯沃尔特街？我问。

——是的，汉克说。对我有一点儿留意了。

——你为什么要画"维特里的店"？

——因为他住在那儿，约翰说。

——因为我忘不了它，汉克纠正道。霓虹灯招牌就像妖妇，如果你要画它，就得把自己绑到桅杆上，你知道我是什么意思吗？

——不太懂。

我看了看那幅画。

——不过我喜欢它，我说。

他抖了抖身子。

——妞儿，这不是装饰，这是世界。

——塞尚画这个世界。

——那些水果、大口水罐和昏昏欲睡的贵夫人，那不是世界，那是一群渴望成为御前画师的家伙。

——对不起，但我非常肯定溜须求宠的画家都去画了历史画和肖像。静物画是更为私人的绘画形式。

汉克瞪眼看了我一会儿。

——谁派你到这里的?

——什么?

——你是辩论社团的主席还是什么?你说的在一百年前也许是事实,怎么说都行,但在被钦佩浸泡后,一代人的天才成了另一代人的梅毒。你在厨房里干过活吗?

——当然。

——真的?是夏令营?还是宿舍食堂?听着,在军队里,如果你做炊事员,就可能要在半小时内切好一百个洋葱,洋葱的汁液深深地渗入你的指尖,好几周你每天洗澡时都能闻到那味儿。塞尚的橘子现在正是如此,他的风景画也同样,指尖里的洋葱味儿,明白?

——是的。

——那就好。

我抬头去看弗兰,心想也许是时候离开了,但她已转移到了格鲁伯的腿上。

就像大多数好斗者一样,汉克很快就厌烦了,因此我有极好的理由就此打住。可我忍不住想知道他对廷克的直觉反应。我是说,我想知道他对我和廷克一拍即合会怎么看。我决定对自己狠点。

——嗯,我猜你是廷克的哥哥。

我这话绝对打了他一个猝不及防,你能看得出他很少如此震惊,也不太喜欢。

——你怎么认识廷克的?

——我们是朋友。

——真的?

——这很奇怪吗?

——呃,他从来不怎么喜欢这类的你来我往。

——也许他找到了更好的事情做。

——哦,他找到了更好的事情做,好吧,也许他会抽出时间来做——如果不是为了那个操纵人的讨厌女人。

——她也是我的朋友。

——喜欢无须理由,是吗?

汉克又伸手去拿约翰的烟。

这个半吊子是从哪点来批评伊芙琳·罗斯呢,我暗自思忖。让我们把他从汽车前窗摔出去看看他会怎么撑下去。

我忍不住开口道:

——斯图尔特·戴维斯画过"好彩"烟的烟盒吗?

——我不知道,画过吗?

——他肯定画过。我突然想起,你的画很容易让我联想到他的,那么城市商业图景,三原色,简化的线条。

——不错,你该靠解剖青蛙谋生。

——这我也干过。你弟弟的公寓里不是有一幅斯图尔特·戴维斯的画吗?

——你认为泰迪对斯图尔特·戴维斯哪怕有一点点了解吗?见鬼,我就是叫他去买一个锡鼓,他也会买的。

——你弟弟对你的看法好像没这么差。

——是吗？也许他该这样。

——我打赌你画过很多炊事兵。

汉克大笑，直笑到岔气。他拿起杯子朝我示意一下，露出今晚的第一个笑容。

——妞儿，这你说对了。

我们都站起来准备离开，是汉克买的单。他从口袋里掏出几张皱巴巴的钞票，像扔糖纸一样扔到桌上。我想问，它们的色彩和形状如何？它们有没有用意？它们不是美的东西吗？

如果他的信托人现在见到他就好了。

◆

自那次在爱尔兰酒吧喝酒后，我以为再也不会见到弗兰，没想到她弄到了我的电话号码，在一个下雨的周六打给我，为那天丢下我而道歉，说想请我看电影当作补偿。可她没带我去看电影，而是泡了一连串酒吧，我们又回到快乐的旧时光。我逮了个机会问她干吗要费神追踪我，她说因为我们是那么投缘。

我们个头相仿，头发同样是浅栗色，都住在曼哈顿对岸两房一厅的公寓房里。就一个下雨的周六下午而言，这足够投缘的了。于是我们时不时地聚聚，然后，六月初的一个晚上，她打来电话，问我去不去贝尔蒙特玩赌马。

我父亲痛恨任何形式的赌博，他认为这绝对需要依赖陌生人的善意。所以我从没玩过一点算一分钱的凯纳斯特纸牌，也没用口香糖和人打过赌,看谁能用石头最先砸中校长的窗户,更没去过赛马场。我不知道她说的是什么。

——赌马?

显然,在贝尔蒙特赛马日之前的周三,赛马场向有可能赢得比赛的马开放,让骑师带它们熟悉一下赛道。弗兰说,比起正式比赛,这要精彩得多。我觉得这不太可能,真是这样的话,赛马肯定没趣得很。

——不好意思,我说。周三我正好上班。

——这才是好玩的地方。他们一大早打开赛场,这样马儿可以在身上发热前跑上一圈。我们坐火车去,很快的,看上几匹马,九点赶得回来。相信我,我干过一万次了。

弗兰说他们拂晓会打开赛场,我以为那只是一种夸张的表述,我们大概率还是会在六点过后再出发去长岛。可那不是夸张,彼时是六月初,拂晓在五点左右。四点半她就过来敲门,头发在脑袋顶上缩成塔形。

我们等了十五分钟火车才来,它咔嗒咔嗒地进站,像是从另一个世纪开来。站里的灯光冷漠地照在夜里栖息其间的流浪者身上:看门人、酒鬼、舞女。

我们到达贝尔蒙特时,太阳刚刚爬上地平线,似乎它需要摆脱地球重力才能做得到这一点。弗兰也蔑视重力,她自信,欢快,恼人。

——好了,傻瓜,她说。快一点。

杂乱无章的赛马日停车场空空荡荡,我们从其间穿过,我看到弗兰仔细观察着赛场里的赛道。

——应该是这边,她不确定地说,并朝服务通道走去。

我指了指写着"入口"的牌子。

——那边吧?

——哦,对!

——等等,弗兰,我得问问你。你来过这里吗?我是说哪怕一次?

——当然来过,几百次了。

——我再问你,你说话有不撒谎的时候吗?

——这是个双重否定句吗?我对那可不在行,现在换我问你问题。

她指了指自己的上衣。

——我穿这个好看吗?

没等我回答,她拉开一点儿领口,让乳沟露得更多。

在大门口,我们经过空空的包厢,挤过十字转门,穿过窄小的坡道,走到露天里,安静的赛场有点怪异,一层绿色的薄雾悬浮在赛道上,仿佛新英格兰池塘上的薄雾。在空空的站台上,其他早起的人三五成群地挤在一起。

六月透身凉,有些不合节气,离我们不远的一个男人身穿双层夹克,手捧一杯咖啡。

——你没告诉我有这么冷,我说。

——你知道六月是什么天气的。

——我不知道五点是什么天气。别人都有咖啡,我补了一句。

她拍了拍我的肩膀。

——你牢骚真多。

弗兰又东张西望起来,这次是看站台中间的人们,我们右边是一个穿格子花衬衫的瘦高个儿,他在挥手,是格鲁伯,和他一起的是那个倒霉的约翰。

我们来到格鲁伯的位子,他一手搂住弗兰,看了看我。

——是凯瑟琳吧?

他记得我的名字,这令我有点感动。

——她很冷,弗兰说。她没有咖啡喝,生气了。

格鲁伯咧嘴笑了,从背包里拿出一张用来盖腿的毯子扔给我,递给弗兰一个暖瓶。他像个蹩脚的魔术师一般费力地在包里摸来摸去,直到用指尖夹出一个肉桂甜甜圈,后来证明,那绝对是我的最爱。

弗兰递给我一杯咖啡,我像一个兵那样披着毯子,俯身接过咖啡。

格鲁伯以前和父母来看赛马时还是个小孩子,对他来说,现在回到赛场有如回到夏令营,充满了甜蜜的怀旧和儿时的欢乐。他快速给我们简单介绍起来——赛道的规模,马匹的品质,与萨拉托加赛场比起来贝尔蒙特的重要性——然后,他指着小围场,压低声音。

——第一匹马出来了。

果然,混杂的集会者们都站起身来。

骑师没有穿方格制服,制服可以给赛场增添节日的氛围。他穿的是棕色连衣裤,像个小设备修理工。他把马从小围场牵向赛道,马鼻冒出热气。宁静中你在一百五十米开外都能听到马的嘶鸣声。骑师和一个拿烟斗的人(大概是教练)简短地说了几句,然后翻身上马。他放马慢跑一会儿,让它熟悉一下环境,绕绕圈子,做好起跑的准备。人们安静下来,没有发令枪,马与骑手突然冲了出去。

节奏沉闷的马蹄声飘上站台,泥土一块块被踢到空中。第一圈,骑师似乎并不着急,他的脑袋离马的脑袋有三十厘米远,可到了第二轮,他催马急进,收紧胳膊,双腿紧夹马身,脸颊贴近马脖子,低声鼓励马儿,马儿有了回应。它越跑越远,不过看得出它也越跑越快,脑袋冲前,极有节奏地咚咚敲着地面。它转过远角,马蹄声渐近、渐响、渐快,最后闪电般冲过假想的终点线。

——那是帕斯特莱兹,格鲁伯说。我喜欢的。

我往站台上望了一眼,没有欢呼,没有鼓掌,观众大部分是男人,只表达沉默的认可和喜爱。他们看看秒表,悄声地商议。有几个人欣赏或失望地摇摇头,我分不清是哪种。

帕斯特莱兹下场,让位给克拉瓦特。

第三匹马跑完后,我对比赛有了大致的感觉,明白了为什么格鲁伯说这比正式比赛的下注还要令人兴奋。虽然看台上只有几百号人(而不是五万人),但他们都是赛马的狂热爱好者。

看台上最中间的那圈人是赌徒,他们挤在栏杆前,头发凌乱,在提升"技艺"中失去了一切:积蓄、房子、家庭。他们倚在栏杆上,两眼发红,衣服皱皱巴巴,盯着赛马,不时舔舔嘴唇。

坐在下面看台上的男男女女把赌马当作一大乐趣,他们和你在道奇体育场的露天大看台上看到的那些人一样,知道骑手的名字和所有相关的数据。他们和格鲁伯一样,小时候就被带到赛马场,将来有一天也会把自己的孩子带来这里,他们对某种想法怀着坚定的信念，这种信念往往只会在战争时期表现出来。他们随身带着野营的篮子和赛马资料，不管和谁坐在一起，都能会很快成为密友。

在他们上面的包厢里坐着赛马的主人，有年轻姑娘和随从陪着。当然，马的主人都有钱，不过那些来到赛马场的可不是游手好闲的贵族或对赛马一知半解的业余玩家，他们的财富都是自己实实在在挣来的。一位西装剪裁十分得体的银发富豪倚在栏杆上，像站立船头的海军上将一样两只胳膊扶着栏杆。从这一点你就看得出，对他来说，赛马可不是随便闹着玩儿的，不是钱多了没处花，赛马像开火车一样，要求有高度的修养、信念和专注力。

在所有人——赌徒、赛马迷和富翁之上，在上层看台的稀薄空气中，坐着年过半百的教练们——他们的黄金时期已然过去。看着马儿，他们两手空空，不用双筒望远镜，也不掐秒表，两样都不需要。而是一边掂量着马儿的速度、起跑或耐力，一边还掂量它们的勇气与从容。等到周六再来这里时，他们已对一切了如指掌，但他们从不下注，也不以此改善自己微薄的境遇。

在贝尔蒙特赛马场，有一件事是肯定的，那就是周三早晨五点普通人不会来这里找位子。这里就像但丁《神曲》中的地狱，满是犯下各种罪孽的人，不过也都有着被诅咒者所拥有的精明和投入。这是一个活生生的提示，为什么没人费神去读《神曲》中的《天堂篇》。我父亲讨厌赌博，但想必他会喜欢看赛马的。

——来吧，漂亮妞儿，格鲁伯拉起她的胳膊说。我看见了老朋友。

漂亮妞儿无比骄傲，大笑着把她的双筒望远镜递给我，两人走了。约翰满怀希望地抬头看着我，我说想走近一点儿看小围场，丢下他也走了。

我走到小围场，把弗兰给的双筒望远镜转向那个银发海军上将。他的包厢里有两个女人在叽叽喳喳，拿着铝杯在喝什么，杯子没有冒热气，说明装满了酒，其中一个递给他喝一点儿，他不屑理睬，而是和一个拿着秒表和写字夹板的年轻男人说着什么。

——你品位不错啊。

我转过身，发现是廷克的教母。她认出了我，我吃了一惊，也许有一点点受宠若惊。

——那是杰克·德·罗舍尔，她说。他身价约五千万，全由自己打拼而来，如果你想认识他，我可以介绍。

我笑了。

——我想那有点超出了我的能力所及。

——也许，她表示同意。

她穿茶色裤子和白色衬衫，袖子挽到肘关节，她看上去一点儿也不觉得冷，我意识到自己还披着毯子，我试图不露声色地拿下它。

——参加比赛的马中有您的吗？我问。

——没有，不过我的一位老朋友是帕斯特莱兹的主人。

（当然啦。）

——真令人兴奋，我说。

——实际上，你的最爱很难令你兴奋，风险大的赌注才令人兴奋。

——不过，拥有最爱，也并不会伤及您的银行存款。

——也许吧，不过一般而言，需要提供食宿的投资往往没有太大价值。

廷克有一次暗示过，格兰汀夫人的钱最初源自煤矿，后来的财富增长则来由不详。她有一种沉着，一种只会产生于诸如土地、石油和黄金这些稳固的资产泰然自若。

下一匹马已上跑道。

——这是谁家的马？

——可以让我看看吗？

她伸手问我要双筒望远镜，她戴着贝雷帽，不用拂开脸上的头发。她像猎人一般把望远镜举到眼前，将镜头正对着赛马，轻而易举便找到了目标。

——那是快乐水手，韦特林家的马，巴里在路易斯维尔有一家报社。

她放下望远镜，但没有还给我，她看了我一会儿，迟疑着，像是要问一个敏感的问题。但她并没有，而是开口陈述。

——我看廷克和你的朋友在一起了，他们在一起住有多长时间了？八个月？

——差不多五个月吧。

——哦。

——您不赞成？

——如果是按维多利亚时代的观念，我当然赞成。毕竟我对我们这个时代的自由不抱幻想。事实上，真要问的话，我对大部分这类事都赞成。

——您说按维多利亚时代的观念赞成，那是不是意味着在另一层意义上，您不赞成？

她笑了。

——看来我得时刻提醒自己，凯瑟琳，你在法律公司工作。

她是怎么知道的？我心想。

——如果说我不赞成，她掂量这个问题后继续道。那是为了你的朋友好。我看不出和廷克生活在一起对她有什么好处。在我那个时代，一个姑娘的机会非常有限，所以她越早找到一个合适的丈夫就越好，不过现在……

她朝德·罗舍尔的包厢打了个手势。

——你看到杰克旁边那个三十岁的金发女人了吗？那是他的未婚妻，卡丽·克拉波德。卡丽使出浑身解数得到这个位子，很快，她就会快乐地监管三处房子的家务事和用人，这挺不错。不过如果我还是你这个年纪，就不会花心思琢磨如何追随卡丽的脚步，我要想方设法像杰克那样。

快乐水手拐过远处那个弯，下一匹马从马厩里牵出来，我们都朝小围场看去，安妮没有劳神举起望远镜。

——温柔野人，赔率五十比一，她说。这下，令你兴奋的时刻来了。

第 九 章

弯刀、筛子与木腿

六月九日那天,我下班从公司出来,路边停着一辆棕色宾利车。

不管你认为自己有多厉害,不管你在好莱坞或海德公园住了多久,一辆棕色的宾利总会吸引你的眼球,全世界也不过几百辆,它的每个环节都设计得令人嫉妒。挡泥板以有如休憩的宫女般从容舒缓的弧线升至轮胎上方,再降至脚踏板处,轮胎的白色外壁像弗雷德·阿斯泰尔[1]的鞋罩那样一尘不染,难以置信。像这样的车,无论坐在后排座位的是谁,他都有办法满足你三个愿望。

这辆非同寻常的宾利的司机座是露天的。司机看上去如同一

---

1 弗雷德·阿斯泰尔(Fred Astaire, 1899—1987),美国电影演员,舞蹈家,代表作为《皇家婚礼》(*Royal Wedding*)等。

位变成男仆的爱尔兰警察,他直视着前方,用塞入小灰手套里的大手紧紧握住方向盘,乘客舱的窗玻璃是有色的,看不见里面坐的是谁。我看着窗玻璃映出的来来往往的人群,这时,窗子摇了下来。

——吓死我了,我说。

——嘿,姐们儿,去哪里?

——正想去炮台公园去跳河。

——能等一下吗?

司机突然出现在我身边,以惊人的优雅打开后座车门,那姿势像是海军学校的学生恭候在船踏板的最前面。伊芙挪到位子另一边,我回了个礼,钻进车里。

车里混杂着皮革和新款香水的香甜味儿,伸脚的空间这么大,我差点儿滑到地板上。

——这东西到半夜会变成什么?我问道。

——洋蓟。

——我讨厌洋蓟。

——我以前也是,不过它们会让你爱上的。

伊芙俯身向前,摁了一下铬合金面板上一个象牙色按钮。

——迈克尔。

司机没有回头,他的声音通过话筒传过来,噼噼啪啪的,像是在离我们一百六十公里远的大海上。

——是的,罗斯小姐。

——请带我们去开拓者俱乐部。

——好的，罗斯小姐。

伊芙坐好，我看了看她。自上次贝拉斯福德的晚宴后我们还是第一次见面，她穿一件丝质蓝色外衣，长袖低领，像是烫过般顺直的头发拢到耳后，将脸上的伤疤完全暴露，一条细细的白线所暗示的经历是那些做普通职员的姑娘只能梦到的，它开始变得光彩起来。

我们都笑了。

——生日快乐，性感妞儿，我说。

——我应该快乐吗？

——永远应该。

计划是这样的：为庆祝她的生日，廷克说她可以租一间舞厅。她告诉他她不想办舞会，甚至不想要生日礼物，只想买一件新衣服，然后两人到彩虹厅[1]吃一顿饭。

这是第一个提示，我应该想到有些事情正在计划中。

司机和车子不是廷克的，是华莱士的。华莱士知道伊芙的愿望后，便让她在生日那天用这辆车到各个商店购物，她也物尽其用。早上，她顺着第五大道一路侦察，午饭后，她回去带上廷克的钱后发起了猛攻，在伯格多夫店买了一件蓝色外衣，在班德尔店买了一双新鞋，在萨克斯店买了一个鲜红色的无带鳄鱼皮包，还买了内衣。她还有一小时的时间，于是回来找我，因为她想在洛克菲勒中心云雾缭绕的楼顶中迈入二十五岁前找个老朋友喝一杯。而我对此十分高兴。

---

1 彩虹厅，位于洛克菲勒中心顶层的餐厅。

在乘客舱门后面的嵌格里有一个小酒吧,里面有两个酒瓶、两个平底玻璃杯和一个可爱的小冰桶。伊芙给我倒了一小杯杜松子酒,给自己倒得多一倍。

——哇哦,我说。你是不是该悠着点?

——别操心,我一直都在练习呢。

我们碰了碰杯,她满饮一口杜松子酒和碎冰块,边咀嚼着冰块,边望着窗外不知什么地方映出的图景,头也不回地说:

——纽约是不是把你整得够呛?

开拓者俱乐部在第五大道的一幢小排屋里,原来是一家崇尚自然和冒险之人爱去的二流俱乐部,大萧条后倒闭。它所拥有的一点点值钱的东西在晚上被人出于好心偷走,送去自然史博物馆,其他不值钱的东西——有古玩,也有纪念品——被债主丢在那里攒灰尘。一九三六年,一个从未出过纽约城的银行家把房子买了下来,重新开业,成为一家高端酒吧。

我们到的时候,一楼的牛排屋正好客满。我们顺着挂满旧船和雪中探险的老照片的楼道爬上狭窄的楼梯,上到二楼的"图书馆"。"图书馆"里从地板一直延伸到天花板的书架上,仔细地收藏着从没有人读过的十九世纪的自然主义作品。屋子中央有两个旧展柜,一个展出南美蝴蝶,另一个展出内战时的手枪。四周低矮的皮椅里坐着窃窃私语的经纪人、律师和实业巨头。除我们之外,屋里唯一的女人是个浅黑肤色姑娘,头发剪得很短,坐在远处的角落里,头顶上是一个长满蛀虫的灰熊头。她穿着一身男人的西装和白领衬衫,吐着烟圈，幻想自己是格特鲁德·斯泰因[1]。

——这边来，主人说。

我们走过去时，我看得出伊芙已能很好地控制自己的瘸腿。大多数女人会努力掩盖这一点，她们会像艺伎一样努力走得好看些——小碎步，头发绾起，目光下垂。可伊芙根本不加掩饰，她穿着拖地的蓝衣服，吃力地把左腿拖在前面，像一个长了畸形脚的男人，后跟在地板上踏出粗响的节奏。

主人把我们领到屋子中间的一张桌子旁。他把我们置于中央，让所有人都能欣赏到伊芙的魅力。

——我们来这里做什么？我们落座后，我问道。

——我喜欢这里，她以敏锐的目光看了看四周的男人，说，女人让我发疯。

她笑了，拍拍我的手。

——当然，你例外。

——真令人宽慰。

旋转门后出现一个年轻的意大利服务生，头发中分。伊芙点了香槟酒。

——那么，我说，彩虹厅呢。

——人家告诉我，那里美得难以置信，第五十层以及全部楼层都是。他们说你还能看到飞机停在艾德怀尔德那边。

——廷克不是恐高吗？

---

1 格特鲁德·斯泰因（Gertrude Stein, 1874—1946），美国作家与诗人，但后来主要在法国生活，并且成为现代主义文学与现代艺术发展中的触媒。

——他不必往下看。

香槟酒来了,正式得有点儿夸张。服务生将一个标准的冰桶放在伊芙一边,主人亲自启开软木塞以尽地主之谊。伊芙挥手让他们离开,自己把酒杯倒满。

——敬纽约,我说。

——敬曼哈顿,她纠正道。

我们喝酒。

——还想不想印第安纳?我问。

——印第安纳是匹可怜的老马,我已经翻过那一页了。

——它知道吗?

——我跟它彼此一定有同感。

——我看不见得。

她笑了,重新倒满酒。

——这个谈够了,跟我说一说,她催促道。

——说什么?

——什么都行,一切。马丁格尔夫人的那些姑娘怎么样?

——我有好几个月没见到她们了。

这当然是个大谎,因为我和弗兰偶尔还会闲聊,不过没有必要告诉伊芙这些,她一直不太喜欢弗兰。

——这就对了!她说。很高兴你有了自己的住处,怎么样?

——比寄宿公寓贵,不过现在我可以自己煮燕麦粥,坐进自己的马桶。

——没有宵禁时间了……

——你如果知道我的上床时间,就不会这么说了。

——噢,她假装关心地说。听上去有点悲伤和孤独啊。

我拿起空杯子,朝她挥挥。

——贝拉斯福德怎么样?

——有点忙乱,她边倒酒边说。我们打算把卧室翻翻新。

——会很贵吧。

——不一定,我们只是把它弄得整齐干净些。

——翻修时你住在那里吗?

——廷克正好要去伦敦拜访客户,我就在广场那边租个房间,催他们赶在他回来之前完工。

没有礼物的生日……去伦敦出差……卧室翻修……自由地使用主格的复数形……整个画面慢慢清晰了。这个年轻姑娘穿着崭新的衣服,喝着香槟酒,要去彩虹厅。在这样的情形下,你以为她会有些眩晕,然而伊芙丝毫没有眩晕。眩晕意味着有一点儿震惊。一个眩晕的姑娘搞不清接下来会发生什么,她感觉也许会有奇妙的事情发生,有可能随时发生,这种掺和了神秘与期待的心态会令她变得轻率。但对伊芙来说,不会有任何即将发生的惊喜,不会有新奇的开局或诡黠的排列。她画好棋盘,刻好棋子,唯一留给运气来定的只有船上贵宾房间的大小。

当初在21俱乐部,当问到如果你可以当一天别人,你们想当谁时,伊芙回答说达里尔·扎努克,那个电影业大亨。她的回答当时显得那么可笑,然而果不其然,如今她正置身高悬于我们头顶的起重机的吊臂上,仔细地再度检视设备、戏服和舞蹈编排,然后示意太阳可以升起。细想之下，谁能为此责怪她呢？

几张桌子开外，两个外形还不错的粗野家伙在高谈阔论。他们回忆着在常青藤大学干下的坏事，其中一个明明白白地说了"婊子"这个词，连旁边的几个男人都开始朝他们瞪眼了。

伊芙一次头都没回过，她不可能被打断。她已经聊开了翻修的事，只会径直继续往下，如同在步兵们不顾一切寻找避难所时，对迫击炮声毫不理会的上校。

两个醉鬼突然站起来，大笑着蹒跚地走过我们身边。

——哎呀，哎呀，伊芙冷冷地说，特里·特朗布尔，是你在这里吵吵闹闹呀？

特里像小孩子学习放的小船一样突然转向。

——伊芙，太出乎意料了……

要不是在私立学校受了二十年教育，他说话可能就结巴了。

他笨拙地吻了吻伊芙，然后探询地望着我。

——这是我的老朋友，凯特，伊芙说。

——很高兴见到你，凯特，你是印第安纳波利斯人吧？

——不，我说。我是纽约人。

——真的！哪个区？

——特里，她也不是适合你的类型。

他转向伊芙，像是要躲开，不过又回过神来，他清醒些了。

——代我问候廷克，他说。

他离开了，伊芙看着他走出去。

——他是什么人，我问。

——他是廷克在联合俱乐部的一个朋友。几周前的周末，我们去了他们在韦斯特波特的房子开派对。饭后他妻子弹莫扎特的钢琴曲（我的天），特里告诉一个女佣，他要在餐室里给她看件东西。等我出现时，他正把她堵在面包柜旁，想吻她的脖子，我不得不用土豆捣碎器挡开他。

——不是用刀，算他走运。

——给他一刀，他倒痛快了。

想到这一幕，我笑了。

——嗯，有你及时出现，那个用人运气真不错。

伊芙眨着眼睛，像是在想别的事情。

——什么？

——我说有你在那里，那女孩真走运。

伊芙看着我，有点儿吃惊。

——姐们儿，这和运气没关系，我跟着那个混蛋到餐室去的。

突然，我眼前出现了伊芙在纽约妇女空军辅助飞行队走廊里巡视的画面，她手持土豆捣碎器，不时从暗处里跳出来，惩治各种粗野的行为。

——你知道吗？我带着这一新信念说道。

——什么？

——你是最棒的。

将近八点，喝光的香槟酒瓶倒插在冰桶里，我对伊芙说她得走了，她有点儿落寞地看着空酒瓶。

——你是对的，她说。

她伸手去拿新包，同时招呼服务生过来，用的是廷克的手势。她打开皮夹，里面塞满二十元的崭新钞票。

——不，我说。我请，你过生日。

——好吧，不过等你二十四岁生日时我还这个情。

——那太好了。

她站起来，有那么一会儿，她显得光彩照人。衣服在肩头优雅地垂下，手拎红色提包，真像约翰·辛格·萨金特[1]的全身肖像画。

——至死不渝，她提醒我说。

——至死不渝。

我走到屋子中间看展品，一边等着服务生送来账单。对有枪械知识的人来说，这些枪稀有名贵，可对门外汉来说，这些枪破旧得很，它们像是内战后从密西西比河的岸边挖出来的。在弹匣里，子弹像鹿粪一样堆在一起。

蝴蝶展柜看上去顺眼些，但明显太业余了。蝴蝶标本被钉在毡布上，让人只看得见它们翅膀的上部。但如果对蝴蝶有一点了解，你就知道蝴蝶翅膀的两部分有可能大不相同。如果上面是透明的蓝色，那么下面有可能是带赭色斑点的褐灰。这种鲜明的对比让蝴蝶具备了重要的进化优势，让它们张开翅膀时可以吸引异性，合上翅

---

[1] 约翰·辛格·萨金特（John Singer Sargent，1856—1925），美国画家，尤以优美的肖像画和水彩风景画出名。

膀后，又能隐藏到树干里。

把一些人比作变色龙未免有些陈词滥调：能随着环境的不同而变换颜色，其实能做到这个的人一百万里也未必有一。然而蝴蝶却有成千上万：很多男人女人如伊芙一样拥有截然不同的两种颜色——一种用于吸引他人，一种用于伪装自己——翅膀轻轻一扇，便能立刻转换。

账单送来时，香槟的酒意弥漫上来。

我拿起包，朝门口看去。

那个穿西装的褐发姑娘从我旁边经过，朝卫生间走去，她不友好地冷冷瞪了我一眼，如同被迫停战的宿敌。这不正好吗？我想。我们在仇恨中展现的想象力和勇气多么贫乏啊。如果我们一小时挣五毛钱，我们会羡慕有钱人，可怜穷人，而后把恶意全保留给比我们多赚一分或少赚一分的人；正因如此，社会不会每十年就发生一次革命。我冲她吐吐舌头以示回敬，然后朝门口摇摇晃晃地走去，努力让自己从背后看就像是火车上的电影明星。

我站在楼梯上，台阶突然显得窄小、陡峭，往下看有点儿像坐过山车，我不得不脱下鞋子，抓紧栏杆。

我用肩膀顶着墙往下走，这才发现沿楼梯而下的照片是"忍耐号"被冻在南极的照片。我停下来端详其中一张，船上的帆缆被扯离桅杆，食物和其他必需品散落在冰面上，我伸出一根手指朝指挥官沙克尔顿摇了摇，提醒他都是他犯下了该死的错。

我来到街上，打算穿过69街，去往第三大道的高架铁道，这时我看到那辆棕色宾利车停在路边，车门打开，司机出来。

——康腾小姐。

我糊涂了,这不仅仅是因为喝了酒。

——你是迈克尔,对吗?

——是的。

我突然想到,迈克尔很像我父亲的哥哥罗斯科伯伯,他也有着大手掌,耳朵像花椰菜。

——你看见伊芙了吗?我问。

——是的,她要我送您回家。

——她要你转回来送我?

——不是的,小姐,她想走路。

迈克尔打开后门,里面看起来黑暗而孤独。正值六月,天还亮着,空气温和。

——如果我坐前面你介意吗?我问。

——我想不行,小姐。

——我想也是。

——去 11 街?

——是的。

——您想怎么去?

——怎么说?

——我们可以走第二大道,也可以绕过中央公园,然后去往下城,也许这样可以弥补您不能坐前排的损失。

我笑了。

——哇,这听起来不错,迈克尔,就这样吧。

我们在72街进入公园，往北朝哈莱姆开去。我把两边的窗子都打开，六月温和的空气向我流露出泛滥的爱意，我踢掉鞋子，盘腿坐着，看着树后退而去。

我不常坐出租车，如果坐也是走两点一线的最短距离，从未想过绕道回家，二十六年里一次也没有。这也一样很神奇。

◆

第二天，伊芙打电话给我，说我二十四岁生日时我们的约会得取消了，似乎是廷克给了伊芙一个"惊喜"，他在彩虹厅出现时带着另一张去欧洲的船票。廷克先去伦敦与客户见面，然后他们顺道拜访巴奇和怀斯——他们在里维埃拉弄了一所房子，七月在那边度假。

一周后，我跟弗兰和格鲁伯碰头，吃了被广告宣称为牛排的汉堡。她给我看以下从《每日镜报》社会版撕下的报道：

> 从中大西洋拍卖公司传来消息，大腕们聚集在"维多利亚女王号"上，在小科尼利厄斯·范德比尔特每年一度的"黑领带"寻宝活动中轻易拔得头筹的是初次露面的T.格雷，成功的纽约城银行家，以及他更为耀眼的另一半E.罗斯。在五十件指定的珍宝中，格雷和罗斯成功地取得一把弯刀、一个筛子和一条木腿，令举座陷入无声的震惊。年轻的寻宝人不愿透露成功的秘诀。据观

察者说，他们采用了游说船员而非乘客的新颖招数。奖品？克拉里奇的五夜免费住宿，外加国家美术馆的一次私人观展。在此提醒博物馆保安，在这精明的一对儿逃走之前，务必仔细对他们搜身。

第 十 章

城中最高楼

六月二十二日,我整个下午都在62街对方公司一间没有窗子、没有通风设备的房间里为年轻的托马斯·哈珀先生记录证词。做证的是一个濒临倒闭的钢铁厂生产线管理人员,他像洗衣女工那样汗流浃背,唠唠叨叨,唯一能让他真正谈出一点儿东西的问题就是情况有多糟。他问哈珀,您知道那是什么感觉吗?二十年都耗在为公司尽心尽力上,每天早上孩子还在睡着就起床上班,每分每秒都要监视生产线上各个细节,结果有一天你一觉醒来,发现什么都没了。

——不知道,哈珀干巴巴地说。不过你能不能讲一讲一九三七年一月发生的事情?

我们终于完工,我得去中央公园透透气。我在拐角的一个熟食店买了一个三明治,在一棵木兰树附近找到一个不错的地方,在那里可以安安静静地吃饭,陪伴我的是我的老朋友查尔斯·狄更斯[1]。

我坐在公园里,不时从皮普[2]的故事中抬起头来,看着那些已得偿所愿的散步的人。这时,我第三次见到了安妮·格兰汀。我犹豫了一会儿,把书塞进包里,起身跟上她。

不出所料,她的脚步方向明确。从公园出来到59街后,她经过红绿灯,轻快地跳上广场宾馆的台阶。我也一样。一个穿制服的旅馆服务生推动"十"字形旋转门时,我突然想到,这或许是上流社会一条不成文的规则,你不应该尾随熟人进入本地旅馆。可她就不能只是和朋友碰面喝上一杯吗?门转开了,我决定采用科学的方法。

——伊尼,米尼,迈尼,莫……

进入宾馆,我在一棵盆栽棕榈树的树荫下找到一个位子,这里来来往往的人都衣冠楚楚,有些带着行李抵达,有些朝酒吧走去,其他人自擦鞋机旁或大厅上楼。在一盏足以令剧院自惭形秽的枝形吊灯下,一位大胡子大使正给一个八岁女孩和一对卷毛狗让路。

——对不起。

一个戴小红帽的年轻服务生在我这棵树旁边张望。

——您是康腾小姐吧?

---

1 查尔斯·狄更斯(Charles Dickens, 1812—1870),英国作家,主要作品有《双城记》(*A Tale of Two Cities*)以及《大卫·科波菲尔》(*David Copperfield*)。
2 狄更斯的长篇小说《远大前程》(*Great Expectations*)里的主人公。

他递给我一个奶油色小信封——舞会或婚礼的接待处用来告诉你桌号的那一款。信封里是一张名片,内容十分简洁:安妮·格兰汀。背面她用随意笔迹写着几个大字:过来问声好吧,1801房间。

哇呀。

我走向电梯,心想她是在大厅还是在中央公园就发现了我。电梯服务生体贴地看着我,那眼神像是在说,不用着急。

——十八楼?我问。

——好的。

没等门关上,一对蜜月夫妻走了进来,他们年轻,阳光,肤色健康,看上去似乎准备把他们的每一分钱都花在房间服务上。电梯停在十二楼,他们一下跳进走廊里。我冲着电梯小伙友好一笑。

——新婚的,我说。

——不一定,女士。

——不一定?

——不一定新,不一定婚。看好脚下。

1801房正对着电梯。我摁下铜门铃,门里响起脚步声,比安妮的沉重。门开了,是一个瘦瘦的穿着威尔士亲王格纹[1]的年轻男子。一阵尴尬之后,我递上名片,他用指甲修剪整齐的手指接过去。

——空腾小姐?

他的发音和他的服饰一样讲究,但还是错了,他把我的名字说成"空－腾(Kon-tent)",像是在说一本书的"目录(content)"。

---

1 一种由黑、白、灰等线条组成的特殊格纹,为时任威尔士亲王的温莎公爵所喜爱,因此被称为"威尔士亲王格纹"。

——是康腾,我纠正道。

——对不起,空-腾小姐,快请进吧。

他朝门里几步远的一处准确地打了个手势。

我发现自己站在阳光明媚的套房的门厅里,中央客厅的一边是一扇密闭着的嵌板门,可能通往卧室。在最显著的位置,有一张蓝黄相间的长沙发椅和两张低背安乐椅,围着一张鸡尾酒桌放置,有效地平衡了阳刚之气与阴柔之风。休憩区过去有一张银行家专用书桌,一角放置着一瓶百合花,另一角是一盏黑色台灯。我开始怀疑廷克公寓里展现的完美品位是出自安妮,她的时尚感与自信结合得恰如其分,那正是一个能将现代设计带入上流社会的人所需要的。

安妮站在书桌后,一边眺望着窗外的中央公园,一边打电话。

——是的,是的,戴维,我完全明白你的意思。我很清楚你不希望我利用董事这个职位,但正如你所看到的,我有很强烈的意愿要使用它。

安妮正说着,她的秘书把我的名片递过去,她转过身,示意我坐到长沙发椅上。我坐下时碰翻了旁边的提包,皮普[1]惊愕地露出头来。

——对的,对的,好的戴维,我们五号在纽波特再详细讨论。

她挂断电话,走到长沙发椅这里,在我身旁坐下,看上去像是我不请自到。

——凯蒂!见到你真高兴!

她朝电话做了个手势。

---

1 这里是借指书。

——对不起，我从我丈夫那里继承了一点儿股票，这给了我不劳而获的特权，这事除了我，所有的人都觉得不高兴。

她解释说她在等一个熟人，他随时会来，不过如果运气好的话，我们还有时间喝上一杯。她交代秘书布莱斯准备一些马提尼酒，自己告退去一趟卧室。布莱斯朝一个做工精致的枫木柜走去，柜子前方是个小酒吧。他用一双银钳从桶里夹起冰块，和马提尼酒混在一起，用一根长匙搅拌，小心不碰响罐壁。他将两个杯子放到桌上，靠近一碟盐渍洋葱。他正要倒酒时，安妮走出卧室。

——布莱斯，让我来，谢谢你。没什么事了。

——我要不要写完给卢瑟福上校的信？他追问。

——这个我们明天谈。

——好的，格兰汀夫人。

一个女人用如此直率的权威对一个男人发号施令的不同寻常，只稍稍被布莱斯的呆谨与卑下削弱了些。他朝她中规中矩地点点头，也朝我敷衍地点点头。她仰靠在躺椅上。

——我们来吧！她说。

她俯身往前，行云流水一般将两个动作合而为一：胳膊肘倚在膝盖上，伸手拿酒罐，倒酒。

——洋葱？她问。

——我更喜欢橄榄。

——我会记住的。

她把杯子递给我，将两个洋葱扑通一声丢到自己的杯中，左臂倚着椅背。我向她举起杯子，努力显得从容些。

——恭贺巴氏杀菌法。

——难如所愿，我只赌大的，我说过。

她朝我笑笑，喝一口酒。

——告诉我，是什么让你在周三下午来到城里的这个区？我似乎记得你在奎金-黑尔工作。你换了新工作？

——不，我还在奎金工作。

——哦，她带着一丝失望说道。

——我和一个律师在跟这儿只有几个街区之隔的地方取证词。

——你在那儿问审讯前要问的尖锐问题，你的对手必须回答的那些？

——是的。

——不错，至少听上去有点儿意思。

——实际上这得取决于问的是哪一类的问题。

——以及由谁来提问，我这么猜。

她倾身向前，把杯子放到桌上，宽松的上衣稍稍松开，最上面的扣子没有扣上，我看到她没有戴胸罩。

——您住在这里？我问。

——不，不，这里只是办公室，不过比在写字楼里方便多了，我可以让人备餐，出门前可以洗澡、换衣服，城外的人要来见我也容易。

——从城外来看过我的只有直销员。

她笑了，又拿起酒杯。

——他不虚此行吗？

——不见得。

她把杯子举到唇边时,从眼角端详着我。把杯子放回到桌上后,她漫不经心地说:

——据我所知,廷克和伊芙已经去国外了。

——是的,他们正在伦敦,待上几天后去里维埃拉。

——里维埃拉!不错,那应该挺浪漫,有的是温泉和薰衣草。不过,浪漫不代表一切,是吧?

——我觉得您对他们的关系还是心存疑虑。

——当然,这不关我的事。他们光彩照人,也许甚至足以让白金汉宫熠熠生辉,但若是一定要我说老实话,我得承认,我曾经猜想廷克会跟能给他一点儿挑战的人在一起,我是说智力上的。

——也许伊芙会让您吃惊的。

——吃惊是肯定会的。

门铃响了。

——啊,她说。肯定是我的客人来了。

我问她是否有地方让我梳洗一番,她让我去与她的卧室相连的卫生间。卫生间的墙纸是威廉·莫里斯[1]的风格,柔弱而壮观。我把冷水泼到脸上。在大理石台面上,她的胸罩叠得整整齐齐,一枚翡翠戒指放在上面,有如加冕日放在垫子上的一顶王冠。我走出来时,安妮正和一个灰头发的高个子绅士站在沙发旁。那是约翰·辛格尔顿,特拉华州前参议员。

---

1 威廉·莫里斯(William Morris,1834—1896),英国工艺美术运动领导人之一,世界知名家具、壁纸花样和布料花纹的设计者兼画家。

旅馆外，头戴高帽的看门人正帮助穿着时髦的一对儿上出租车。车开走了，他转过身看见我，礼貌地脱下帽子，立正站好——并没有为我招呼下一辆车。他干这一工作太多年了，不会犯这种低级错误。

◆◆◆

我回到公寓楼，今天是周三，住在3B的红脸新娘正对着她母亲的波伦亚菜谱大动干戈。当初她转录完食谱时，一定是写下了两头大蒜，而不是两瓣大蒜，因为我们这一周剩下的几天浑身都得染上她们家常菜的味道了。

我进门后，在餐桌前站了一会儿，清点自己的邮件。乍看上去，邮件和平时一样乱，不过在两份账单中间有一封航空信件，颜色是知更鸟蛋的蓝色。

是廷克的笔迹。

我四处搜寻，找到一些没喝完的酒，就着瓶子直接尝了一口，舌头上有麻刺感，像周日的圣餐。我倒了一杯，坐在桌旁，点着一支烟。

信封上的几张邮票是英国的，一张紫色的是政治家头像，其他蓝色的是汽车图案。似乎世界上每个国家都有政治家和汽车的邮票，哪里有开电梯的小伙子和不幸主妇的邮票呢？还有无电梯的六层楼房和发馊的葡萄酒的邮票？我踩灭烟，撕开信，信写在欧洲人喜欢用的棉纸上。

亲爱的凯特，

自我们出发以来，每天我们俩总有一个会说"凯蒂会喜欢这个的！"今天轮到我……

信里简单提到廷克和伊芙决定沿南安普敦海岸开车到伦敦，最后到了一个小小的渔村。伊芙在旅馆休息，廷克出去散步。每转一个弯，他都能看到老教区教堂的尖塔，那是城里最高的建筑，最后他绕道朝它走去。

里面的墙壁刷成白色，像是新英格兰的一座捕鲸者教堂。

第一排位子上坐着一个水手的寡妇，在读赞美诗。而在后排，一位体形像摔跤手的秃顶男人坐在一篮浆果旁哭泣。

突然，一群穿制服的姑娘冲进门来，笑得像海鸥。摔跤手跳起来责备她们。她们在过道上画着"十"字，一等头顶上的钟声响起，又跑出去了……

真的。关于外出度假的人，能说他们什么好呢？我把信揉成一团，扔到垃圾桶里，拿起《远大前程》，翻回到第二十章。

我父亲从来不喜欢发牢骚，在我认识他的十九年中，他很少说起在俄罗斯军队里服役之事，很少谈到和我母亲如何艰难度日，也很少谈起她如何抛弃我们。他身体不好，但也很少抱怨自己的健康。

有一夜将近天明之时，我坐在他床边，跟他聊起某个和我一起工作的傻瓜的趣闻，逗他开心，突然他说起自己的一个想法，他说，不管他在生活中碰到什么困难，不管事情的发展变得多么令人畏缩，令人沮丧，只要早上醒来时，他还想着他的第一杯咖啡，他就知道他准能渡过难关。当时我觉得这简直是天方夜谭，几十年后我才明白，他那是在给我一个忠告。

对于骄傲的年轻人来说，目标坚定，追求永恒真理，有着毋庸置疑的魅力。然而，一个人若是失去了享受世俗乐趣的能力——在门廊抽烟，在洗澡时吃姜饼——她可能会将自己置于毫无必要的危险境地。我父亲在自己的人生之路行将终结时告诉我，这种危险不能等闲视之：人必须为简单的快乐而战，以抵御优雅、学识以及形形色色迷人诱惑对这种快乐的侵害。

回想起来，我的那杯咖啡一直是查尔斯·狄更斯的作品。不可否认，所有那些勇敢的穷小子有一点儿令人恼火，还有完全可以称作恶魔的代理商家伙们。但我也渐渐意识到，不管我的处境多么灰暗，如果在读完狄更斯小说的一章之后，我还有让我在火车上坐过站的那种继续读下去的冲动，那么也许一切都会好起来。

好吧，也许这则特别的寓言我读了太多遍。又或许我只是因为连皮普也在去伦敦的路上而生气。不管是什么原因，在读了两页后，我合上书本，爬上了床。

第十一章

美丽时代

二十四日周五下午五点四十五分,秘书工作室的桌子都空了,只剩下我,我刚刚完成一份反诉,打印了一式三份,准备闲逛着回家。这时,我从眼角看到夏洛特·塞克斯从洗手间出来。她换上了高跟鞋和橘红色上衣。与她所有的美好意愿相违,这一身看上去很不协调。她双手抓起包。来了,我想。

——嘿,凯瑟琳,你要干到很晚吗?

自从那次我在地铁为夏洛特拯救了那份合并协议后,她经常邀我出去吃午饭,和她家人一起过安息日或到楼梯转角处抽支烟。她有次甚至还请我到一个新建的大公共泳池去泡澡,那是罗伯特·摩西[1]

---

1 罗伯特·摩西(Robert Moses,1888—1981),被称为20世纪中期纽约市、长岛,以及纽约州西彻斯特郡的总规划师。

建造的，城外的居民们像锅子里的螃蟹一样在那儿爬来爬去。迄今为止，我都以提前想好的理由拒绝了她，可我不知道还能撑多久。

——我和罗西正想去布兰尼根喝一杯。

我从夏洛特的肩头望过去，罗西正在研究自己的指甲，体态丰满的她有着忘记扣衬衫最上面那颗扣子的喜好，看得出来，罗西若是不能浪漫地登上帝国大厦的顶层，她也准备像金刚那样爬上去。但鉴于眼下的情形，也许有她在场也不全是坏事，至少她可以让我在喝完一杯后轻易抽身。考虑到我最近这阵子的自怜自怨，也许近距离观察一下夏洛特·塞克斯的生活正是医生要开的处方。

——好吧，我说。等我收拾一下。

我站起来，盖好打字机，拿起包，伴随着一声轻柔但清晰的敲击声，字母"Q"的上方亮起了红灯。

夏洛特的表情比我还要怨恨，周五下午五点四十五分！她似乎在想，她到底要做什么？可我没这么想。最近我起床有点儿困难，十天里有两天上班迟到了五分钟。

——我到那里和你们碰头，我说。

我站起来，拉直裙子，拿起速记本。马卡姆小姐发号施令时，即便是责备，也要求我们一字一句记下。我走进她的办公室，她正要写完一封信，没有抬头，指了指一把椅子，又继续写。我坐下来，不急不慢地第二次理直裙子，毕恭毕敬、"啪"地打开速记本。

马卡姆小姐大概五十出头，并非毫无魅力。她看东西不戴眼镜，胸脯也不瘪平，虽然头发绾成一个圆髻，但还是看得出头发长而浓密。若是早些年她应该会成为公司某位高级合伙人的继室。

她以专业的花体签名作为信的结尾，然后将笔放回到铜笔架，笔歪向一边，像是一个扎进盾牌的矛。她双手交叉放在桌上，直视着我的眼睛。

——凯瑟琳，你不用记什么。

我关上本子，按马卡姆小姐教我们的那样把它塞在右大腿边，心想：这更糟了。

——你到我们这里多久了？

——差不多四年了。

——一九三四年九月？如果我没记错的话。

——是的，十七号周一。

对这一精确的表述，马卡姆小姐笑了。

——我叫你来，是想讨论一下你在这里的未来。你可能听说了，夏天过后帕梅拉小姐就要离开。

——我没听说。

——你不太和其他姑娘闲聊吧，凯瑟琳？

——我不太喜欢闲聊。

——这对你挺好。不过，你似乎和大家相处得还不错？

——大家并不难相处。

马卡姆小姐又是一笑，这次是因为我把"大家"恰当地放在了句首。

——你这样说我很高兴，我们为确保大家能和睦相处做了一些努力。不管怎么样，帕梅拉就要走了，她有了……

马卡姆小姐停下来。

——孩—子。

她用两个音节，使这个词生动形象。

在帕梅拉长大的贝德福德-斯泰森特那样的拥挤街区，这也许是个值得庆贺的消息，但在这里不是。我试图表现得如同刚刚得知自己的同事偷钱被当场抓住似的。马卡姆小姐继续说：

——你的工作无可挑剔，语法知识非常出色，与同事的相处堪为典范。

——谢谢。

——刚开始，你的速记好像赶不上你打字的速度，不过现在有了明显的提高。

——那是我的一个目标。

——这是个好的目标，我还发现你对信托和地产法律条文的了解接近一个初级律师。

——希望这不会让您觉得我自负。

——一点儿也不。

——我知道，如果我了解合作者的工作性质，就能更好地帮助他们。

——没错。

马卡姆小姐又停下来。

——凯瑟琳，根据我的判断，你是地地道道的奎金人，我已经推荐你接替帕梅拉的位子，做领班。

（她特别用一种夸张的方式说了"领班"这个词）

——你知道，领班是交响乐队里的首席小提琴手，你将获得比独奏更多的份额——或者说，你将获得比独奏更恰当的份额，但你也得起模范带头作用。我是我们这个小乐队的指挥,不可能时时刻刻盯着每个姑娘,她们得依靠你的指导。毫无疑问,提升与报酬、责任和职位是并行的。

马卡姆小姐停下,扬起眉毛,表示现在欢迎我发表评论,于是我用专业的克制谢过她,她握了握我的手,我暗自对自己说:多地道的奎金人,多么亲友近邻,多讨人喜欢。

我离开办公室,向市中心的南渡口站走去,这样就不用经过布兰尼根的正门。从港口飘来一阵坏贝壳的味道,似乎纽约的牡蛎清楚地知道在不带"R"的月份里不会有人吃它们[1],于是便肆无忌惮地跳上岸来。

我正要上火车,一个瘦高个穿工装裤的乡巴佬从一个车厢跑往另一个车厢,撞掉了我的提包,当我弯身捡包时,裙子撕开了一条缝。因此下车后,我去买了一品脱裸麦威士忌,还有一根可以粘在软木塞上的蜡烛。

幸亏我已经在餐桌旁喝了半瓶酒,才脱下鞋子和袜子,因为等我起身去煎蛋时,我撞到桌子,把剩下的酒全洒到了一张残破的纸牌上。我像罗斯科伯伯那样用押韵的语句骂骂咧咧,一边用拖把拖地,然后一屁股坐到我爸爸的安乐椅中。

一年中你最喜欢的是哪一天?一月我们在21俱乐部喝酒时,除了那些重要问题之外,我们还问了彼此这个小问题。雪最大的那一天,廷克说。只要不在印第安纳,每一天我都喜欢,伊芙说。我的回答?

---

1 在西方,有只在带"R"的月份才吃牡蛎的老规矩,集中在秋冬季,比如九月(September)、十月(October),十一月(November)等。

夏至那一天，六月二十日，一年中最长的一天。

这是个聪明的回答，至少当时我这么觉得，不过冷静地想想，我突然意识到，当被问到一年中最喜欢哪一天时，回答六月中的某一天可有些狂妄自大，它暗示着你生命中的细节棒极了，你俯瞰自己的处境时如此安心，因此你想要的全部只不过是更多的白昼，用以庆祝你的幸运。但正如希腊人教导我们的，对这样的傲慢，只有一种办法可以纠正，他们管它叫天谴（nemesis）。我们管它叫罪有应得，或自食其果，或简称报应。它往往与薪水、责任和职位的适当提升结伴而来。

有人敲门。

我连是谁都懒得问，打开门发现是西部联盟电报公司的信差，送来我平生第一封电报，是从伦敦发来的：

姐们儿生日快乐句号对不起不能到场句号为了我俩在城里闹翻天吧句号两周后见句号

两周？如果从棕榈滩寄来的明信片是一个暗示的话，那我要到感恩节才会见到廷克和伊芙。

我点上烟，又看了一遍电报。从上下文看，不知道伊芙说的"为了我俩"是指她和廷克，还是指她和我。直觉告诉我是后者，也许她终于明白了些什么。

我站起来，从床下拉出罗斯科伯伯的鞋柜，在我的出生证和一只幸运兔脚[1]，还有我妈妈唯一的照片下面是罗斯先生给我的信

1　兔脚在很多文化中是能带来好运的护身符。

封。我把剩下的那些十元钞票拿出来丢到床上。既然神谕说,在城里闹翻天吧,那明天我就打算这么干。

◆◆◆

在班德尔商场的五楼,花比葬礼上的还多。

我站在一个挂着黑衣服的衣架前,棉布的、亚麻布的、带缎带的、无背的、无袖的,黑色……黑色……黑色……

——需要帮忙吗?自进店后,这已经是我第五次被人问了。

我转过身,是一位四十四五的女人,身着套装,戴眼镜,跟我保持着得体的距离。她漂亮的红发往后扎成马尾辫,像是年轻的女明星故意装扮成老处女。

——你有没有稍稍……颜色鲜艳些的?我问道。

奥马拉夫人把我引到一张有垫子的躺椅旁,问我尺寸、喜欢的颜色和社交倾向,然后消失。回来时她后面跟着两个姑娘,每人手臂上都挂着一些挑选出来的衣服。奥马拉夫人一件件向我介绍这些衣服的优点,我则拿着一个细腻的瓷杯,喝着咖啡,提出自己的看法(太绿,太长,太温暾),一个姑娘做着笔记,这让我觉得自己像是班德尔商场董事会的经理,在登记春季精选货品。空气中没有丝毫钱将很快易手的暗示,当然不是我的。

奥马拉夫人是专业销售人员,了解自己的商品,她把最好的留在最后:一件白色短袖裙装,淡绿色圆点,还配了一顶帽子。

——这一身很有趣味,奥马拉夫人说。不过是一种有教养的、优雅的趣味。

——是不是太乡村了?

——恰恰相反,这身裙装的设计用意是给城里人带去新鲜空气,城里指的是罗马、巴黎、米兰,而不是康涅狄格。乡下人不需要这样的衣服,我们需要。

我歪了歪脑袋,流露出一丝兴趣。

——试一试,奥马拉夫人说。

非常合身。

——很出色,她说。

——真的?

——当然。你不用穿鞋子,这最能看出衣服的好坏,如果不穿鞋看起来也很优雅,那么……

我们并肩站着,冷静地照着镜子。我稍稍转向一边,抬起右脚跟,脚踝上的褶边微微飘动,我努力想象自己光着脚跳西班牙舞,差一点儿就成功了。

——非常棒,我承认道。但我忍不住想,要是你来穿会更好看,衬上你的头发颜色。

——冒昧说一句,康腾小姐,你到二楼就可以弄出我这个头发的颜色。

◆

两小时后,我换了一头爱尔兰式的红发,乘出租车去西村的

"美丽时代"。当时离法国餐馆流行还有几年时间,但"美丽时代"已经成了那些不时被遣返的移居海外人士的最爱。那是个小餐馆,有带软垫的长椅,墙上挂着夏尔丹[1]风格的静物画,描绘的是乡下厨房里的物什。

领班记下我的名字,问我等候时是否需要香槟酒,现在才七点,只有不到一半的桌子有人坐。

——等什么?我问。

——您不是在等人吗?

——不是的。

——对不起,小姐,这边请。

他步履轻快地走进餐厅,在一张两人桌旁只停了一下,又走到一张软长椅旁,那里可以纵览整个餐厅。看我坐得舒服后,他消失,回来时拿着说好的香槟酒。

——为突破常规,我敬我自己。

我的海军蓝新鞋硌脚踝,在桌布的掩护下,我踢掉鞋子,活动脚趾,从新的蓝色手包里掏出一包烟,一个服务生从桌子那边俯过身,伸过来一个不锈钢打火机,打火,火量足够点着香烟。我不紧不慢地从烟盒里把烟倒出来,他如塑像般一动不动,待我吸上第一口烟,他才满意地站直身子,啪地关上打火机。

——您等人时要不要看看菜单?他问道。

——我不等人,我说。

---

1 夏尔丹(Jean Baptiste Siméon Chardin,1699—1779),法国画家,画风平易、朴实,具有平和亲切之感,反映了新兴市民阶层的美学理想。

——对不起,小姐。[1]

他向在我旁边收拾桌子的小工打了个响指,然后呈上菜单,菜单搁在臂弯里,这样他可以指着菜,介绍其特色,颇像奥马拉夫人夸赞衣服的样子。这给了我信心,如果我想在积蓄上挖个洞,至少路子是走对了。

餐馆逐渐有了生机,几张桌子热闹起来,鸡尾酒送上桌,烟点上,这生机来得有条不紊,不紧不慢,这餐馆自信满满,它知道到了九点,自己就成了世界的中心。

我也让自己慢慢恢复生机,不紧不慢品尝第二杯香槟酒,享受小鱼烤面包,又抽上一支烟。服务生回来,我点了一杯白葡萄酒、奶油焗芦笋,主菜是餐馆的特色菜:黑块菌馅童子鸡。

服务生迅速离去,我第二次注意到坐在对面软长椅上的那对老夫妇朝我微笑。男的矮壮,头发稀薄,穿双排扣西服,扎蝴蝶结,眼神温顺,似乎稍一动情便会流泪。妻子比他高出了七八厘米,身着优雅的夏装,鬈发,笑容温和,她看上去像是处于世纪之交的女性,一面招待主教用午餐,一面要去领导争取妇女选举权的游行示威。她向我眨眼以示意,我也眨眨眼作为回应。

小铜盘里的芦笋带着一丝炫耀来到桌边,笋尖排列整齐,根根长度一样,互不叠合,上面精心洒了一层黄油面包屑和意大利果仁味羊奶干酪,干酪烤成焦黄色,脆皮,冒泡。领班将它连同银叉、

1　原文为法语。

银匙一起呈上,又磨碎一点柠檬皮放在盘子里。

——祝您用餐愉快。[1]

我胃口是好。

我父亲哪怕挣了一百万,也不会到"美丽时代"来吃一顿。在他看来,去餐馆这种浪费行为是渎神的最高表现。在你的钱可以买到的所有奢华里,餐馆最难让你感受到奢华。一件毛皮大衣至少可以在冬天穿,可以御寒,一根银匙熔化后可以卖给珠宝商,餐馆的牛排有什么用?你切开它,咀嚼它,咽下它,擦擦嘴,把餐巾扔到盘子上,如此而已。芦笋不是一样吗?我父亲宁可把一张二十元的钞票带进坟墓,也不愿把它花在一顿华而不实的饭菜上。

可对我来说,在高档餐厅吃饭就是我最神往的享受,是文明的最高境界。文明是什么?文明不就是知识分子超越生活基本需求(衣食住行和生存)带来的烦恼,进入精神的空灵世界(诗歌、手包和美味佳肴)吗?这种体验远离日常生活,哪怕生活中的一切完全腐朽,一顿美食也可以使精神焕发生机。如果有一天我名下只剩下二十块钱,我会把它用在这里,享受这无法典当的优雅的一小时。

服务生拿走芦笋盘子,我才意识到自己不该喝第二杯香槟,决定去一趟卫生间,清醒一下。我把左脚伸进海军蓝鞋子里,右脚摸索,却找不到鞋子,我飞快地胡乱搜寻了一圈,眼睛在餐厅里四处打量,大脚趾在桌子下面开始更有规律地画圈摸索,同时尽力保持稳定的坐姿。无

---

1 原文为法语。

果而终,我俯下身去。

——可以让我帮您吗?

坐在餐厅另一边的那位系蝴蝶结的绅士站在我的桌前。

没等我开口,他就轻松地弯下腰,又直起身来,手掌托着那只鞋子。他弯下腰,以摄政王呈上玻璃鞋的礼仪小心地把鞋子放在面包篮后面,我一挥脚,把它扫到桌下。

——谢谢您,我真是太粗鲁了。

——一点儿也不。

他回头朝自己的桌子打了个手势。

——如果我和我妻子盯着您看,请原谅,因为我们觉得它们美极了。

——不好意思,它们?

——这些小圆点。

就在这时,我的主菜来了,泪眼绅士回到自己的座位,我开始有条不紊地切鸡肉,可没吃几口,我就知道吃不完。块菌的浓香溢出碟子,熏得我脑袋发晕,只要再吃一口鸡肉,我肯定会吐出来。在我的坚持下,他们拿走了一半,可我还是确定自己就要吐了。

我只想快点儿出门呼吸新鲜空气,便把花花绿绿的钞票全丢到桌布上,没等服务生把桌子拉开便站起来,碰翻了红酒杯,可我不记得自己点过红酒。我从眼角看到服务生正把蛋奶酥送到那对老夫妇桌上,像女权运动领导者的妻子挥了挥手,不知是何意。在门口,我和一幅画里的野兔四目相对,像我一样,它四脚倒挂在一根钩子上。

到了门外，我朝最近的巷子走去，靠着砖墙，小心地吸了一口气，心想这是报应吧。如果我吐了，父亲在天上会带着忧郁的满足瞪着那堆芦笋和块菌，他会说，瞧瞧，这就是你的知识分子的优势。

有人把手放在我肩上。

——亲爱的，你没事吧？

是那位像女权运动领导者的老妇人，她丈夫保持礼貌的距离，用一双充满泪水的眼睛望着我。

——我想我是吃得有点儿过头了，我说。

——是那个糟糕的鸡肉，他们还挺自豪的呢，我觉得太难吃了。你是不是想吐？亲爱的，想吐就吐吧，我可以帮你拿帽子。

——我就快好了，谢谢您。

——我叫哈皮·多兰，这是我丈夫鲍勃。

——我叫凯瑟琳·康腾。

——康腾，多兰夫人说，好像她认识我。

多兰先生看没什么大问题，便慢慢凑上来。

——你常来"美丽时代"吗？他问我，好像我们不是站在小巷子里。

——我第一次来。

——你刚到时我们以为你在等人，他说。我们要是知道你是一个人吃饭，会邀请你加入我们的。

——罗伯特！多兰夫人说。

她转向我。

——我丈夫觉得年轻姑娘愿意一个人在外面吃饭不可思议。

——呃,不是所有的年轻姑娘,多兰先生说。

多兰夫人笑了,假装愠怒地瞪了他一眼。

——你够坏!

然后她转向我。

——至少可以让我们送你回家。我们住在82街和公园大道那边,你住在哪里?

我看到巷口有辆车慢慢停下来,很像是劳斯莱斯。

——中央公园西211号,我说。

贝拉斯福德。

几分钟后,我坐在多兰家的劳斯莱斯后座上,往第八大道开去。多兰先生坚持让我坐中间,他小心地把我的帽子支在膝盖上,多兰夫人让司机打开收音机,我们三人享受了一段快乐时光。

看门人皮特打开车门,迷惑地看了我一眼,多兰夫妇没有注意到。大家相互吻别,许诺再见面,然后劳斯莱斯离开了,我挥挥手。皮特有点儿尴尬地清了清喉咙。

——对不起,康腾小姐,格雷先生和罗斯小姐好像还在欧洲。

——是的,皮特,我知道。

我在市中心上了火车,车厢里挤满了各种不同肤色的脸孔与各种不同款式的衣服。百老汇慢车往返于格林威治村和哈莱姆之间,在戏院区经停两站。周六晚上,这趟车是城里最平民化的运输工具,一本正经的、穿着时髦的和疲惫不堪的全都挤在一起。

在哥伦布圆环站,一个穿工装裤的瘦高个儿上车,他长胳膊、短胡楂儿,看上去像是乡村棒球联盟已过当打之年的投手。过了一阵我才想起来,他就是前天在地铁站碰掉我手提包的那个乡巴佬。他没有坐下,而是站在车厢中间。

门关上,车子起动,他从工装裤口袋里掏出一本黄色的小书,打开折页,开始大声朗读起来,那声音像是从阿巴拉契亚山那边扫荡过来。等他念了一两段,我才知道他在读《登山宝训》。

　　——他就开口教训他们,说:虚心的人有福了,因为
　天国是他们的。哀恸的人有福了,因为他们必得安慰。

值得称赞的是,这位"牧师"没有抓吊环,车厢前后摇晃,而他仅靠抓住这本小小的正义之书保持平衡。他让你觉得他可以这样读福音书,一直读到贝里奇站,再返回来,也绝不会摔倒。

　　——温柔的人有福了,因为他们必承受地土……怜恤
　人的人有福了,因为他们必蒙怜恤。清心的人有福了,因
　为他们必得见上帝。

这位"牧师"在做一件令人敬佩的工作,他话语清晰,满怀深情,抓住了《圣经》钦定本中那些诗歌的精髓,用重音强调每一个"他们",似乎他的生命有赖于此,称颂基督教这一核心悖论——羸弱者才是基督精神的同道人。

但在周六晚上的百老汇慢车上,你会做的只是环顾左右,心想

这家伙简直莫名其妙,不知道自己在说什么。

◆

我父亲去世后不久,罗斯科伯伯有一次带我去港口附近他喜欢的一家饭馆吃饭。他是个码头装卸工,心胸宽广,行事笨拙,适合去航海——那个世界没有女人、孩子或社交礼仪,只有干不完的活儿,兄弟关系早有规范,不必言说。带上刚刚失去父亲的十九岁的侄女外出吃饭,他当然很不自在。我想我永远也忘不了。

当时我已经有了工作,在马丁格尔夫人的公寓楼里有了一间房,他不必为我操心,他只是想知道我一切都好,看看我还需要什么,然后一言不发地切猪排,他乐意这样,可我不想让他这样。

我要他给我讲从前的奇闻趣事,讲他和我父亲怎样偷治安官的狗,把它塞到开往西伯利亚的火车上,讲他们一路跟着走钢丝的江湖艺人看表演,结果被别人在离城三十多公里的地方找到,原来他们走错了方向;讲他们一八九五年来到纽约时,马上跑去看布鲁克林大桥。当然,这些故事我曾经听过很多次,差不多一样,但接着他给我讲了一个我从没听过的故事,也是他们初到美国时发生的。

当时纽约已经有了不少俄罗斯人,有乌克兰人、格鲁吉亚人,也有莫斯科人;有犹太人,也有非犹太人。在一些小区,商铺的招牌是俄文,卢布和美元一样通用。罗斯科伯伯回忆道,在第二大道,你可以买到一种叫"瓦特鲁什卡"的奶渣饼,一点儿不比在圣彼得堡内维斯基罗斯佩克特大道上买到的差。他们到纽约几天后,付了一个月的房租,然后我父亲问罗斯科要剩下的所有卢布,把这些钞票和自己的钞票一起放到一个汤锅里烧了。

罗斯科伯伯想起我父亲的所作所为,动情地微微一笑,说,回想起来,他不知道这件事有什么意义,不过这总归是个不错的故事。

那个周日,我也许想了很多我父亲和罗斯科伯伯的事,想他们坐上货船离开圣彼得堡,来到美国。当时他们二十出头,对英语一窍不通,一到纽约就跑去看布鲁克林大桥——世界上最大的悬索桥。我想到温柔的人和怜恤人的人,想到得佑者和勇敢者。

第二天一大早我就醒了,洗了澡,穿好衣服,刷牙,然后去地地道道的奎金-黑尔公司办公室,提出辞职。

六月二十七日

他提着书店的包走进套房,轻轻把钥匙放在前厅的桌上。他从走廊看到卧室的门还关着,便走进阳光灿烂的大客厅。

高背椅的扶手上搁着昨天的《先驱报》,看了一半,咖啡桌上有一盆水果,少了一个苹果和塔状鲜花,所有的东西和原先在二楼那个小一点儿的房间里摆放得一模一样。

昨天晚上他在市里和客户见面后,去了肯辛顿一个他喜欢的小地方,准备和伊芙在那里吃饭。他按时到了,点了一杯威士忌和苏打水,以为她几分钟后会到,可喝完第二杯酒,还没见她,他开始担心起来,她是不是没找到地方?是不是忘了餐馆的名字或碰头的时间?他想回酒店找她,可如果她已经在路上了呢?他正琢磨该怎么办,餐馆女招待拿着电话来了。

是克拉里奇的电话。这位经理忧郁地解释道,十年来第一次,酒店的电梯出了故障,罗斯小姐在楼层间被困了半小时,不过她安然无恙,已经过来了。

尽管他坚持说没有必要，经理还是执意要给他和伊芙换一间更好的套房。

十五分钟后，伊芙到了，这场事故对她没有丝毫影响，相反，她兴致很高。电梯在下降中不幸出了故障，里面除了开电梯的小伙子，另一位乘客是拉姆齐夫人。小伙子像极了好莱坞电影里的暴徒，屁股口袋里插着一瓶爱尔兰威士忌。拉姆齐夫人是一位贵族的妻子，一头银发。若是缺演员，她可以到好莱坞去饰演她这一类角色。

饭后他们回到酒店，发现屋里有一张手写的便条，邀请他们第二天晚上出席拉姆齐爵士及夫人在位于格罗夫纳广场的住所举行的派对。接着酒店经理把他们引到五楼的新套间。

他们所有的行李都已经被周到地搬到新房间，衣服挂在双开门的衣柜里，按原来的样子排好——左边是外套，右边是衬衫。他的剃刀，放在洗脸池的玻璃架上，就连原来随手放的东西——比如安妮送来的与鲜花一起的小小欢迎卡——也依然歪斜地摆着，像是不经意地扔在那儿似的。

对细节的这种关注我们也许只在一个完美的犯罪现场才会看到。

他走到卧室，轻轻打开门。

床是空的。

伊芙坐在窗前，在看一本时尚杂志。她穿一件春季的衬衫，遮了大半身子，脚上一双浅蓝色拖鞋，头发松散垂肩，双脚赤裸，抽着烟，把烟灰磕到窗外。

——早上好，她说。

他吻了她一下。

——睡得好吗？

——香得很。

床上没有碟子，咖啡桌上也没有。

——吃早餐了？他问。

她举起烟。

——你肯定饿坏了！

他拿起电话。

——亲爱的，我知道怎么叫房间服务。

他放下电话。

——出去转过了？她问。

——我不想吵醒你，在楼下吃的早餐，然后去散了个步。

——你买了什么？

他不知道她指的是什么。

她指了指。

他忘了自己手里还拎着那个书店的包。

——一本旅行指南，他说。我们晚些时候可能要去参观一些景点。

——景点恐怕得排在后面，我十一点弄头发，中午修指甲，四点酒店提供茶会，到时候还有一个介绍王室礼仪的专家！

伊芙扬起眉毛笑了笑。学习王室礼仪这种事情颇能激发她的幽默感，而他看上去像是准备让她扫兴。

——你不用待在这里，她说。干吗不排头一个进博物馆看看？还有更好的事，干吗不去买巴奇提到的那种鞋子？你不是说要是会面顺利,你就买一双鞋来犒劳自己吗?

的确,他是这样对巴奇说过,而且会面的确顺利。毕竟,酒香不怕巷子深。

他坐电梯下楼,一边告诉自己,如果看门人不知道那家鞋店在哪儿,他就不去。可看门人当然知道那家鞋店在哪儿。他说得很清楚。对克拉里奇的客人来说,只有这家鞋店值得一去,别无他处。

他第一次逛圣詹姆斯街就路过了那家鞋店,但没注意到,他还不习惯英国的商铺规范。在纽约,一流的鞋店要占据一个街区,有三色霓虹灯招牌。在这里,鞋店只有报刊亭那么宽,乱哄哄的。但这表示店铺极受欢迎。

尽管约翰·洛布鞋店外表寒碜,但据巴奇说,再没有比它做的鞋子更高档的了。温莎公爵在这里买鞋,美国演员埃罗尔·弗林和查理·卓别林在这里买鞋,这儿的修鞋技艺已臻巅峰。他们是这一行业层层遴选的最终胜利者。约翰·洛布鞋店不仅做鞋,还会用石膏把你的脚形拓下、保存起来,这样不管你什么时候需要,他们都能给你再做出一双完美合乎你双脚的鞋子来。

他站在鞋店的窗外朝里盯着,心想,石膏脚模——这颇像复刻死去诗人的脸或复制恐龙的骨架。

一个穿白色西装的高个子英国人走出店外,点了一支烟。这个穿着讲究,看上去出身优越,受过良好教育的男人,也是个层层遴选中的胜出者。

须臾之间,那个英国人也对他进行了同样的评估,在把他列为同一等级后,向他点了点头。

——天气不错,英国人说。

——是的,他表示同意,流连了一会儿。他本能地知道,只要这么做,英国人肯定会递来一支烟。

在圣詹姆斯公园,他坐在一张漆过的陈旧长椅上,享受着那支烟。它和美国的混合烟味道大不相同,这既令人失望,也令人愉悦。

公园里阳光明媚,风景怡人,却空空荡荡,这有些怪,现在肯定是一个中间时段——介于赶着上班与午饭休息之间。他这个时候来,真是走运。

在草地另一边,一位年轻妈妈正把她六岁的孩子从那排郁金香花丛中赶出来。而不远的长椅上,一位老人打起了瞌睡,他手中的坚果摇摇欲坠,一群聪明的松鼠已经聚集在他脚边,等待着一顿美味。樱桃树迎来了它最后一朵樱花的凋落,而此时,树顶上飘过一片云,模样像意大利汽车。

他熄灭烟头,直接丢到地上似乎不妥,于是他用手帕把烟头包好,放到口袋里,然后打开书店的包,拿出那本书,从头读起来:

写作下面这些文字,或者说其中大部分文字时,我只身一人生活在树林里的一所房子里,距离周围的邻居都在一英里左右。房子是我一手建造的,位于马萨诸塞州康科德镇的瓦尔登湖湖畔……[1]

---

1 译文取自《瓦尔登湖》(苏福忠译)。

夏天

第十二章

二十英镑六便士[1]

纳撒内尔·帕里什是彭布罗克出版社小说类高级编辑,生活有些刻板,对十九世纪的陈述句有着极为敏锐的辨别力,是位认定小说应启迪心智的教徒。他年轻时就精通俄语,是托尔斯泰和陀思妥耶夫斯基作品权威英译本的首译者。有人说他曾大老远跑到托尔斯泰的家族庄园亚斯纳亚波利亚纳,只是为了讨论《安娜·卡列尼娜》结尾一个晦涩的句子。帕里什与契诃夫通过信,是华顿的导师、桑

---

1 原文为Twenty Pounds Ought & Six,语出狄更斯的《大卫·科波菲尔》:"年收入二十英镑,如果每年花销十九镑十九先令六便士,结果是幸福。年收入二十英镑,如果每年花销二十英镑六便士,结果是痛苦。"

塔亚纳[1]和詹姆斯[2]的朋友。战后，像马丁·德克这样的编辑靠鼓吹小说将死而出人头地，而帕里什却选择在沉默中思考。他不再做什么选题，而是一声不响，克制地看着他的作者一个接一个去世。他心平气和地接受了一个信念，那就是他很快就要到极乐世界去和他们会合。在那里，他们可以尽情讨论情节、素材和标点符号的深意。

我曾经在下班后去找伊芙时见到过帕里什几次。他的眉毛像扫帚，眼睛是淡褐色的，夏天穿泡泡纱衣服，冬天穿灰色旧衣。和其他年迈而笨拙的学究一样，一旦年轻女士令他不安，他就会表现得很紧张。在离开办公室去吃午饭时，他几乎是跑着冲进电梯的。伊芙和其他姑娘喜欢折磨他，问他文学方面的问题，或穿紧绷绷的毛衫挡住他的去路。出于自卫，他会挥舞双臂，胡诌些不着边际的借口（我和斯坦贝克[3]的见面要迟到了！），然后来到老掉牙的"镀金百合"餐馆，每天他都是独自用餐。

我辞职那天正是在那里见到他的。他坐在一贯的位子上，没什么必要但还是浏览了一下菜单，然后点了汤和半块三明治。在把注意力转向摆在碟子旁的那本书上之前，他和我们每个人一样，先看

---

1 乔治·桑塔亚纳（George Santayana，1863—1952），西班牙裔美国哲学家和作家，主要以关于美学、道德、精神生活的理论著作出名。
2 亨利·詹姆斯（Henry James，1843—1916），美国作家和评论家，他的作品一般涉及美国文化与欧洲文化的对立，对19世纪末美国和欧洲的上层生活有细致入微的观察。
3 约翰·恩斯特·斯坦贝克（John Ernst Steinbeck，1902—1968），美国作家，获1962年诺贝尔文学奖，最著名的作品是《愤怒的葡萄》（The Grapes of Wrath）。

看其他顾客都在做什么。他带着轻松的微笑扫视一遍餐馆，为自己点了饭菜，为可以放空一小会儿，为这个世界一切尚好而感到心满意足。这时，我拿着《樱桃园》[1]朝他走去。

——对不起，我问他。您是马丁·德克？

——当然不是！

老编辑否认得如此果断，连他自己也猝不及防。他带着些许歉意补了一句：

——马丁·德克的年纪只有我的一半。

——非常抱歉，我和他约好午餐时见面，可我不知道他长什么样。

——他比我高几英寸，一头浓发，不过恐怕他现在在巴黎。

——巴黎？我沮丧地说。

——社会版是这么说的。

——可我来这里是为了面试……

我失手让书掉落。帕里什先生从椅子上俯下身，把书捡起来递回给我。他稍为仔细地看了看我。

——你读俄文？他问。

——是的。

——你认为这部剧怎么样？

——到目前为止，我喜欢它。

——你不觉得它过时了吗？乡下贵族的这种结局值得如此渲染吗？我觉得对朗涅夫斯卡娅[2]这些旧贵族的困境表示同情已经太过

1　契诃夫的著名话剧。
2　《樱桃园》里的人物。

时了。

——哦,我认为您错了,我想我们都背负着一些过去的包袱,它一点点变得破损,或一点点被出卖,对我们大多数人来说就是这样,它不是樱桃园,它是我们思索某事或某人的方式。

帕里什先生笑了,把书递回给我。

——年轻的女士,德克先生肯定会因为失约而还你一个人情的,不过恐怕你的鉴赏力对他来说没有用。

——我愿把这视为一种夸奖。

——你大可以如此。

——我叫凯蒂。

——纳撒内尔·帕里什。

(惊住。)

——您一定觉得我是个傻瓜,还大谈契诃夫戏剧的含义,真是班门弄斧。

他笑了。

——不会,这是我今天最愉快的时光。

如同暗示一般,一碗维希奶油浓汤端上了桌。我低头看了看汤,《雾都孤儿》里最棒的汤也就是这样了。

◆

第二天,我到彭布罗克出版社上班,做纳撒内尔·帕里什的秘书。他给我这个职位后,马上又劝我不要接受,他说我会发现彭布罗克落后时代四十年,他不会有足够的活儿让我干,薪水可怜。最后他说,给他做秘书,会走进职业瓶颈。

他的预言有多灵呢?

彭布罗克是落后时代四十年。我上班第一天就看出社里的编辑和城里比他们年轻的同行截然不同,他们不仅注重礼仪,而且认为重礼这一传统值得保留。他们以考古学家对待陶器碎片一般的态度为女士开门或手写婉拒字条,带着我们通常只在至关重要之事上才有的细心。特伦斯·泰勒绝不会在雨中抢坐你要的出租车,贝克曼·卡农不会在你走近时关上电梯门,帕里什先生绝不会抢在你前面举起餐叉——哪怕他很快会饿晕。

他们肯定不会炒作出"最大胆"的新奇声音,不会软磨硬泡拿下出版合同,然后跳上时代广场的肥皂箱去宣传他们作者的艺术创新。他们是在地铁里看错地图,不幸在世贸站下了车的英国公立学校教授。

帕里什先生的确没有足够的活儿让我干。他依然会收到大量的投稿,但他对新小说的热情已经赶不上他的名声,这些稿件一般都被退回,附上一封礼貌的道歉信——帕里什先生为自己精力已不如从前而致歉,并给予这些艺术家他个人的鼓励,希望他们继续努力。到了这把年纪,帕里什先生躲开各种会议和行政事务,和他真正保持通信的那个圈子已经萎缩到少数几个可靠的七十岁老者,只有他们才能辨认出彼此颤抖的笔迹。他电话很少,也不喝咖啡。更糟的是,我开始工作没多久，日历就翻到了七月。显然，到了夏天，作家停下创作，编辑不再审稿，出版社暂不出书——所有人都会到海边的家庭领地去度加长版周末。桌上邮件堆积，大厅里的植物开始枯黄，有如偶尔不请自来，像找工作一样等待读者的学院派诗人。

幸运的是，我问帕里什先生把他的邮件归类放到哪里时，他说我不必麻烦，并含糊地提及他自有办法。我坚持让他说清楚些，他不好意思地朝角落里的一个纸箱看过去，似乎三十多年来，帕里什先生每次看完一封重要的信件，都会归到那里，等箱子装满了，就把它搬走存好，换个空的。我解释说这不是装置，于是，经帕里什先生同意，我把那几个世纪之交的旧箱子拉出来，开始按时间先后和作者姓名的字母顺序排好，再按主题进行分类。

帕里什先生尽管在科德角有一幢屋子，但自从妻子一九三六年去世后他就没再去过那里。他说那只是一间陋室，这关乎新英格兰新教徒强加于己的简朴态度，他们着重一切事物的价值而非其用途。妻子不在了，那些钩针编结的地毯、柳条椅和暗灰色木瓦等一直以来象征着完美简朴夏日的一切，突然都变成了悲伤的源泉。

我清理他从前的信件，发现他不时从我肩头窥视，有时甚至会从信堆中抽出一封，回到自己的办公室，把门关严，在安静的下午，他重温逝去的老友、逝去的友情，没有什么打扰他，只有远处不时传来斧头砍劈的啪啪声。

薪水可怜。当然，可怜是相对而言，事实上帕里什先生说这话时没有给出具体数额。而置身于冷土豆汤营造的文明氛围之中，我当然也不曾打听薪水。

第一个周五我去领薪水,当时还不知道有多少,看到周围其他姑娘穿得不错而且快活,我心情一振,可等我打开信封时,发现我的周薪只有奎金-黑尔公司的一半。一半!

噢,我的天,我想。我都干了什么呀?

我看了看身边的姑娘,她们带着倦于享乐的微笑开始叽叽喳喳地议论周末打算去哪里,这刺痛了我,她们当然倦于享乐——她们不需要薪水!这就是做秘书和做助理的区别。秘书以其劳动换取工资以维持生计,而助理来自不错的家庭,上的是史密斯学院,因为母亲碰巧在一次宴会上坐在总编辑旁边,就弄到了这份工作。

尽管帕里什先生劝阻我接受这份工作的三个理由都是对的,但他说这份工作会让我遭遇我的职业瓶颈,却错得不能再错了。

我正站在薪水部里舔舐受伤的心,这时苏茜·旺德怀尔问我想不想和其他几个助理去喝一杯。当然,我想,为什么不去?还有什么比迫近的拮据更好的喝酒理由?

在奎金-黑尔,你和姑娘们出去,一般都是步行,转过街角,到邻近的一个好去处消磨时光,想着各部门的相互倾轧,朝着愈演愈烈的醉意步步迈进。

但我们走出彭布罗克出版社时,苏茜叫了一辆出租车,我们全都钻进去,驶向雷吉思宾馆。苏茜的弟弟迪奇在"科尔王酒吧"等我们,他刚从大学毕业,懒散,爱热闹,爱社交,和他在一起的是他普林斯顿大学的两个同学和一个预科学校的室友。

——哈罗，姐儿们！

——嘿，迪奇，你认识海伦的，这是詹妮和凯蒂。

迪奇像机关枪一样噼噼啪啪地做了介绍。

——詹妮，这是TJ，TJ，这是海伦，海伦，这是威利，威利，这是凯蒂、罗伯托，这是罗伯托。

似乎没有谁注意到我比所有人年长几岁。

迪奇双手一拍。

——那么，现在怎么样？

为大家点的是杜松子苏打水，迪奇迅速从酒吧各处搜来椅子，推到我们这一桌，椅子像科尼岛的碰碰车一样相互碰撞。

没多久大家便讲起了罗伯托的故事。他受到酒神的影响，却没得到海神的恩宠，在雾中走偏了路，没把他父亲的"伯特伦号"开到费希尔岛，而是径直撞到水泥堤岸上，把船撞成了碎片。

——我以为离岸边还有四百米呢，罗伯托解释道。因为我能听到船首左舵前面传来的装钟浮标的钟声。

——可惜呀，迪奇说。装钟浮标原来是麦克埃尔洛家到阳台用膳的钟声。

迪奇一边说，一边用他那双充满活力而亲和的眼神与所有的姑娘交流，他以自信的口吻讲述故事细节时，似乎我们对此已经了如指掌：

你知道费希尔岛的雾有多厉害。

你知道"伯特伦号"行驶起来像驳船一样。

你知道麦克埃尔洛家吃饭是什么样：三个老太和

二十二个远房亲戚围着牛里脊肉,活像幼兽围着猎物抢吃。

是的,迪奇,我们知道。

我们知道这个脾气乖张的老绅士就站在纽黑文"默里酒吧"的吧台后面,我们知道梅德斯通那里的人很没意思,我们知道都布森家、罗伯逊家和费尼莫尔家的每一个人,我们知道三角帆(jib)和嘲弄(jibe)区别何在,我们知道棕榈滩和棕榈泉有何不同,我们知道普通叉子、色拉用叉子和特别的弯齿叉子的差异,这种弯齿叉用来刮取玉米棒上的玉米粒,我们对彼此知根知底……

在彭布罗克出版社工作有两个出乎意料的好处,其中头一项就是这种假定。在彭布罗克工作的年轻姑娘薪酬菲薄,职业前景黯淡,但不用说,选择这份工作说明你衣食无忧。

——你跟着谁工作?一个姑娘在车里问我。

——纳撒内尔·帕里什。

——啊!太棒了!你是怎么认识他的?

我是怎么认识他的?我父亲和他一起在哈佛读书?我奶奶和帕里什夫人同在肯纳邦克波特避暑?我和他侄女在佛罗伦萨共度了一个学期?亲爱的,这几样随你挑。

这时,迪奇站起来,做出手把船舵的样子,扬起头,指了指装钟浮标的方向。

埃涅阿斯王啊,众神之父和万民之王给了你平息波涛
和搅起风暴的权力,你让风加足气力,让他们的船只颠覆

沉没，把他们的尸体撒在大海上。[1]

他以完美的节奏朗诵起维吉尔的《埃涅阿斯纪》，每个抑扬格都清晰毕现。不过，我们怀疑迪奇引用古典诗词的能力的来源与其说是他对文学的热爱，还不如是预科学校里死记硬背这种我们这个时代仍未摒弃的学习方法。

詹妮拍手，迪奇鞠躬，把一杯杜松子酒打翻到罗伯托的大腿上。
——我的天啊[2]，罗伯托！伙计，脚动快一点儿嘛！
——脚动快一点儿？你又毁了我一条卡其布裤子。
——得了，你的卡其布裤子够穿一辈子的了。
——不管够不够，我要一声道歉。
——你会得到的！
迪奇在空中伸出一根手指，老练地做出一个真心悔过的表情，张开嘴巴。
——庞西！
我们全都转头去看庞西是什么，原来是另一个常春藤大学的学生，他两只胳膊各搂着一个姑娘，走进门来。
——迪奇·旺德怀尔！老天，接下来还有什么。
是的，迪奇是一个真正的混合体，他以相对的骄傲和绝对的快

---

1 这段引文出自《埃涅阿斯纪》（Aeneid）。杨周翰译。迪奇所背诵的这一部分与原文有出入，疑为他记忆有误。
2 原文为法语。

乐把自己生活的千丝万缕编织在一起，只要他用力扯动其中一根，所有朋友的朋友的朋友都会稀里哗啦地滚进门来。他是纽约这座城市塑造出来的那类人，如果你和迪奇·旺德怀尔这种人混在一起，很快就会认识纽约的每一个人，至少是每一个二十五岁以下有钱的白人。

钟敲十点，在迪奇的鼓动下，我们跌跌撞撞去"耶鲁夜总会"，赶在这家烤肉店打烊前吃上一个汉堡。我们围坐在旧木桌前，用水杯喝跑了气的啤酒，讲更加出格的趣闻逸事和俏皮话，更多熟面孔加入，更长的连珠炮似的介绍，更多臆测、假定、从头开始。

——是的，是的。我们以前见过，迪奇介绍我时，一个新到的说。我们在比利·埃伯思利家跳过即兴爵士舞。

我原来以为没人注意到我的年纪，我错了，迪奇已经注意到了，显然他觉得这挺诱人的。一旦有人说了很无知的话，他便在桌子那头朝我会意地送来秋波，他在学校的哥们儿那里听过太多他们夏天和姐姐的朋友干的出轨的事，对这些事他深信不疑。趁罗伯托和威利抓阄决定用谁老爸的钱来买单时，迪奇拖来一把椅子。

——告诉我，康腾小姐，周五晚上我们一般能在哪里找得到你呢？

他朝他姐姐和其他姑娘挥挥手。

——我想不是和这拨妇女社团在一起吧。

——周五晚上，你一般可以在家里找到我。

——在家，呃？请把副词用准确些。如果你是跟这帮人说"在家"，那么我们会推测你是跟父母住在一起。威利穿着条纹睡衣待在一旁，罗伯托的飞机模型从床顶的天花板上挂下来。

——我也是。

——睡衣还是飞机模型？

——都有。

——我真想看一看呢。那么这个家在哪里呢，也就是说，周五晚上在哪里能看到你穿条纹睡衣呢？

——迪奇，是不是周五晚上一般都能在这儿找到你？

——这儿是什么地方？！

迪奇吃惊地环顾四周，然后轻蔑地挥挥手。

——当然不是，这儿太乏味了。老朽们和忙碌的总裁。

他直视我的眼睛。

——我们离开这里怎么样？转个弯，到格林威治村走走。

——我不能把你从你朋友身边偷走。

——噢，没有我他们不会有事的。

迪奇小心地把一只手放到我的膝盖上。

——……没有他们我也不会有事。

——迪奇，你最好减减速，你在朝堤岸冲过去呢。

迪奇热切地把手拿开，同意地点点头。

——对！时间将是我的同盟，而不是我们的敌人。

他站起来，碰翻了椅子，朝空中伸出一根手指，向大家宣布道：

——让今晚的结束如同它的开始一样：充满神秘！

◆

第二个出乎意料的好处？

七月七号那天我刚到办公室时，帕里什先生正和一个英俊的陌生人说话。陌生人穿的是定做的西装，五旬有余，像刚过巅峰之年的领导人。从两人谈话的样子看，他们很熟，但刻意保持一定的距离，就像来自同一宗教不同派别的高级牧师。

陌生人离开后，帕里什先生把我叫进去。

——凯瑟琳，亲爱的，坐下，认识刚才和我说话的那位绅士吗？

——不认识。

——他叫梅森·泰特，年轻时为我工作过，后来找到了更有发展前途的工作，或者说找到了一连串更有发展前途的工作。现在他在康泰纳仕公司干，正在筹备发行新的文学期刊，他要找几个助理编辑，我想你可以去见见他。

——帕里什先生，我在这里很开心。

——是的，我知道。如果是十五年前，这里对你挺合适，但现在不是了。

他拍了拍那堆等着他签字的退稿信。

——梅森脾气不好，但非常能干，不管期刊办得成还是办不成，像你这样聪明的姑娘跟在他身边，会有机会学到很多东西的，时间长了，你会发现那里肯定比彭布罗克出版社更有活力。

——如果您觉得我应该见他，那我就去见他。

作为回答，帕里什先生递来泰特先生的名片。

梅森·泰特的办公室在康泰纳仕大楼的第二十五层。从外观看，你会觉得他即将创刊的杂志已成功多年。一位容貌出众的接待员坐在定制的桌前，桌上摆着新摘的鲜花。我被领到泰特先生的办公室，一路上经过了十五个在打电话或在崭新的史密斯·科罗纳牌打字机上取打印件的年轻人。这里看上去像美国装饰最高档的新闻编辑室，沿途的墙上挂着在纽约拍下的艺术照：阿斯特夫人[1]头戴硕大的复活节帽子，道格拉斯·费尔班克斯[2]坐在豪华大轿车的驾驶位上，"棉花俱乐部"外面一群穿着考究的人在雪中等候。

泰特先生的办公室在拐角处，玻璃墙面，桌面也是一块玻璃，飘浮在无精打采的"X"形不锈钢架上，桌前是一个小会客区，有一张长沙发和椅子。

——进来，他叫道。

他的口音是明显的贵族腔——掺和了预科学校、英式英语与拘谨的调子。他用食指指了指其中一把椅子，把长沙发留给他自己。

——康腾小姐，我听到了对你的赞美之辞。

——谢谢。

---

1 阿斯特夫人，其夫约翰·雅各·阿斯特四世（John Jacob Astor Ⅳ，1864—1912）是德裔美国皮毛商和资本家，是他那个时代美国最富有的人之一，死于泰坦尼克号船难。
2 道格拉斯·费尔班克斯（Douglas Fairbanks，1883—1939），又译范朋克，美国男演员，因在无声电影例如《罗宾汉》（*Robin Hood*）中所扮演的轻率浮夸之徒而闻名。

——你听说过我吗?

——不太多。

——很好。你在哪里长大?

——纽约。

——纽约市?还是纽约州?

——纽约市。

——去过阿尔冈昆吗?

——宾馆?

——是的。

——没去过。

——知道在哪里吗?

——西44街?

——没错。还有代尔莫尼克餐馆,在那里吃过饭吗?

——它不是关门了吗?

——可以这么说。你父亲是做什么的?

——泰特先生,问这个有什么用意呢?

——好了,告诉我你父亲以什么谋生不用这么害怕吧。

——如果您告诉我为什么想知道这个,我就告诉您。

——够公平。

——他在机械厂工作。

——无产阶级。

——我想是吧。

——我告诉你为什么你会在这儿。一月一日我将发行一本新杂志,叫《哥谭镇[1]》,是本带插图的周刊,旨在描摹那些想要塑造曼哈顿,进而塑造整个世界的人。这本期刊会成为思想界的《时尚》[2]。我想找一位助手,能对我的电话、我的信件进行分类,在必要时,也对要洗的衣物进行分类。

——泰特先生,我以为您要找的是文学期刊的编辑助理。

——你这么以为是因为我就是这么对内森说的。如果我告诉他,我正在为我迷人的杂志招聘一个听差,那他绝不会把你推荐给我。

——反过来也一样。

泰特先生眯起眼睛,下令似的指着我的鼻子。

——一点儿没错,到这里来。

我们走到窗前的绘图桌前,透过那面窗可俯瞰布赖恩特公园,桌上放着塞尔达·菲茨杰拉德[3]、约翰·巴里摩尔[4]和洛克菲勒家族一个年轻人的照片,照片是偷拍的。

——康腾小姐,人人都有善有恶。大致说来,《哥谭镇》会涉及这个城市的名人、爱它的人、写它的人和为它而失败的人。

他指了指桌上的三张照片。

——你能不能告诉我这些人属于哪一类?

---

1 哥谭镇,纽约市的别名。
2 《时尚》(Vogue),成立于1892年,是广受尊崇的一本综合性时尚生活杂志。内容涉及时装、化妆、美容、健康、娱乐和艺术等多方面。
3 塞尔达·菲茨杰拉德(Zelda Fitzgerald,1900—1948),美国著名作家斯科特·菲茨杰拉德的妻子。
4 约翰·巴里摩尔(John Barrymore,1882—1942),美国20世纪初期的著名戏剧和电影演员,在舞台上扮演过哈姆雷特和理查三世,以其对莎士比亚戏剧的诠释而被人们铭记,被认为是他那个年代最伟大的名演员之一。

——他们属于以上所有类别。

他咬咬牙,笑了。

——说得好。与你和内森在一起的日子相比,为我工作会截然不同:你的薪水将是原来的两倍,工作时间是原来的三倍,工作目标是原来的四倍。但有个问题——我已经有了一个助理。

——您真需要两个助理?

——不太需要。我的想法是把你们两位忙得筋疲力尽,直到元月一日,然后让你们中的一位离开。

——我会交上我的简历。

——做什么?

——求职。

——康腾小姐,这不是面试,这是提供职位。你如果接受,就明天早上八点到这里来。

他回到自己的办公桌旁。

——泰特先生。

——怎样?

——您还没有告诉我,您为什么想知道我父亲的职业。

他惊讶地抬起头。

——这还不清楚吗?康腾小姐,我受不了刚进社交界的富家女。

◆

七月一日周五早上,我在一家走向衰落的出版社开始一份报酬极低的工作，有了一个半生不熟、逐渐萎缩的社交圈。七月八日周五，我一只脚站在康泰纳仕大楼的门里，另一只脚站在纽约人俱乐部的门里——专业人士与上流社会的社交圈，即将规划我之后三十年的生活。

纽约城就是这样多变，有如风向标，抑或眼镜蛇的脑袋。时间自会辨明。

第十三章

烽烟

到七月的第三个周五,我的生活是这样的:

a)

上午八点,我在梅森·泰特的办公室里立正候命。他的桌上有一条巧克力、一杯咖啡和一碟烟熏鲑鱼。

我右边是阿利·麦克纳,一个小个子女人,黑发,智商高得出奇,戴猫眼石眼镜。阿利穿着黑裤子、黑衬衫和黑高跟鞋。

在大多数公司,松开外衣的扣子能将有野心的姑娘在年终时从一般的熟练工升至重要岗位,不过在梅森·泰特这里不是这样。从一开始,他就说清楚,他的喜好在其他方面,我们不必使出向棒球小伙子抛媚眼那一套。他向阿利滔滔不绝地发布指令,头都不从稿件上抬起来，保持着贵族般的冷漠。

——取消周二我和市长的见面，告诉他我有事去阿拉斯加。给我过去两年《时尚》《名利场》和《时代》的所有封面，如果在楼下找不到，就带上剪刀到公共图书馆去。我妹妹的生日是八月一号，到本德尔百货给她买个可爱的东西当作礼物，她说她穿五号，你按六号买吧。

他把一堆画着蓝线的稿件推向我。

——康腾：告诉摩根先生他的思路对了，但句子少了一百句，单词多了一千个。告诉卡伯特先生是的，是的，不是。告诉斯宾德勒先生他完全搞错重点。我们的这一期还没有够分量的封面故事，通知他们周六的那一期取消了。午饭我要黑麦火腿加明斯特干酪，配53街希腊店里的明斯特酱。

回答是和谐的齐唱：是的，先生。

九点，电话响起。

——我要马上见到梅森。

——泰特先生如果付我钱，我就不会去找他。

——我妻子有病，也许会和泰特先生联系，请他适当考虑她的健康，鼓励她回到孩子身边，让医生照顾她。

——我有一些关于我丈夫的材料，泰特先生可能会感兴趣。材料涉及一个妓女、一笔五十万元巨款和一条狗。我叫卡莱尔，用我的娘家姓可以找到我。

——我的客户是一个无可指摘的公民,他得知他焦虑过度的妻子要对他进行荒谬的指控。请告诉泰特先生,如果他在将出版的杂志上发表任何一条这些令人痛心的、异想天开的指控,那么我的客户打算不仅仅指控出版商,还要指控泰特先生本人。

这个怎么拼写?您的联系方式?到几点?我会转告他的。
——嗯哼。

雅各布·韦泽,康泰纳仕公司的审计,正站在我的桌前。他是那种诚实而勤奋的人,不幸的是,他的胡子由于查理·卓别林而成为时尚,却因为阿道夫·希特勒而永远过时。从他的表情看,你知道他不喜欢《哥谭镇》,一点儿都不喜欢。也许他认为这本杂志低级、色情。当然,较之曼哈顿,它不会更甚,但也绝不逊色。

——早上好,韦泽先生,请问需要什么帮助?
——我要见泰特。
——是的,我已跟您的助理谈过,跟您见面安排在他周二的日程里。
——五点四十五分,那是不是开玩笑啊?
——不是的,先生。
——我现在要见他。
——恐怕不可能。

韦泽先生透过玻璃窗,指着泰特先生,他正小心翼翼把一块巧克力浸到喝剩的咖啡里。

——我现在要见他,谢谢你。

韦泽往前走,显然,为了纠正公司账目的不平衡,他宁可献出生命。他跨出一步,绕过我的桌子,我别无选择,只能挡住他的路,他的脸憋得像红萝卜。

——听我说,小丫头,他说,努力想忍住不发火,但没有成功。

——这是干什么?

泰特先生突然站在我们两人中间,向我发问。

——韦泽先生想见您,我向他解释了。

——我记得是周二见他。

——日程安排是这样的。

——那么有什么问题吗?

韦泽先生几乎尖叫起来:

——我刚收到你这个部门最新的支出报告,你们的预算超出了百分之三十!

泰特先生慢慢转向韦泽先生。

——康腾小姐已经说清楚了——杰克——我现在没空。想想吧,周二我也没空。康腾小姐,到时请代我和韦泽先生谈,记下他提出的问题,告诉他我们很快会回复他的。

泰特先生回去继续吃他的巧克力,韦泽先生回到三楼某个僻静处,继续在他的计算机上进行加减乘除。

大部分公司高管都希望他们的秘书表现出适当的顺从,希望她们不管和谁说话都彬彬有礼,不温不火。可泰特先生不一样,他鼓励阿利和我像他一样专横、急脾气。一开始,我认为泰特贵族式的专横和太阳王一样的自大延伸到我和阿利身上是荒谬的,可一段时间过后,我开始明白了其中的聪明之处。通过将我们两人塑造得和他一样粗鲁苛刻,泰特巩固了我们作为他的代理人的地位。

——喂,阿利悄悄走到我桌前说,看看这个。

接待处,一个年仅十来岁的信差拖着十磅重的《韦伯斯特字典》,字典用漂亮的粉红蝴蝶结扎好。接待员指了指大房间的中央。

信差朝记者们的桌子走过来,每个人都冷静地看着他,他走过他们身边时狡黠地笑笑,有些人站起来观看这一表演。最后,他停在尼古拉斯·费辛多尔夫面前。费辛多尔夫看到字典,脸变得比他的内衣还红。更糟的是,信差开始唱起一支小曲,调子像百老汇的情歌。这小伙子虽然对八度音没把握,但还是用心地唱:

> 哎呀,没错,那些词的确怪,
> 不过我的儿啊,你不用怕。
> 因为在这本书里,你能看到
> 所有的英文词和它们的意义。

泰特的确指示阿利弄到这部词典,并写下了这首歌词。不过,把电报唱出来和扎上粉色的蝴蝶结,这些都是阿利的个人偏好。

◆

六点,泰特先生离开办公室,坐火车去汉普顿。六点十五分,我与阿利对望一下，我们盖好打字机，穿上大衣。

——来吧，我们朝电梯走去，她说。我们好好乐一乐。

我到《哥谭镇》上班的第一天，上卫生间时，阿利跟着我。倚靠在洗手池旁的是绘图部的一个姑娘，阿利喝令她走开。那一瞬间，我以为她会剪掉我的刘海，把我的小包扔到马桶里，就像我高中时代的新生欢迎仪式。不过，阿利只是眯起她那猫眼石眼镜后的眼睛，然后直入主题。

我们两个像竞技场里的角斗士，她说，泰特是那头狮子。他一旦从笼子里出来，我们要么团结起来，把他围住，要么各奔一边，等着被他吃掉。即使我们出对了牌，泰特也不会告诉我们，我俩中的哪一位更可靠，所以她想定下几条基本规则：如果泰特问我俩中的任何一个在哪里，回答（不管白天和黑夜）都是在卫生间。如果他要求我们检查对方校过的文稿，我们可以查出一个错误。如果我们因某个项目受到表扬，就说没有对方的协助根本无法完成。当泰特晚上下班时，我们给他十五分钟离开大楼，然后一起手挽手坐电梯出门。

——如果我们不破坏这些规则，她说。那到圣诞节这个场子将是我们说了算。你说呢，凯蒂？

大自然的一些动物比如豹子是独自狩猎，其他的比如鬣狗是集体狩猎，我不能百分之百确定阿利属于鬣狗这一类，但我非常确定她不会成为猎物。

——我说，人人为我，我为人人。

周五晚上，几个姑娘想去格兰德中心的牡蛎吧，她们让小伙子们坐快车到格林威治村给她们买酒喝。阿利想去自助餐馆，那样可以自顾自坐下吃两份甜品喝一碗汤——就按这个顺序。她喜欢这里的冷漠:冷漠的工作人员,冷漠的客人,以及对食物的冷漠。

阿利吃完她那份糖霜,又来吃我的。字典的闹剧让我们笑得很开心,然后我们聊起了梅森·泰特,说起他讨厌所有紫色的东西(王室、李子、花哨的散文)[1]。该走了,阿利像醉鬼一样站起来,径直走向门口,丝毫看不出吃过头的迹象。七点半,我们在街上互祝又过了一个没有约会的周五之夜。但等她一走过拐角,我就回到自助餐馆,找到卫生间,换上我最漂亮的衣服……

b)

——那里不是一道篱笆吗?

两小时后,我们五人在黑暗中摸索着穿过一个花坛时,海伦问道。

我们在"科尔王酒吧"迅速喝完一轮后,迪奇·旺德怀尔开车搭我们离开去牡蛎湾,许诺在他儿时的朋友万尔韦家的避暑庄园搞个狂欢派对。在罗伯托问斯库勒怎么办时,向来会对别人的滑稽之举做出最快反应的迪奇,这次却意外的态度含糊。我们看到一对三十多岁的夫妇站在门口欢迎客人,迪奇说我们不要在门厅那里被他们缠住,他指了指一个漂亮的花园门,带领我们拐到屋子一侧,很快,我们陷入了齐踝深的菊花丛中。

每走一步,我的细高跟鞋就陷到泥里,于是我停下来脱掉鞋子。

---

1 在英文中,这些都可以用紫色(purple)来形容。

从花园这里看出去，夜晚分外寂静，没有音乐，没有笑声，不过透过厨房灯光明亮的窗子，我们看到十个雇工正在把有冷有热的开胃菜摆放到大浅盘里，然后有人迅速把它们端过旋转门。

刚刚海伦在黑暗中看到的女贞灌木现在就耸立在我们面前，迪奇抚摸着树木，像是在寻找书柜门上隐藏的插销。隔壁家的院子里，一枚火箭烟花呼地飞起。

罗伯托理解力稍慢，但这时也醒悟过来了：

——喂迪奇，你就爱乱闯。我敢打赌，你都不知道这是谁家的房子。

迪奇停下来，朝空中伸出一根手指。

——知道时间和地点，比知道是谁和为什么更重要。

然后他像个热带探险家一样分开篱笆，探过头去。

——有了。

我们跟着迪奇穿过树丛，竟然毫发无损地出现在霍林斯沃思家宅的后花园里，这里的派对正开得热闹，和我见过的都不一样。

眼前，霍府的后屋一路伸展，颇像美国版的凡尔赛宫。在线条柔和的网格法式双开门内，枝形吊灯和枝形烛台投下温暖的黄色光芒，石板露台像码头一样飘浮在修剪整齐的草坪上。这里的几百号人举止优雅、相谈甚欢，他们偶尔中断交谈，从来往的盘子里匆匆拿起一杯鸡尾酒或一块小鱼烤面包。一支二十人的乐队在奏乐，无形的乐曲朝海湾那边漫无目的地飘去。

我们这一小队人马爬过露台墙，跟着迪奇朝酒吧走去。这酒吧和你在夜总会里发现的那种一样大，里面有各式各样的威士忌、杜松子酒和色泽鲜亮的利口酒。灯光从下面照上来，一个个酒瓶有如一台神奇的管风琴的风管。

酒吧服务生转过身来，迪奇笑道：

——伙计，五杯杜松子酒。

他背靠吧台，以一个主人的姿态心满意足地观赏着这场欢宴。

我才发现迪奇从正在修剪的花园里摘下一小束鲜花，插到自己无尾半正式晚礼服的胸袋里。像迪奇一样，这花看上去鲜艳、不安、略有些不合时宜。露台上的大多数男人已脱尽稚气——脸颊上泛着红晕、头发散乱、眼神迷离。女人穿无袖曳地长裙，珠宝饰身，颇有品位。所有人都在交谈，看上去轻松自如、亲密无间。

——我没看到什么熟人，海伦说。

迪奇点点头，一边轻轻地啃着芹菜段。

——我们走错派对是不可能的。

——呃，那你觉得我们在哪里？罗伯托问。

——霍林斯沃思家的一个小子在开舞会，这消息绝对权威。我敢肯定这就是霍林斯沃思家，这肯定是舞会。

——可是？

——……我该问清楚是他家的哪个小子在开舞会。

——斯库勒在欧洲吧？海伦问道。她对自己的智力从来没有多大把握，但总能说出一点儿有道理的话。

——看来是这样，迪奇说。清楚了，斯库勒没有邀请我们是因为他眼下在国外。

他把杜松子酒递给大家。

——现在我们跳舞去。

隔壁家的草坪上又有一枚火箭"嗖"的一声在头顶上炸开,飞溅出小片火花。我让大家先走几步,自己转身穿过人群。

自从在"科尔王酒吧"第一次遇到迪奇以后,我已经跟着他那个跑来跑去的小圈子转了几个夜晚。这群人刚从这个国家最好的学校涌出来,却没有生活目标,这有些奇怪,不过和他们在一起倒没有什么坏处。他们没有什么钱,也没有什么社会地位,不过,很快他们就会两样兼得:在网球俱乐部的红利与会员资格,歌剧院里的一个包厢及享用它的时间。要做的只是平安度过往后的五年,别淹死在海里或被判刑坐牢,穆罕默德就会来见山[1]对很多人来说,纽约只是一个永远无法实现的梦想,而对这群人来说,纽约能使虚幻变成现实,使难以置信变成似乎合理,使不可能变成有可能。如果你想一直保持头脑清醒,那就得时不时和他们保持一点点距离。

一个服务生过来,我把自己的杜松子酒换成一杯香槟。

霍林斯沃思家大厅的双开门全部敞开,客人们进进出出,不自觉地使露台和屋里的人数保持平衡。我往屋里逛去,努力像梅森·泰特那样摆出被邀请的样子。长沙发上并排坐着四个金发女人,她们在比较自己的请柬,活像在叽叽喳喳地煲电话粥。桌上摆着两堆丁香火腿,桌旁一个宽肩小伙子在大吃大嚼,对自己的女伴不理不睬。

---

1 这句话出自伊斯兰教的一个故事,说先知穆罕默德有一次指着远处的大山对信众说,他可以令这座山移到他面前,结果山并未移动,穆罕默德便对众信使说,"山不来就我,我便去就山",自己走到山那边,比喻不能按意愿办事时,就屈从和迁就。

在金字塔般堆起的橙子、柠檬和酸橙面前，一个穿地道吉卜赛服装的姑娘把两个男人逗得大笑，连杜松子酒都洒了出来。在一个没有社交经验的人看来，他们似乎同属一类，展示着由财富和地位守护着的自信，不过，野心与妒忌、不忠与欲望——这些大概也都昭然若揭，你如果知道往哪里看的话。

舞厅，乐队开始加快节奏，迪奇在离喇叭不远的地方和一位年纪比他大的女人跳半步吉特巴舞。他已脱下外套，袖尾也松垮下来，原先插在胸袋里的鲜花现在夹在耳朵背后。我正看着，突然感到有人悄悄站在我身旁，像一个训练有素的仆人。我喝干杯中酒，转身伸手过去。

——……凯蒂？

我停下动作。

——华莱士！

他看到我认出他，松了一口气。他在贝拉斯福德的举止显得心不在焉，没想到现在还认得出我，这让我有些意外。

——你过得……好吗？他问道。

——我想还好吧，属于没消息就是好消息的那种。

——我真高兴……像这样出乎意料地遇上你，我一直……想打电话来着。

婉转的歌曲将近结束，我看到迪奇准备来个耀眼的结尾，他打算像拎起茶壶倒茶一样搂起那位年长的女士，让她后仰弯腰。

——这里有点儿吵，我说。我们干吗不出去一下？

华莱士在露台拿上两杯香槟酒，递给我一杯，我们看着眼前的一切，陷入尴尬的沉默中。

——这真是一场狂欢的舞会，我终于开口道。

——噢，这……不算什么。霍林斯沃思家有四个儿子，整个夏天，每个人……都开自己的派对。劳动节的周末是总派对……邀请所有的人。

——我看我不属于所有的人，我更像是属于所有的人之外的那一类。

华莱士露出笑容，表示不相信我的话。

——如果你什么时候想……换个地方……告诉我吧。

乍看之下，华莱士穿这身无尾燕尾晚礼服稍嫌不自在，像是借来的，不过细看之下，晚礼服是定做的，衬衫上黑色与珍珠白相间的饰纽看上去像是传了一两代人。

又是一阵沉默。

——你刚才好像说想给我打电话来着？我开启话题。

——是的！是在三月，我向你许过诺，我一直打算……说到做到的。

——华莱士，如果你想做到答应了那么久的事情，那这件事最好是非同寻常的。

——华利·沃尔科特！

打断我们的是华莱士在商学院的同班同学，也做纸业这一行。我们的话题从共同的朋友转到德国吞并奥地利及其对纸浆价格的影响，我想现在是去卫生间的好时机，再过十分钟里面会挤满人的，不过等我回来时，那位纸业老板不见了，刚才长沙发上金发女郎中的一位取代了他的位置。

我想这并不奇怪。凡是还没戴上婚戒的年轻社交名媛，都会关注华莱士·沃尔科特，城里大多数女性都了解他的资本净值，知道他姐妹的名字，而业内人士还知道他的猎犬的大名。

那个金发女子看上去像是跳了一两曲沙龙舞，身上的白色貂皮大衣过季几个月了，贴身手套一直爬到胳膊肘。我走近，看得出来她的谈吐虽然和她的体形一样美妙，不过这并非意味着她拥有贵妇般的内敛。华莱士说话时，她竟拿过他的酒杯喝了一口，又递回给他。

她也做了自己的功课：

——我听说你的庄园的厨师就是胡士·巴皮·奎恩！

——是的，华莱士热情地说。她的菜谱……非常保密，一直都要……上锁的。

每次华莱士口吃时，她便揉揉鼻子，两眼发光，似乎她的鼻子非常惹人喜爱。嗯，这鼻子是惹人喜爱，但她不必如此夸张，于是我当面给了她一个小小的打击。

——我真不想打断你们，我挽起华莱士的一只胳膊，说道。不过您可以带我去看看图书室吗？

她连眼都不眨一下。

——图书室太壮观了，她说，炫耀着自己对霍林斯沃思家超级熟悉。不过你现在不能进去，马上要放烟花了。

我还没来得及回嘴，大家都朝河边走去。我们走到码头，那里已经有一百号人了，几对喝醉的夫妻爬进霍林斯沃思家的独桅艇，在河面上飘来荡去，更多的人从后面赶来，把我们推向跳水台。

伴随着一声响亮的哨音,第一枚火箭从河上的竹筏上蹿起。这不是邻家院落里十来岁孩子放烟花时响起的那种六音孔的玩具笛哨。这哨声倒像是炮声,烟花抛出一条长带,似乎就要熄灭时,却又炸成一个白圈,向外膨胀,烟花四溅,如蒲公英的花絮慢慢洒落。人们欢呼起来。四枚烟花接二连三飞起,一连串红星,一声清脆的炸响。更多的人往码头上挤来,我撞到旁边那一位的臀部,她踉跄着摔到水里,浑身湿透。另一枚烟花在头顶上炸开,水面上一阵拍打,一阵喘气,她在蓝色绣球花一般的灯光中露出头来,头发凌乱,活像海藻伯爵夫人。

在大家赶去看烟花时,迪奇在露台上找到我。自然,他认识华莱士——不过是间接的,通过华莱士最小的妹妹。两人年龄悬殊,迪奇不便放肆。华莱士问他有什么理想,迪奇的嗓门降下八度,不着边际地说想上法律学校。华莱士礼貌地告退,迪奇带我去酒吧,大家在那里等着。迪奇不在时,罗伯托显然在树丛中待烦了,催问海伦是不是该回家了。

我们来时是从威廉斯堡大桥出曼哈顿的,回去时迪奇走三区大桥,这样方便他先送走所有人,最后一个送我。于是没多久,只剩下我们两人朝下城驶去。

——着陆喽,我们快到广场时,迪奇说道。来一点儿睡前饮料怎么样?

——迪奇,我累坏了。

看到他一脸失望,我又说明天得上班。

——可明天是周六。

——可我那个部门不放假。

我在 11 街下车，他闷闷不乐。

——我们还一支舞都没跳，他说。

他话音里带有一丝放弃的味道，似乎由于疏忽和一点点不走运，他错过了一个机会，而这个机会这辈子都不会再有了。看到他孩子气的不快，我不由得笑了。但当然，他比我以为的更狡猾，更有先见之明。

我宽慰地捏了捏他的前臂。

——晚安，迪奇。

我下车，他抓住我的手腕。

——何时我俩再相逢？雷电轰轰雨蒙蒙？[1]

我俯身到跑车里，将嘴唇凑到他的耳朵边。

——且等烽烟静四陲，败军高奏凯歌回。[2]

---

1 莎士比亚的《麦克白》开头女巫甲之话。朱生豪译。依照上下文意思将原译文中的"姊妹"改成"我俩"。
2 莎士比亚的《麦克白》开头女巫乙之话。朱生豪译。

第十四章

蜜月桥牌

周日下午,华莱士和我坐一辆深绿色敞篷车往长岛的北福克而去。

他想兑现的承诺是带我去射击——这件事相当非同寻常,不论他犹疑了多长时间。我问他该穿什么衣服,他建议穿舒服就行,于是我穿了一套我认为安妮·格兰汀会穿的衣服:卡其裤,有衣裤扣的白色衬衫,袖子挽起。我想,哪怕这套装束不合适射击,好歹也像美国女飞行员阿梅莉亚·埃尔哈特飞越太平洋失踪时的装束。他穿的是蓝色毛线衣,V形领,饰有黄边,袖子上有破洞。

——你的头发……棒极了,他说。

——棒极了?!

——对不起,你是不是……不高兴?

——棒极了并不坏,不过说很漂亮或很迷人我也领情的。

——那么就是……很漂亮?

——正合我意。

这是一个阳光灿烂的夏日,在华莱士的建议下,我从车里的手套箱拿了一副有色眼镜戴上,仰身后靠,看着阳光投洒在车道的树叶上,树叶变得斑驳陆离。我觉得自己像是埃及女王,又像是好莱坞的小明星。

——你有……廷克和伊芙的消息吗?华莱士问。

熟人之间想打破沉默,这是常见的共同话题。

——跟你说吧,华莱士,你要是觉得没有必要谈廷克和伊芙,我也有同感。

华莱士笑了。

——那我们……怎么解释我俩如何认识的呢?

——我们就说我在帝国大厦的瞭望台上偷了你的钱包,被你逮住了。

——好吧,不过我们可不可以说……是我偷你的钱包,被你逮住了。

没想到华莱士的狩猎俱乐部看上去这么破旧,外面是低门廊,白色细柱,勉强算得上南方大宅。屋里的松木地板起伏不平,地毯毛了边,奥杜邦[1]的画挂得有点儿歪,像是被一场发生在远方的地

---

1 约翰·詹姆斯·奥杜邦(John James Audubon,1785—1851),海地裔美国鸟类学家及艺术家。

震震歪了。不过，就像他身上那件被虫蛀了洞的毛衣一样，俱乐部的破旧让华莱士自在了些。

一个大大的战利品柜子旁边有一张小桌，后面坐着一个穿着整洁的球衣和休闲裤的仆从。

——下午好，沃尔科特先生，他说。我们在楼下都给您安排好了，备了雷明顿枪、柯尔特式自动手枪和鲁格尔半自动手枪，不过昨天来了勃朗宁自动手枪，我想您可能也想看一看。

——约翰，很好，谢谢。

华莱士领我到地下室，里面用白色墙板隔出一排排狭小的过道，每个过道的尽头都有一个纸靶钉在干草堆上，旁边一张小桌，一个年轻人在往枪里装弹药。

——好了，托尼，让我来吧，我们到时在鱼池那边……和你碰头。

——是的先生，沃尔科特先生。

我站在一旁，保持礼貌的距离，华莱士回过头来，笑了。

——你干吗……不站近一点儿呢？

托尼摆好所有的枪，枪管指向同一方向。左轮手枪的末道漆是光亮的银色，骨制枪把，侧面看上去颇为奇特，其他的枪却是可笑的灰色。华莱士指了指两支来复枪中较小的那一支。

——那是……8型雷明顿枪，那是……点45科尔特枪，那是……鲁格尔枪。德国军官用的手枪，是我父亲打仗时……买回家的。

——这个呢？

我拿起一支大枪，重得很，光是要徒手端平它就弄疼了我的手腕。

——这是勃朗宁,是……机关枪,邦尼和克莱德[1]用的……就是这种枪。

——真的呀?

——打死他们的……也是这种枪。

我轻轻放下枪。

——我们从雷明顿开始吧?他建议道。

——好的,沃尔科特先生。

我们走向其中一条小道,他打开弹匣,装上弹药,然后教我识别枪的不同部分:扳机和扣闩,枪管和枪口,前视和后视。我肯定是一头雾水的样子。

——这听起来……比较复杂,他说。其实雷明顿只有十四个部分。

——直升机才四个部分,可我还是搞不清楚它们是怎么工作的。

——好吧,他笑道。那先看看我,把枪托搁在……肩上,就像拿一把……小提琴,左手握住这里的枪管,别抓紧,就是……放平,脚摆正,看着靶子,吸气,吐气。

嘭!

我跳起来,可能是喊出声了。

——对不起,华莱士说。我不是有意……吓着你的。

---

1 邦尼和克莱德,邦尼·帕克(Bonnie Parker,1910—1934)和克莱德·巴罗(Clyde Barrow,1909—1934)是美国历史上有名的鸳鸯大盗,19世纪30年代在美国中部多次犯案,其中克莱德至少杀害了9名警察。1934年5月23日,两人遭路易斯安那州警方伏击身亡。

——我以为我们还在纸上谈兵的阶段。

华莱士笑了。

——不,纸上谈兵的阶段……结束了。

他把枪递给我,突然,通道看起来特别长,似乎靶子在往后退,我觉得自己就像《爱丽丝漫游奇境》中的爱丽丝,在摄入了那些写着吃我或喝我,或不知什么让她变小的东西之后的那个。我举起枪,像举起一条大马哈鱼,搭在肩上,像扛起一个西瓜。华莱士走上来,努力教我,可没用。

——对不起,他说。这有点儿像教人……扎蝴蝶结。这样可能容易些,我……可以吗?

——请!

他挽起毛衣的袖子,走到我身后,右臂顺着我的右臂伸展,左臂顺着我的左臂伸展,我能感到他在我的耳朵后呼吸,平稳而有节奏。他教了几个要领,鼓励了我几句,似乎活生生的猎物正在过道尽头吃草。我们稳住枪管,我们瞄准靶子,我们吸气、呼气,我们扣动扳机,我能感觉他的肩膀顶住我的肩膀,以缓解后坐力。

他让我打了十五枪,然后换柯尔特,然后是鲁格尔,然后又用勃朗宁打了几轮。我想我的技术可以让那些杀死克莱德·巴罗的混蛋好好想一想了。

大约四点,我们漫步穿过俱乐部后面松林里的空地,走到池塘边,一个年纪与我相仿的女人朝我们走来,她穿马裤、马靴,淡黄棕色的头发用发夹往后拢起,臂弯架着一支霰弹猎枪,弹匣打开。

——你好啊,鹰眼,她露出一副发现绯闻的笑容。我没有打断你的约会吧?

华莱士的脸微红。

——毕茜·霍顿,她朝我伸出手,说——这与其说是自报家门,还不如说是强调她的存在。

——凯蒂·康腾。我挺直身子,说。

——杰克……在这里吗?华莱士不好意思地吻了她一下,问道。

——不在,他在城里。我只是来马场骑骑马,想着是个好机会到这边遛遛并练练手,让自己保持状态,不是所有人生来就像你这样的。

华莱士的脸又红了,不过毕茜似乎没注意到,她朝我转过身来。

——你像是个新手。

——有那么明显吗?

——当然,不过你和这个老印第安人在一起进步会很快的。现在是打猎的好时节,好了,我走了,很高兴认识你,凯特,再见,华利。

她朝华莱士眨眨眼,逗逗他,然后啪地合上弹匣。

——哇,我说。

——好的,华莱士说,看着她离开。

——她是老朋友吗?

——她哥哥和我……从小就是朋友,她有点儿……像是跟屁虫。

——我想不再是了吧。

——是的,华莱士说,像是笑了一下。不再是了……很久之前就不是了。

池塘有城里的半个街区那么大,被树林包围,水面上漂浮着些许水藻,像是地球上的几块大陆。我们经过一个小码头,码头上拴着一叶小舟,顺着一条小径来到掩映在树林中的一个木讲道台,不大。托尼迎接我们,他和华莱士说了几句,然后消失在树林中,一条长凳上摆着一支新枪,放在帆布盒子里。

——这是霰弹枪,华莱士说。是猎枪,弹匣要大些,你会……更有感觉的。

枪管上有精致的部件,像是维多利亚时代的银器;枪托漂亮,有如十八世纪齐本德尔风格的桌子的桌腿。华莱士拿起枪,解释飞靶会从哪里出来,怎样用枪头的准星跟踪靶子,瞄准靶子飞行轨迹前面一点点的地方,然后他把枪举到肩上。

——放。

飞靶从灌木丛中飞出来,在池塘上方悬浮了一会儿。

嘭!

飞靶破碎,碎片像万尔韦家的烟花,雨点般洒落在水面上。

我错过了前面三个飞靶,后来琢磨到它飞行的路线,后面六个打中了四个。

在靶场,雷明顿的枪声内敛、清晰,有压迫感,钻到你的皮肤下面,那是啃咬刀锋的感觉,不过在鱼塘这里,枪声回音洪亮,隆隆作响,像是船上的炮声,音节悠长,似乎在为空气造型,或要展示一直隐藏在那里的建筑——一座横跨池塘水面的无形教堂——麻雀和蜻蜓知道它,可人却看不见。

和刚才的来复枪相比,霰弹猎枪更像是你自己的延伸。从雷明顿射出的子弹嗖地穿过远处的靶子,这声音似乎与你扣动扳机的手指没有关系,可飞碟碎了,肯定是你使然。站在布道台上从上往下看中空的枪管,你突然觉得自己拥有了蛇发女怪的神力——仅凭一个眼神就可以操纵远处的物体。这种感觉不会随着枪声的消失而消失,它挥之不去,渗透你的四肢,让你的感觉变得敏锐——你的傲慢中多了一份沉着,或沉着中多了一份傲慢。不管怎样,你很快会觉得自己像毕茜·霍顿。

要是早有人告诉我枪能增强人的自信就好了,我会一辈子打枪的。

六点吃晚饭,在俯瞰盐沼的青石露台上,吃的是总汇三明治。包铁桌边三三两两坐着几个男人,露台空空的,不算豪华,但别有味道。

——沃尔科特先生,您需要什么饮料配三明治?年轻的服务生问。

——威尔伯,我只要冰茶,不过凯蒂,你就喝……鸡尾酒吧。

——冰茶挺好。

服务生七拐八弯绕过杂乱的桌子,回到会所里。

——那,你知道这里所有人的名字吗?我问。

——所有人的名字?

——前台的那个、送枪的那个、服务生……

——这不同寻常吗?

——信差每天来两次,我都不知道他的名字。

华莱士显得局促不安。

——我的信差……叫托马斯。

——我应该多加注意的。

——我想你已经很注意了。

华莱士心不在焉地用餐巾擦拭汤匙，环顾露台，眼神宁静。他把汤匙放好。

——我们……在这里吃饭，你不介意吧？

——一点儿也不。

——对我来说，这是乐趣之一，就像……小时候，我们在阿迪朗达克营地过圣诞节。湖水结冰，我们整个下午都在滑冰，临时管家是个老都柏林人，他从小锌罐里给我们倒可可喝，我的姐妹坐在客厅里，腿搁在火边，我和爷爷坐在门廊的绿色大摇椅里，看着天色暗去。

他停下来，看着盐沼，将某个细节烙在自己的记忆中。

——可可很烫，你拿着它走到寒冷的屋外，可可面上会结一层霜，颜色比可可深，你用手指一碰，就会沾上一小片……

他朝整个露台做了个手势。

——可可有点像这个。

——是你挣到的小小回报？

——是的，这是不是很傻？

——我不这么想。

三明治来了，我们沉默地吃了起来。我开始明白，和华莱士在一起，没有令人尴尬的沉默，他在不需要说话的时刻反而显得格外放松。偶尔有鸭子从树林那边飞过来,它们扇动翅膀,伸出双脚,落在盐沼上。

也许,陈旧的俱乐部让华莱士感到放松——他得以展示自己对武器的娴熟,还赚到了冰茶。也许这得归因于他对爷爷和阿迪朗达克暮色的回忆,也许他只是觉得跟我在一起越来越自在。不管出于什么原因,在华莱士追忆往事的时候,他讲话几乎不磕巴了。

回到曼哈顿,离开华莱士的车库时,我谢谢他给了我一个非常棒的下午,他迟疑了一下,我想他是在掂量要不要请我到屋里,但他没有,也许他担心话一出口,这一天就变味了。于是他像对一个朋友的朋友那样吻了吻我的脸,我们道别,他抬脚离去。

——嘿,华莱士,我叫道。

他停下脚步,转身。

——那个老爱尔兰人叫什么名字?就是倒热巧克力的那个。

——是法伦,他笑了笑,说。法伦先生。

第二天,我在布利克街的一家小店买了一张印有安妮·奥克莉[1]的明信片,她身着全套西式礼服——鹿皮衬衫、白色流苏靴,手持两把珍珠手柄的六响手枪。我在背面写上:谢了伙计。周四下午四点,我接到一张便条:明天正午时分在大都会博物馆的台阶上见。署名

---

1 安妮·奥克莉(Annie Oakley,1860—1926),美国女神枪手,是鲍福勒·比尔的西部野外演出会上的明星人物。

是怀亚特·厄普[1]。

◆

华莱士三步并作两步跳上博物馆的台阶，他一身淡灰色西服，一块白色棉布手帕整整齐齐插在胸袋里。

——我想你不会借着带我去看画的机会向我表白吧，我说。

——当然不是！我只是……不知道从哪里开始。

实际上，他带我参观的是枪械博物馆。

昏暗的灯光下，我们肩并肩从一个展柜逛到另一个展柜。当然，这些枪有名气，更多是因为它们设计出色或身世特别，而不是火力强劲，其中有不少做工精美或材质为贵重金属，你几乎都快忘了人们设计它是用来杀人的。华莱士对枪支很可能无所不知，但他并不过于炫耀，只是跟我分享了一些有意思的奥秘和少许专业知识，然后提议我们去吃午饭，这恰到好处。再过五分钟，这一体验带来的新鲜感就要消失了。

我们走出博物馆，棕色宾利车在台阶下等着。

——你好，迈克尔，我说，暗自庆幸还记得他的名字。

——你好，康腾小姐。

上车后，华莱士问我想到哪里吃饭，我说他可以当我是个外地人，带我去他喜欢的地方。于是我们去公园餐馆，它在城中一幢有

---

1 怀亚特·厄普（Wyatt Earp, 1848—1929），美国西部警官，曾参加过1881年亚利桑那州汤姆斯通市欧卡可拉的著名枪战。

名的高层写字楼的一楼,风格现代,高高的天花板,没有装饰的高墙,坐在桌旁的人大都是西装革履。

——你的办公室在附近吗?我天真地问。

华莱士面露尴尬之色。

——就在这楼里。

——真是走运!这么说你喜欢的餐馆和你的办公室在同一栋楼里。

点菜的服务生叫米切尔,我们先点了马提尼酒,然后开始研究菜单。前菜华莱士点了肉冻,我要的是主厨沙拉——生菜、上等蓝纹奶酪和热红培根的绝妙组合。如果我是一个国家,我会把这道菜立为代表国家的旗帜。

在我们等待多佛龙利鱼的过程中,华莱士用甜点汤匙在桌布上画圈。我第一次注意到他的手表,它的设计与一般的手表正好相反:黑色表盘,白色数字。

——对不起,他放下汤匙,说。老习惯了。

——没事,我在欣赏你的手表呢。

——噢,这是……官员戴的表。表盘是黑色的,这样晚上就不那么……扎眼,是我父亲的。

华莱士沉默了一会儿,我正想问问他父亲的事,这时一个高个子秃顶男士来到我们桌前,华莱士推开椅子站起来。

——艾弗里!

——华莱士,男人热情地打招呼。

华莱士向我介绍这位绅士后,他问我能不能和华莱士谈一下,然后把他带到自己那张桌子，那里有一个年纪更大的人在等着。他们显然在听取华莱士的建议。他们说完后，华莱士问了几个问题，然后开始发表意见，看得出他说话丝毫不磕巴。

刚才看华莱士的手表时已经快两点。阿利同意为我打掩护到三点，这是我们每天和泰特先生的例行见面时间。如果我不吃甜点，那就还有时间打车回去换一条长一点儿的裙子。

——这好像很秘密[1]嘛。

溜到华莱士位子上的是那个骑马荷枪的毕茜·霍顿。

——我们只有一点点时间，凯特，她显出一副同情的样子，说道。我们最好开门见山，你是怎么认识华利的？

——我是通过廷克·格雷认识他的。

——那个帅哥银行家？就是那个和他的女朋友出车祸的银行家？

——是的，她是我的老朋友，其实我们当时都在车上。

毕茜一副大为触动的样子。

——我从没经历过车祸。

不过从她说话的样子看，你会觉得除了车祸，其他的灾祸她都遇到过，不管她坐的是飞机、摩托车还是潜艇。

——那么，她接着说，你的朋友是不是像那些姑娘说的那般野心勃勃？

（像那些姑娘说的那般野心勃勃？）

——并不比大多数人更甚，我说，不过她胆量十足。

---

1 原文为法语。

——呃,她们会因此恨她的,不管怎样,我讨厌好事者多过讨厌猫。但我能不能给你一点儿提示?

——当然。

——华利为人比拉什莫尔山[1]还高贵,但非常腼腆,不要等他先吻你。

我还没来得及说什么,她已经快走到餐厅中央了。

第二天晚上,我正在给自己叫的四个红心喊出赌倍的时候,有人敲门。是华莱士,他一手拿一瓶酒,一手拿公文包,说他刚和住在附近的律师吃过饭,这个解释需要对"附近"进行很宽泛的界定。我关上门,我们又陷入一阵并不令人尴尬的沉默。

——你有……很多书,他终于开口道。

——这是一种毛病。

——那你……去看医生没有?

——恐怕这是不治之症。

他把公文包和酒放到我父亲的安乐椅上,开始歪着脑袋在屋子里转。

——这用的是杜威十进制图书分类法[2]?

——不,不过是基于类似的原则,这些是英国的小说家,法国

---

1 拉什莫尔山位于美国南达科他州,因山顶的四尊美国总统巨像而闻名。四位总统分别为乔治·华盛顿、托马斯·杰斐逊、西奥多·罗斯福和亚伯拉罕·林肯。
2 杜威十进制图书分类法(Dewey Decimal Classification)是由美国图书馆专家梅尔维尔·杜威发明的,对世界图书馆分类学有相当大的影响。在美国,几乎所有公共图书馆和学校图书馆都采用这种分类法。

的在厨房里，荷马、维吉尔和其他的史诗在浴缸旁边。

华莱士漫步朝一个窗台走去，从一堆摇摇欲坠的书本里抽出《草叶集》[1]。

——我猜是因为……超验主义者在太阳底下长得更好些。

——一点儿没错。

——他们需要很多水吗？

——没你想得那么多，不过需要大力修剪。

他用那本书指了指我床下的一堆书。

——那那些……床底的蘑菇是？

——俄罗斯作品。

——哦。

华莱士小心地把惠特曼放回原处，朝牌桌走去，绕桌一圈，有如在观看建筑模型。

——谁赢了？

——不是我。

华莱士坐到我的假人牌友对面，我拿起酒瓶。

——你要留下来喝一杯吗？我问他。

——我……好啊。

这酒比我还老。我回到桌边，他已经坐到南边的位子上，在洗牌。

——到哪边……叫牌了？

---

1 美国著名诗人沃尔特·惠特曼（Walt Whitman，1819—1892）的代表作。

——我刚叫了四个红心。

——他们翻倍吗?

我从他手里把牌扯过来,把所有的牌扫到一边。我们坐下,有一会儿没说话,他喝完杯中酒,我觉得他要走了,努力想着用什么话题来吸引他。

——也许,他问道,你会玩蜜月桥牌?

这是一种有独创性的小游戏,在阿迪朗达克多雨的季节华莱士和他爷爷就玩这种牌。玩法是这样的:你把洗好的牌放在桌上,对手拿最上面那张牌,他有两种选择,一是留着这张牌,看第二张牌是什么,然后把第二张牌朝下扑到桌上,不要了。或者,他丢掉第一张,留第二张。轮到你了,也是如法炮制。两人如此这般轮着抓牌、放牌,直到把牌抓完,这时你俩每人丢掉十三张牌,手上还有十三张——让这一游戏在意图和机会之间有了一种不同寻常的微妙平衡。

我们一边打牌,一边谈起克拉克·盖博[1]和克劳德特·科尔伯特[2],谈起骗子和美国佬,我们不停地笑。我打方块赢了一个满贯,便采纳毕茜的忠告,俯过身去吻了下他的嘴巴,可他正要开口说什么,结果我们的牙齿打了架。等我坐下来,他又想伸手来搂住我的肩膀,结果差一点儿摔下椅子。

---

1 克拉克·盖博(Clark Gable, 1901—1960),美国演员,因其在《一夜风流》(It Happened One Night)中的表演而获得奥斯卡奖。
2 克劳德特·科尔伯特(Claudette Colbert, 1903—1996),美国女演员,因其扮演的喜剧角色而闻名。她出演过诸多经典影片包括《一夜风流》,也因此获奥斯卡奖。

我俩坐下来，笑了。我们笑，是因为不知为何我们突然明白了自己所处的位置。自那次去狩猎俱乐部游玩后，我们之间便悬浮着一种小小的不确定性，这是神秘的化学作用，有一点儿闪躲，有一点儿摇曳，直到现在。

也许是因为我们觉得和对方在一起是如此轻松，这或许和一个事实有关，那就是显然他从小就爱上了毕茜·霍顿（只是时运不佳，这段浪漫史未能成真）。无论怎样，我们知道了我们对彼此的感觉并不急迫，也不热烈，当然也不是欺骗，这种感觉友好、温暖而真诚。

就像玩蜜月桥牌。

我们正投入其中的这种浪漫玩法并不是真正的游戏——只是游戏的修订版。这个版本只适合两个朋友玩，他们可以一边一起快乐地玩耍，消磨时间，一边在站台上等着属于自己的那趟车到来。

第十五章

追求完美

八月二十六日,气温三十七摄氏度。就像是事先设计好的,梅森·泰特办公室玻璃的厚度正好能让你不必细听就知道他在大吼大叫。此时他手指着新泽西方向,对专职摄影师威特斯表达着自己的些许不满。

如果不了解梅森·泰特,很多人会觉得他令人难以忍受。的确,他对自己那本小小的时尚杂志在乎到了不可思议的程度:那个传闻太确凿了。这个蓝色太偏天蓝。那个逗号点得过早。这个冒号点得太迟。但其实,正是他的吹毛求疵才使我们的工作都有了目标。

有了泰特掌握全局,在《哥谭镇》工作不像是农民种田,一年四季靠天吃饭;也不像是女裁缝在容易失火的房子里日复一日地干苦工,直到把自己的理智也缝进衣服里;也不是船员的生活,时时面对严酷的大自然,年复一年,等回到家时就像十年漂泊归来的奥德修斯那样年老体衰,除了自家的老狗,几乎没人认得出他。我们的工作像爆破专家,在仔细研究过大楼的结构后,按照一定的顺序把一排排炸药埋在地基周围,这样大楼的爆炸井然有序,在自身的重量下倒塌,让那些伸长脖子呆看的旁观者充满敬畏,同时也为新的建设扫清障碍。

然而要想获得这更高的目标感,你必须双手紧握方向盘,或用一把尺子不断鞭策这双手。

当威特斯安全离开回到他的暗房,泰特又一口气催我三次:到—我—办公室里来。我理了理裙子,拿起速写板。他从绘图桌转过身来,显得格外盛气凌人。

——我领带的颜色看起来是不是比平时更随和?

——不,泰特先生。

——我的新发型怎么样?有没有让人觉得我会支持他们?

——不,先生。

——我今天的样子会比昨天更让人觉得他们可以在我面前随意发表那些不请自答的廉价观点吗?

——一点儿也不。

——好,那我就放心了。

他转向绘图桌，双手撑在上面，桌上是贝蒂·戴维斯[1]的十张生活照：在餐馆用餐的贝蒂，在观看洋基队比赛的贝蒂，在第五大道闲逛的贝蒂，让橱窗里的模特儿自愧不如。他挑出四张，这四张是在几分钟内连续拍下的。照片里有贝蒂、她丈夫，还有一对年轻情侣，四个人坐在一家高级夜总会的卡座里。桌上是满满的烟灰缸和空空的酒杯，唯一剩下的是摆在这位年轻女影星面前的一块点了蜡烛的蛋糕。

泰特朝这些照片摆摆手。

——你喜欢哪一张？

其中一张威特斯用铅笔做了标记，指出照片有可能裁切不正。在这张照片中，蜡烛刚点燃，两对人儿都对着照相机微笑，就像广告牌上的吸烟者一样。但在当天晚上晚些时候拍的另一张照片里，贝蒂把最后一块蛋糕给了身边的年轻男人，而那人的妻子在一旁眯着眼睛盯着他俩。

我挑了这一张。

泰特先生欣喜地点点头。

——照片很有味道，对吧？整个画面在瞬间形成，如果你把快门多开哪怕几秒，整个画面就会变黑。我们把生活看作一系列的动作，是不断积累的成就，是一连串风格和思想的流畅表达，然而，在那十六分之一秒里，一张照片就能完全颠覆这一切。

他看了看手表，示意我走向一把椅子。

---

1 贝蒂·戴维斯（Bette Davis, 1908—1989），美国女演员，以《女人女人》（*Dangerous*）和《红衫泪痕》（*Jezebel*）获得奥斯卡奖。

——我还有十分钟,我说你写。

信是写给戴维斯的经纪人的。信中泰特先生首先表达了对这位女演员的敬意以及对她丈夫的友情,并说想必两位在摩洛哥共进了美好的生日晚餐。在顺带提及他将和华纳兄弟公司会面商议一项合同,又插上一句说他在海边小镇看见了戴维斯(他觉得是她,因为当时是拍电影的淡季)后,他提出希望能面谈一次。他嘱咐我把这封信写好后放在他桌上,然后就抓起公文包,度假去了,一项除了他几乎没有人能享受的特权。也许泰特先生还在生威特斯的气,也许是因为我们的空调出了问题。不管是什么原因,这封信段落太长,动词用得过于坚决,而形容词又过于直白。

十五分钟后,我和阿利走出办公大楼,天气实在太热,连她也不想找乐子了。于是我们互相祝好,在街角处分手。我来到自助餐馆的卫生间,这次换上的是黑色天鹅绒短裙,头发上扎了亮红色丝带。

◆◆◆

我和华莱士第一次在我屋里玩纸牌的那个晚上,他坦言去见了他的律师,为的是财产托管。为什么?因为八月二十七日他要去西班牙参加共和政府的部队。

他不是开玩笑。

我想我用不着那么大惊小怪。所有有意思的年轻男人都好斗——有些是赶时髦,有些是喜欢冒险,大多是出于一种错置但又无伤大雅的理想主义。对华莱士来说,还有一小部分原因是他拥有的太多了。

他出生于曼哈顿上东区的富有阶级，在阿迪朗达克拥有避暑别墅和随时可用的狩猎庄园，上的是他父亲上过的预科学校和大学。父亲去世后，他接管了家业——不仅继承了父亲的办公桌和汽车，还接手了他的秘书和司机。令人敬佩的是，华莱士使家产翻倍，并以爷爷的名义建立了一项奖学金，赢得了同辈的尊敬。但一直以来，他怀疑这种安逸的生活并不属于自己。他花了七年时间成为某一产业的领袖，成为教堂的执事，而他父亲在五十岁时才做到。他勇往直前的青春岁月现在变得看不见、摸不着。

但这种状况不会持续太久。

他挥一挥手，便要抛下他生命中所有理性、熟悉和安全的层面。在他离开前的这个月里，他没有好好和朋友及家人讨论这个决定的负面后果，而是选择跟一个好脾气的陌生人做伴。

我俩的工作时间都很长，因此周三我们通常和毕茜、杰克一起吃夜宵，打几轮桥牌。毕茜娘家姓范休斯，是宾州的地产大户，她比外表看上去更坚强、更精明。让我们关系加固的原因是她发现我有玩牌的头脑。第二次打牌我们便跟男士们赌起了钱，领先他们不少分。天快亮时，华莱士会给我的脖子来一个友情之吻，送我上出租车，我们回到各自家里美美睡上一觉。但在周末，我和华莱士便会单独待在一起，庆祝曼哈顿的清净。

每逢周六，如果西港或牡蛎湾有船上聚会，一般都会邀请华莱士·沃尔科特。不过他第一次把邀请信摊在桌上让我挑选，我就看出来他并非真心想去。在我的追问下，他坦言这些乱七八糟的事让他觉得有点儿不自在。天知道，如果他们让他感觉不自在，我也帮不上什么忙,所以我们表示歉意,告诉哈姆林家、柯克兰家和吉普森家我们无法出席。

于是,周六下午,我们坐上宾利车去办华莱士的事:去布鲁克斯兄弟和迈克尔选一些新的卡其布衬衣,去23街取清洗好的手枪,然后又去布伦塔诺书店买一本西班牙语的语法书。

好啊![1]

在我们处理这些小事情时,我发现自己开始追求完美,也许这是受了梅森·泰特的影响。仅仅在一周之前,我对生活的种种瑕疵还满不在乎。那个华人洗衣工在熨我的裙子时烫出了一个洞,而我还会往圆桶子里扔五分钱,友好地感谢她,然后穿上破裙子去参加教会活动。毕竟,我的出身让我习得的观念就是需节俭再节俭,不至于偷盗即可,所以,当你回到家,罕见地发现自己买到一个完好无损的甜瓜时,你满可以怀疑自己不配拥有它。

但华莱士配,至少我是这么看的。

所以,如果他的新毛衣的颜色和眼睛的颜色不配,我会退回去。如果有四块刮胡皂的花香过浓,我会告诉伯格道夫商场的售货员再拿四块来。如果餐馆的牛排不够厚实,我会站在柜台前,盯着奥托马内利先生挥起切肉刀,直到切出的肉符合要求。照顾别人的生活——那也许正是华莱士·沃尔科特试图逃离的,我却发现这对我来说正合适。我们办完事后(我们"挣来的"),便去一个没人的宾馆酒吧喝鸡尾酒,到一家事先并未预订的上等餐馆吃晚餐,然后

---

1 原文为西班牙语。

顺着第五大道漫步去他家，在那里我们谈小说，分食"好时牌"巧克力。

八月初的一个晚上，我们在格罗夫吃夜宵——那儿盆栽的榕树枝上挂着白色的小灯——华莱士伤感地说他不回家过圣诞节了。

对沃尔科特一家来说，圣诞节显然是一个重大节日。一家三代要到阿迪朗达克营地度过平安夜。做午夜礼拜时，沃尔科特太太会在每根树枝上挂上一套颜色相配的睡衣。到了早上，大家都会穿着睡衣来到刚修剪过的圣诞树前，睡衣有红白相间条纹的，有格子花呢的。华莱士不太喜欢为自己买东西，不过他很自豪为自己的侄子侄女挑了很棒的礼物，尤其是和他同名的小华莱士·马丁。但今年他不会按时把礼物送回家了。

——我们干吗不现在为他们买礼物呢？我建议道。我们可以把礼物包好，贴上"圣诞前勿开"，然后放在你母亲那里。

——好是好，不过我可以把东西给……我的律师，告诉他在平安夜送出就行。

——那更好。

于是我们把盘子推到一边，草拟了一份送礼行动计划，写上所有人的名字、他们和华莱士的关系、年龄、性格和可送的礼物。除了华莱士的姐妹、姐夫妹夫、侄女侄子，还有华莱士的秘书、司机迈克尔以及其他几位华莱士想表示感谢的人。这份清单就像整个沃尔科特家族的小抄，而牡蛎湾的姑娘们为了能瞧上一眼，花钱都愿意。

我们用一个周末来购物。在华莱士出发前的两个晚上，我们在他的屋子里安排了两人晚餐，饭后好包装礼物。早上我翻找衣橱，第一个想法就是穿上那条波尔卡碎花点裙子，可还是觉得它不合适，便再往里翻，找到一件黑色天鹅绒裙子，差不多一个世纪没穿了，接着又在针线包里翻了翻，找到一条深红色丝带。

◆

华莱士打开屋门，我对他行了个屈膝礼。

——嗨，嗨……嗨，他说。

客厅里，留声机放着圣诞颂歌，冬青树枝簇拥着一瓶香槟酒。我们为圣诞老人、雪人及从大胆的冒险中迅速归来而举杯。接着我们坐到地毯上，拿起放在一旁的剪刀和胶带，开始工作。

沃尔科特家族是经营纸业的，这世上的包装纸他们应有尽有：森林绿的纸上装点着棒棒糖，天鹅绒红的则画着吸烟斗坐雪橇的圣诞老人。不过他家的传统是先用一个厚实的白色包装盒把东西打包好拿回家，然后再用各种颜色的缎带扎好送给每位家族成员。

送给十岁大的约尔的礼物是一个迷你棒球场，上面有只带弹簧的球拍，可以把球打进球门。我包好，绑上蓝色的丝带。送给十四岁的佩内洛普的是一对玩具杂色金丝雀，我扎上黄色的丝带。佩内洛普是个小居里夫人，一般的玩具包括糖果她都不喜欢。东西越来越少，我留意了一下给小华莱士的礼物。之前在购物时，华莱士就说要给自己的教子送一份特别的礼物。我很快清点了一下，并没有发现这份礼物。谜底在包装最后一份礼物时揭晓了，华莱士剪下一小块长方形包装纸,从自己的手腕上解下他父亲那块黑色表盘手表。

大功告成。我们来到厨房,里面有烘烤土豆的味道。华莱士察看烤箱后,穿上围裙,开始烘烤我昨天仔细挑选的羊排。然后,他移开羊排,用薄荷冻和柯纳克酒溶解锅里的残渣。

——华莱士,他递给我盘子时我问道。如果我对美国宣战,你会留在我身边和我一起战斗吗?

晚餐结束,我帮华莱士把礼物拿到后面的储藏室。沿走廊挂着家族成员在一些令人羡慕的地方微笑的照片。在码头的祖父母、滑雪的叔叔、横坐马鞍的姐妹。当时这个后厅照片廊让我觉得有些奇怪。几年后我无意中到另一个同样的照片廊参观,才终于明白这是美国社会白人特权阶层所喜欢的。因为那是他们内敛情感(对地方,对亲属皆如此)的外在表现,这样的情感无声无息地渗透到他们这种版本的生活里。在布莱顿海滩或曼哈顿下东区的寻常百姓家里,你更常看到的是壁炉上的一把干花,干花后面立一张肖像,点上一支蜡烛,供后辈祭拜。我们这样的家庭,乡愁远不及承认祖先为你做出的牺牲重要。

有一张照片是一百来个穿外套、系领带的男生。

——那是圣乔治学校吗?

——是的,是我……高中的时候。

我凑上前,想找到华莱士。他指了指一张长相可爱、神情腼腆的脸,我根本没注意到这张脸。在学校(或在沙龙舞的问候队伍里)

里,华莱士毫不起眼,但随着时间的推移,他周围的人物会渐渐暗淡,他则变得出类拔萃。

——全校学生都在这里了?我又看了看照片,问道。

——你在……找廷克?

——是的,我承认道。

——他在这里。

华莱士指了指照片的左边,我们共同的朋友孤单地站在靠边的地方。如果再看一会儿,我会认出廷克的。他就是一般人想象中的十四岁男孩的样子:头发有点儿乱,外套有点儿皱,盯着照相机,像是要跳起来。

华莱士笑着,手指划过照片,指向另一边。

——他在这里。

毫无疑问,非常靠右的地方还有一个身影,有些模糊,但没错,是他。

华莱士解释说,为了拍到全校学生,他们垫高古老的箱式照相机,光线慢慢穿过镜头投在巨大的底片上,一次曝光一个部分。这样太靠边的同学可以在大家身后快速跑动,在照片里出现两次,但时间要算准,跑得要够快。每年都有一些新生玩这个把戏,但华莱士记得只有廷克成功了。从廷克第二张大笑的脸上你可以看出他知道自己成功了。

华莱士和我信守诺言,不谈廷克和伊芙。但看到廷克展示淘气的一面,我们两个都觉得可爱。我们没有马上走开,而是尽情欣赏这个成功的把戏。

——能问个问题吗?过了一会儿我问道。

——当然可以。

——那天晚上我们在贝拉斯福德吃晚饭,坐电梯下楼时,巴奇说了一句笑话,说廷克像凤凰浴火。

——巴奇这人……有点儿粗鲁。

——就算是吧,可他是什么意思呢?

华莱士沉默不语。

——很不好的意思吗?我刨根问底。

华莱士柔和一笑。

——不,这本身并……不坏。廷克来自福尔河一个古老的家族,我猜他的……父亲运气很糟糕,我想他……失去了一切。

——在大萧条中?

——不是。

华莱士指了指照片。

——大概在那个时候,廷克还在读高一。我记得,因为我是……年级长。学校董事会开会讨论他们该做些什么来……改变他的境况。

——他们给他奖学金?

华莱士缓缓摇了摇头。

——他们让他退学。他在福尔河读完高中……又努力读完了普罗维登斯学院。然后就去了……一家信托公司当了个职员,开始一步步往上走。

在后湾区[1]出生,在布朗上学,在祖父的银行上班。这些曾是

---

1 后湾区是美国波士顿上层阶级的住宅区。

我和廷克见面十分钟后对他的印象，现在看来多少有些自以为是。

我又看了看照片里这个男孩，卷曲的头发，友善的微笑。这么长时间以来，我第一次想见到他，不是想解决什么问题，我没有必要谈伊芙，谈已经发生的、没有发生的或可能发生的事情，我只想重新建构我对他的第一印象——那个他走进"热点"，坐在邻桌，看着乐队的时刻——在歌手开始引吭高歌，廷克朝我尴尬地笑笑时，我不带任何预设地注意到他。从华莱士告诉我的这些片段信息来看，廷克有些东西我本该早知道的，那就是当我和廷克成年时，我们并不是站在门槛的两边，而是肩并肩地站在一起。

华莱士用探询的目光来回扫视照片——似乎就在拍这张照片的时候，格雷先生失去了最后一点儿家产——似乎集体照的两端出现的两个廷克代表着旧的过去和新的开始。

——很多人都知道凤凰浴火，他说。但他们忘记了凤凰的另一个特征。

——是什么呢？我问道。

——凤凰能活五百年。

◆

第二天，华莱士乘船出海。

哦，这不够确切。

一九一七年的人们是"乘船出海"。浅色头发、脸颊通红的年轻人穿着贴身的制服，在布鲁克林造船厂的码头边排成队，肩背粗呢袋子，齐声唱着《在那里，在那里》，勇敢地走上踏板，登上巨大的灰色巡航舰。汽笛响起，他们争相趴在栏杆上，跟爱人吻别，向母亲挥手。已有不幸预感的爱人和母亲在背后抹着眼泪。

但是，如果你家境殷实，那么一九三八年你离开故乡去西班牙参加内战时根本不用担心。你买一张"玛丽皇后号"的头等舱票，悠闲地吃完午餐，来到码头，穿过正在翻阅西班牙语速成本的乘客，礼貌地上船，来到自己位于上层甲板的房间，行李已经送到，乘务员已把东西整齐地放好了。

当时国际联盟禁止外国志愿者参加西班牙内战，和船长吃饭时讨论你要去西班牙是不合适的（坐在你左右的是来自费城的摩根一家和由婶婶陪同的毕兹伍德姐妹）。你肯定不能对南安普敦负责移民的官员说你要去西班牙，只能说你去巴黎看望同窗好友，买几幅画。你得先坐火车去多佛，然后坐船去加莱，再改乘汽车去法国南部，在那里你可以搭顺风车翻过比利牛斯山，或者雇一条拖网渔船顺着海岸去西班牙。

——再见，迈克，华莱士站在踏板上，说。

——祝你好运，沃尔科特先生。

他转向我，我知道，以后的周六我不知道要怎么过了。

——也许我可以为你妈妈跑跑腿？我提出建议。

——凯特，他说。你不该……为别人跑腿的，不为我，不为我母亲，也不为梅森·泰特。

迈克尔驾车带我离开码头，我俩都很伤心。车子经过大桥，驶入曼哈顿，我打破了沉寂。

——你觉得他能保护好自己吗，迈克尔？

——小姐，那是战争，很难做到的。

——是的，我想也是这样。

窗外，市政厅飘了过去。唐人街，一些小个子老妇人挤在小贩的车子周围，车上装满了难看的鱼。

——要送您回家吗，小姐？

——好啊，迈克尔。

——去11街？

他问这个问题真贴心。如果我说去华莱士那里，我想他就会带我去那里。把车停到路边后，他打开后座的车门，比利会打开大楼的门，杰克逊会迎我进电梯，送到11楼。在那里，我可以好几周不去想自己的未来。不过，在律师事务所的文档室里有一堆礼物在安静地等着，迈克尔会很快给棕色宾利车盖上防水油布，约翰和托尼会把雷明顿枪和柯尔特枪拆开，存放到柜子里。也许是时候了，我对完美的追求也该拆解、储藏起来。

华莱士离开后的那个周四，我下了班，到第五大道闲逛，看看伯格道夫商场的橱窗。几天前，我发现商场要摆出新的商品，橱窗都拉上了帘子。

冬、春、夏、秋，我对伯格道夫拉开新一季帷幕的时刻总是充满期待。你站在橱窗前，像沙皇收到珠宝蛋一样，蛋里浓缩了精致的场景，工艺烦琐。你闭上眼睛往里瞧，窗里的景色令人心驰神往，你看得如痴如醉，流连忘返。

"心驰神往"说得没错。伯格道夫的橱窗不会展出七折的存货，橱窗里的展品意在改变来这条大街购物的女人，让其中一些心怀嫉妒，让其他的心满意足，让所有人都看到机会。一九三八年秋季，第五大道之游没有令我失望。

橱窗展示的主题是童话，取材于格林兄弟和安徒生的著名作品，不过每件展品的"公主"都被男性所代替，而"王子"则是我们中的一员。

在第一个橱窗里，一个年轻的君王躺在开花的藤架下，他头发乌黑，肌肤无瑕，精致的双手叠放胸前，身旁站着一个勇猛的年轻女人（穿西亚帕蕾利牌红色短上衣），头发为了战斗而剪短，腰带里利落地别着一把宝剑，手里握着忠诚战马的缰绳，带着世故而又不乏怜悯的表情低头看着王子，似乎并不打算冲过去用一个吻把他唤醒。

下一个橱窗是一部关于复活把戏的歌剧。一百级大理石台阶从王宫大门向下直达铺满鹅卵石的院子，那里有四只老鼠躲在一个南瓜的影子后面。靠边处，金发继子飞奔过拐角，身影渐小。公主（穿香奈儿牌黑裙）跪在院子的正前方，神色坚决地看着一只玻璃德比鞋。从她的表情看，她准备号召整个王国——从男仆到内务大臣——行动起来，不分昼夜，寻遍全国，找到能穿上那只鞋的小伙子。

——是凯蒂吧？

我转过身，看到一位表情古板、肤色浅黑的女士——来自小州康涅狄格的怀斯。如果在八月的某个下午有人问我怀斯的穿衣风格，那么我会想到美国花园俱乐部的成员，不过也可能是我错了。她穿着极其优雅：深蓝色短袖连衣裙，帽子不对称但很搭调。

在廷克和伊芙的那个晚宴上，我们并没有很投缘，现在她费心和我搭讪，我有点儿惊讶。我们互相寒暄了一番，她举止讨人喜欢，双眸熠熠发光。当然，话题很快转到了他们在欧洲度假的事，我问他们玩得是否开心。

——不错，她说道。非常不错。你去过欧洲吗？没有？呃，法国南部的七月令人陶醉，吃的倒是一般，不过和廷克与伊芙在一起增添了不少乐趣。廷克的法语说得很棒。四个人在一起，时时都会擦出意外的火花：清晨在海滨游泳……在俯瞰大海的地方吃很长时间的午餐……深夜到镇上去闲逛……当然（轻笑），清晨游泳的欢乐拜廷克所赐，晚上逛街的意外乐趣是伊芙带来的。

现在，我开始明白了她为什么会来跟我搭讪了。

那晚在贝拉斯福德，她举止古怪，与众不同，不过她像个经验丰富的传教士，可以忍受别人对她滔滔不绝，忍受别人偶尔拿她开玩笑，她相信终有一天上帝会回报她的耐心。现在救赎日到了，令人狂喜的时刻。命运之轮转动，意外机遇降临。因为一谈到法国南部，我们两人都很清楚谁会是举止古怪，与众不同的那一个。

——呃，我说，准备结束这场谈话。你们都回来了，真好。

——噢，我们不是一起回来的……

她用两个手指碰了碰我的胳膊，把我留下。

指甲油和唇膏的颜色很相配。

——当然,我们本来是想一起回来的。我们正打算商量一下坐船的行程,廷克说他有公事要留在巴黎,伊芙说她只想回家,于是他答应在埃菲尔铁塔上请她吃饭,就这样贿赂了她(狡黠地一笑)。

(我回以狡黠的一笑。)

——可你瞧,她接着说。廷克去巴黎根本不是为了公事。

——?

——他是去看卡地亚珠宝!

不出怀斯所料,我的脸颊微微发烫。

——在他们离开巴黎前,廷克把我拉到一边。他有点儿抓狂,碰到这些事情有些男人就会变得很绝望,红宝石手镯、蓝宝石胸针、珍珠项链,他不知道该买哪样才好。

当然,我并不打算问,但这也不会有什么影响,她已经懒洋洋地伸出左手,展示一颗葡萄般大小的钻石。

——我对他说,给她买这个就行了。

我回到市中心,还在为和怀斯的见面郁闷,最后来到杂货店,买了一些日常用品:一副新牌、一罐花生酱、一瓶二级杜松子酒。我吃力地爬上楼梯,吃惊地发现穿 B 罩杯文胸的新娘已经修缮好了她母亲那幅波伦亚画派的画,甚至弄得更好。我用胳膊肘稳了稳买到的东西,转动钥匙,进门,差点儿踩到了一封滑落到门下的信。我放下包,捡起信。

信装在一个象牙白信封里,封面有一个扇贝图案,没有贴邮票,字却非常漂亮,我从没见过自己的名字被写得这么漂亮。每个 K 大概一英寸高，尾笔在其他字母下优雅地扫过，末端像阿拉伯鞋子的顶端那样弯回来。

信封里有一张金边卡片。卡片很厚实，我得撕开信封才拿得出来。卡片上面同样有扇贝图案，下面是时间、日期以及有幸邀请我出席的字样。这是霍林斯沃思家劳动节[1]大型活动的请柬。好心人华莱士·沃尔科特此时正在几百里开外的海上，这是他的又一慷慨之举。

---

1 这里指美国劳动节，每年九月的第一个周一。

第十六章

战利品

这次我来万尔韦家不再需要绕过花园——我和其他受邀客人一道从前门进去。弗兰说服我在梅西百货的折扣柜台买了一条连衣裙,其实她穿着比我更合身。我摆脱不了那种不安感,似乎我应该从篱笆那里钻过去。仿佛是在确证这点一般,两个大学生径直从我身旁走过,脱下外套,塞到男仆手里,然后从服务生那里拿过香槟酒——对谁都不瞧一眼。他们毫无成就,看上去却格外自信,仿佛是二战末期的飞行员。

在大厅门口你怎么也躲不开的位置,霍林斯沃思家族的代表已经组成了一个临时迎宾队:霍林斯沃思先生和太太,他们的两个儿子,以及其中一位的太太。我报上姓名,霍林斯沃思先生带着礼貌的微笑欢迎我,那笑容就像是早已对孩子的社交圈不甚了解的老父亲见到孩子贸然拜访的朋友。一个年纪大一点儿的儿子凑过来。

——她是华莱士的朋友，老爸。

——就是他谈到的那位年轻女士？啊，当然，他说道——加上一点儿故弄玄虚。这一谈可是引起了不少的轰动，年轻女士。

——德夫林，霍林斯沃思太太责备他。

——好的，好的，呃，华莱士一出生我就认识他了，如果你想知道他的什么事而他又羞于开口，来找我吧。这会儿请随意。

屋外的露台上，微风既温和又狂野。虽然太阳还未落山，整个屋子已经被华灯点亮，似乎向到来的宾客保证，如果天气变糟，这里可以容纳我们所有人过夜。系黑领带的男人和穿深红色裙子的女人、穿蓝宝石色衣服的女人和戴珍珠项链的女人漫不经心地聊天。这种似曾相识的优雅我在七月见过，只是现在这优雅已经传承三代：银发大个子亲吻光彩照人的教女的脸颊，他旁边是年轻的浪子，带着嘲弄的语气低声议论他们姑姑婶婶的那些风流韵事。有几个掉队的从海滩上走了过来，毛巾搭在肩上，面色健康，神态友好，丝毫没有因为晚到而感到不安。他们的身影在草地上拉长，留下条状的细长阴影。

露台边有张桌子，上面的玻璃杯呈金字塔形，香槟酒从最上层溢出，顺着玻璃杯倾泻而下，直到所有的杯子都盛满。为了不破坏观赏效果，制作这一价值几千美金的室内游戏的工程师从桌子下拿出一个杯子，倒满酒后递给了我。

不管霍林斯沃思先生怎样鼓励，我还是感觉不太自在。可华莱士费了这样的心思，我得去洗把脸，换杯杜松子酒，然后再和大家混一混。

我问卫生间在哪里，在指点下走上主楼梯，经过一幅马的素描，顺着护墙板过道来到大楼的东厢。女卫生间是一个浅黄色单间，俯瞰玫瑰花园，里面是浅黄色的墙纸、浅黄色的楼梯和一把浅黄色的躺椅。

里面已有两个女人，我坐在镜子前，一边通过镜子看她们，一边假装整理耳环。一个是留黑色短发的高个子，表情冷静，刚从码头回来。泳装扔在脚下，很自在地揩干裸露的身子。另一个穿蓝绿色塔夫绸衣服，坐在明亮的梳妆台前，试着修补哭花的睫毛，每隔三十秒左右她便抽泣一下。游泳的那位没有表示出什么同情，我也不想有什么表示。

得不到安慰的姑娘吸了吸鼻子，离开了。

——总算走了。游泳的那个无动于衷地说。

她用毛巾最后擦了一下头发，把毛巾丢进一大堆毛巾里。她有着运动员的身材，穿上那件她备好的露背连衣裙后肯定会增色不少。她移动胳膊时，你可以看见她肩胛骨周围的肌肉线条。穿鞋时她都懒得坐下，而是把脚蹭进鞋里，然后把又细又长的手臂伸到后背，拉上连衣裙。

从镜子里我看到在她放鞋子的长沙发下的地毯上有微微闪光。我走过去，跪下来，捡起那个闪光的东西，是一个钻石耳环。

那个女人看着我。

——是你的吗？我问道，知道并不是她的。

她把耳环拿在手里。

——不是，她说道。不过看起来很值钱。

她冷漠地环顾屋里。

——通常这都是成双成对的。

我又仔细查看长沙发下面,她则是抖了抖湿毛巾。我们找了一分钟,然后她把耳环递回给我。

——战利品,她说。

游泳女人说得再对不过,因为我很清楚这个特别的耳环——狭长形钻石、白金扣环——就是伊芙在廷克的床头柜里发现的那对耳环中的一个。

我走下弧形的前楼梯,觉得失去了平衡,就像一杯香槟酒直冲入脑。不管廷克和伊芙从巴黎带来什么新闻,我都不想听——至少不是在这样的场合听。我放慢脚步,挪到楼梯外边,那里台阶最宽,扶手也很近。

一群新到的宾客拥挤在大厅里——更多飞行员,更多可以自己拉拉链的黑发女人。他们见了面兴高采烈,就因颇为时髦的迟到而堵住门口。不过如果廷克和伊芙在万尔韦,他们应该不会在大厅里久待,他们这队友好的四人小组会为这一时刻增光添彩。我走下楼梯,算出到大门还有二十步,到火车站还有八百米。

——凯蒂!

一个从大厅里出来的女人叫住我,我猝不及防,不过从走近的脚步声我该听得出她是谁。

——毕茜……

——华莱士突然去了西班牙,我和杰克难过极了。

她拿着两杯香槟酒，把其中一杯塞给我。

——我知道他一直想去参战，说了好几个月了，但没人想到他会说到做到，特别是在你出现之后。你没发狂吧？

——我还好。

——当然。你有他的消息吗？

——还没有。

——那么就没有谁知道他的消息了。我们看看什么时候一起吃个午餐。今年秋天你和我会成好朋友的，我保证。不过先和杰克打个招呼吧。

在大厅门口，杰克正和一个叫杰诺洛斯的姑娘谈笑风生。她看上去毫不起眼。即使在三米之外你都知道她在拿自己的朋友编故事。杰克介绍了我之后，我不知道要陪他们闲谈多久才能礼貌地离开。

——回到开始吧，杰克对杰诺洛斯说。太有趣了！

——好吧，她娴熟地故作厌倦——好像在她出生那天，这世上就发明了无聊。你知道廷克和伊芙吗？

——出车祸时她和他们在一起，毕茜说。

——那么你一定想听听这个。

杰诺洛斯解释说，廷克和伊芙刚从欧洲回来，在万尔韦家的客房里过周末。那天早上，大家还在泡澡，廷克已经在欣赏"美景号"了。

——那是霍利的快艇，杰克解释道。

——他的宝贝，杰诺洛斯纠正道。他把快艇停在码头，让人观赏。总之，你的朋友围着船转啊转啊，就是这样，若无其事地。霍利便说，你们两个干吗不带她去转一圈？嗯，你们可以像当年火烧亚特兰大那样将我们全都烧毁——霍利竟然出借了他的船！明白了吧，其实这全是他和廷克一手策划的——在码头附近游泳，围着船看啊看啊，不露声色。甚至还在船上藏了一瓶香槟酒和一只填馅鸡。

——这说明什么呢？杰克问道。

——说明有人认输了，毕茜说。

又来了，脸颊上轻微的刺痛感，这是我们的身体对嘲弄我们的这个世界的迅速反应，这是生命中最难受的一种感觉——令人不禁要想，在人的进化中，这种反应会起到什么作用。

杰克举起假想中的喇叭，嘴里一阵叭叭叭叭，大家都笑了。

——最精彩的部分来了，杰克说，引诱杰诺洛斯继续。

——霍利以为他们只会去一两小时，可六小时后他们还没回来。霍利开始担心他们跑到了墨西哥。这时两个小伙子划着小渔船停在码头边，他们说碰上了"美景号"——它在一个沙洲上搁浅了。船上的那个人承诺说，如果他们帮他找到牵引船的话，就给他们二十美元。

——上帝没让我们听到浪漫故事啊，毕茜说。

有人瞪大了眼睛，笑得喘不过气来。

——他们来了，一条捕虾船拖来的！

——我们得去看看这个，杰克说。

大家都朝露台走去，我朝前门走去。

我想我深感震惊，上帝知道为什么。安妮几个月前就看出来了，威斯塔也是。万尔韦的所有人好像都准备好了，聚集在码头上，要参加即兴的庆祝会。

我一边等外套，一边回头朝大厅看了看，里面已经没人，连最后一个好奇的观望者也朝落地玻璃门那边走去了。一个年纪比我大一点儿、身穿白色无尾礼服的男士站在吧台前，双手插到口袋里，似乎在沉思。一个参加庆祝活动的人径直从他面前走过，抓起一个大酒瓶的瓶颈，走回屋外，又撞翻一个装满八仙花的大茶壶。对这一失礼之举，无尾礼服男士一脸失望。

男仆把外套递给我，我说了声谢谢，突然想到自己像晚会开始时的那群大学男生一样，看都没看他一眼。等我意识到这一失礼行为时，为时已晚。

——你这么快就要走啊！

霍林斯沃思老先生从屋前的车道进来。

——霍林斯沃思先生，聚会挺好的。谢谢您邀请我，不过我有点儿不舒服。

——哦，真遗憾，你住在附近吗？

——我从城里坐火车来，想叫人去帮我叫辆出租车。

——亲爱的，这是不可能的。

他朝大厅回过头去。

——瓦伦丁！

那个穿着白色无尾礼服的年轻人转过身来，他一头金发，外貌英俊，神态严肃，看上去像飞行员，又像法官。他从口袋中抽出手，快步穿过大厅。

——是的，爸爸。

——你记得康腾小姐吧，华莱士的朋友，她不舒服，要回城里，你能带她去车站吗?

——当然可以。

——你开那辆蜘蛛跑车去好了。

屋外,劳动节大风把树叶吹撒在地,要下大雨了。在周末剩下的时间里,人们只能在纱门砰砰的碰撞声中玩玩牌、喝喝茶。赌场关门,网球场打烊,至于小游艇嘛,则像少女的梦想一样被拽到岸上。

我们穿过白色沙砾车道,来到六门车库。两人座的蜘蛛跑车像消防车一样红通通的。瓦伦丁走过它,挑了一辆一九三六年产的黑色凯迪拉克,它身躯庞大。

车道旁的草地上一溜过去起码停了上百辆车,其中一辆亮着车灯,车门大开,收音机响着,发动机罩上并排躺着一个男人和一个女人,抽着烟。像对抓酒瓶的人一样,瓦伦丁也给了他们失望的一瞥。在车道尽头,他往右转,朝邮电路驶去。

——车站不是在另一个方向吗?

——我载你进城,他说。

——你不必的。

——我反正也是得回城里的,明天一早我有个会。

我不知道他是不是真的要开会,不过我知道他也不是想制造和我相处的机会。他开车时没看我,也懒得和我搭话。为了摆脱这个聚会,我俩甚至情愿去遛一条疯狗。

走了几公里后,他叫我在仪表板下的小储藏箱里找出便笺本和笔。他把便笺本放在仪表盘上,写了几句话,撕下最上面的一张,放进外套的口袋里。

——谢谢，他把便笺本给回我，说。

为了不聊天，他打开收音机，调到一个播放摇摆乐的电台，转动旋钮，跳过放民歌的电台，听了一会儿罗斯福总统的演讲，接着转回去听民歌，这是比利·霍利迪[1]唱的《纽约之秋》。

> 纽约的秋天
>
> 为何它如此诱人？
>
> 纽约的秋天，
>
> 它诉说着初夜的兴奋。

《纽约之秋》这首歌是一个叫弗农·杜克的白俄罗斯移民写的，第一次以爵士乐风格演出，在此后的十五年内，查理·派克、莎拉·沃恩、路易斯·阿姆斯特朗和埃拉·菲茨杰拉德等人不断探索它感性的边界。在首次演出后的二十五年内，切特·贝克、索尼·斯蒂特、弗兰克·西纳特拉、巴德·鲍威尔和奥斯卡·彼得森对它的阐释进行了阐释。歌里问我们关于秋天的那个问题，或许我们可以拿来问问自己：为何这首歌如此诱人？

关键在于，每个城市都有一个属于自己的浪漫季节。一年一次，一座城市的建筑特点、文化氛围和园林景观因太阳运动的轨迹而发生变化，男男女女在城市的大街上擦肩而过，春情满怀，如维也纳的圣诞季、巴黎的四月。

---

1 比利·霍利迪（Billie Holiday, 1915—1959），美国爵士乐坛的天后级巨星，其音乐与人生都极其苦涩。

我们纽约人对秋天的感受正是如此。九月来了，尽管开始昼短夜长，尽管灰蒙蒙的秋雨打掉绿叶，可想到漫长的夏天被抛在身后便觉得舒心，空气中弥漫着似曾相识的清新。

> 熠熠生辉的人群
> 微微发光的彩云
> 在钢筋的丛林里——
> 情感涌入心里
> 回家了。
>
> 这是纽约的秋天
> 它预示新爱的来临。

是的，一九三八年的秋天，无数的纽约人唱这首歌时会变得如痴如醉。他们坐在爵士酒吧或夜总会里，穷人和富人都在点头微笑：这个白俄罗斯移民真说对了：不管怎样，哪怕冬天就要来临，纽约的秋天仍然预示着一场赏心悦目的浪漫。你以新的目光、新的感受望着曼哈顿的市景，心想：能再活一次真好。

不过你还是要问自己：如果这是一首令人振奋的歌，那么为什么比利·霍利迪唱得如此动听？

◆

周二清晨，我走进电梯，发现这里的电梯也是玻璃做的，像梅森·泰特的办公桌。在脚下一层楼远处，不锈钢的传动装置在转动，像可开闭的吊桥一开一合，头上是三十层楼，再上去是一方清澈蓝天。我面前的面板有两个银色按钮，一个写着"马上"，另一个写着"永不"。

正值七点，大厅里空空荡荡。我的桌上摆着那封给贝蒂·戴维斯的经纪人的信，在这封信里瑕疵被原原本本抄下来，然后仔细校对了一遍。我把信又读了一遍，把一张空白信纸放进打字机里，打好后，我把此信的两个版本都放在泰特先生的桌上，写了一张条子，说明因时间紧迫，我自作主张起草了第二稿。

快下班了泰特先生才给我电话。我进到他的办公室，他把这封信的两个版本并排放在桌上，两份都没有签名。他没有请我坐下，而是看着我，像看着一个在宵禁之后逃出宿舍又被逮住的模范生，在某种意义上我还真的很像。

——跟我说说你个人的情况，康腾，最后他发话了。

——对不起，泰特先生，您想知道什么呢？

他向后仰靠在椅子里。

——我看出你还没结婚，你喜欢男人吗？你私下抚养小孩吗？你抚养兄弟姐妹吗？

——是的，没有，没有。

泰特先生冷冷一笑。

——如何描述你的人生理想呢?

——我的理想一直在进化。

他点了点头,指了指摆在他桌上的一篇文稿。

——这是卡伯特先生撰写的人物特写。你读过他的文章吗?

——读过几篇。

——你评一评他的文章,我是说文体方面。

除了语言有点儿啰唆之外,我看得出泰特先生总的来说还是欣赏卡伯特的作品的。卡伯特对八卦和历史的交集有着很好的直觉,他是一个非凡的高效采访者——能引诱人回答那些最好不要回答的问题。

——我想他读亨利·詹姆斯读得太多了,我说道。

泰特点了点头,把手稿给我。

——看看你能不能把他的语言变得更像海明威。

第十七章

读了就全明白

两天后的晚上,我梦见一场不应季的雪,如尘土一般,安详宁静地落在一排排房屋上,科尼岛的游乐园里,以及我祖父母举行婚礼的那座色彩鲜艳的教堂塔尖顶。我站在教堂的台阶上,伸手去摸大门——它是如此的蓝,像是用天堂的木板做成的。在教堂旁边的某个地方,只有二十二岁的母亲站在那里,她别着发夹,手里拎一个撬保险箱用的包,左右观望,然后飞快地转过屋角。我伸出手去敲门,但门先被敲响了。

——警察,一个倦怠的声音说道。开门。

…………

时钟显示是深夜两点。我穿上睡袍,打开门,一个穿棕色西装的警察站在楼梯口,身子有点儿摇晃。

——很抱歉叫醒您了,他说道,听上去并无抱歉之意。我是巡佐芬纳兰,这位是警探蒂尔森。

我肯定是过了一阵才听清他们的话,因为蒂尔森坐在台阶上查看自己的指甲。

——您介意我们进屋吗?

——是的。

——您认识凯瑟琳·康腾吗?

——当然,我说。

——她住在这里吗?

我扯紧睡袍。

——是的。

——她是您的室友吗?

——不是……我就是她。

芬纳兰回头朝蒂尔森看了看,这位警探抬起头来,好像我终于引起了他的兴趣。

——喂,我说。到底是怎么回事?

警局里很安静。蒂尔森和芬纳兰带我顺着后面的楼梯下到一个狭窄的过道,一个年轻的警察打开通往拘留室的铁门,里面的空气充满了霉菌和氯的气味。伊芙像一个烂布娃娃躺在小床上,没有盖毯子,小小的黑衣服外面罩着我那件摩登外套,就是出车祸那晚穿的那件。

据蒂尔森说,伊芙喝醉了,昏睡在布利克大街的一个小巷里,一个警察发现了她，她没带手提包，也没有钱包——不管是真是假——他们说在她外衣的口袋里找到了我的借书证。

——是她吗？蒂尔森问。

——是她。

——您说她没住在市中心，您觉得她在布利克大街一带做什么呢？

——她喜欢爵士乐。

——我们不都喜欢嘛，芬纳兰说。

我站在门边，等着蒂尔森打开拘留室的门。

——巡佐，他说。找一个女警卫带她去洗澡。康腾小姐，请跟我来。

蒂尔森带我回到楼上，走进一个小房间，里面有桌子、椅子，没有窗户，很明显这是审问室。等我们面前都放了一纸杯咖啡后，他向后靠在椅子里。

——那么，您是怎么认识这位……

——伊芙。

——是的。伊芙琳·罗斯。

——我们曾是室友。

——不就是嘛，那是什么时候的事？

——直到一月以前。

芬纳兰进来，朝蒂尔森点点头，然后靠在墙上。

——麦基警官在小巷里叫醒你的朋友，蒂尔森继续道。她不愿意说出自己的名字，您认为这是为什么呢？

——也许他问得不够友善。

蒂尔森笑了。

——你的朋友是做什么的?

——她眼下不工作。

——你呢?

——我是文秘。

蒂尔森临空做出打字的样子。

——正是。

——她出了什么事?

——出事?

——你知道的,那些伤疤。

——她出了车祸。

——她开车一定很快吧。

——我们从后面被撞的,她被撞出风挡玻璃。

——车祸时你也在!

——没错。

——如果我说出比利·鲍尔斯这个名字,您能想起什么吗?

——没有,我应该知道吗?

——杰罗尼莫·谢弗呢?

——没有。

——好吧,凯西。我能叫你凯西吗?

——除了凯西,别的都行。

——好吧,那么,凯特,你好像很聪明。

——谢谢。

——像你朋友这样的姑娘最后变成这样,我不是第一次看到。

——喝醉?

——有时她们被人狠揍,有时被打断鼻子,有时……

为了表示强调,他让声音渐弱下去。我笑了。

——你大错特错了,警探。

——也许吧,不过女孩子有时会陷入困境无法脱离,我理解这一点,她所想的无非是谋生,和我们一样,这不是她想要的结局,可谁到头来的结局又是自己所愿的呢?所以他们管这叫梦想,对吧?

芬纳兰咕哝一声,对蒂尔森绕口令似的一番话表示赞赏。

他们把我带回警局前厅,伊芙睡在长椅上,穿制服的女警卫站在一旁。她帮我把伊芙扶上了出租车的后排座位,芬纳兰和蒂尔森双手插在口袋里,只是旁观。车子开出后,伊芙闭着眼睛开始模仿喇叭的声音。

——伊芙,出了什么事?

她像小女孩一样咯咯笑了。

——号外!号外!读了就全明白![1]

接着,她靠在我的肩上呼呼睡着了。

她看起来累极了,没错。我像抚摸孩子一样轻拂她的头发,她刚洗过澡,头发还湿着。

到了11街,我给出租车司机一点儿小费,让他帮我把伊芙扶上

---

1 "号外!号外!读了就全明白!"("Extra! Extra! Read All about It!")为当时街上报童常用叫卖语。

楼，放到我的床上，腿还悬在床外。我给贝拉斯福德的公寓打电话，可没人接听。我从厨房弄了一盆热水帮她洗了脚，又脱下她的外衣，帮她盖好被子。她身上那件内衣比我全身行头（包括鞋子在内）还贵。

在警局时，接待警官让我签字认领伊芙的物品，然后他从一个大蕉麻纸信封里倒出一件东西，它掉在桌上，发出清脆的金属碰撞声，是一枚订婚戒指，上面有一颗光洁的钻石，光滑得你可以在上面滑冰。一拿起这枚戒指，我的手心便开始出汗。我把它从口袋里拿出来，放到厨房的桌子上。至于那件摩登外套，我把它扔了。

我看着沉睡的伊芙，琢磨这到底是怎么回事。她怎么会在小巷里醉得不省人事？她的鞋子去哪里了？廷克在哪里？不管他们之间出了什么问题，伊芙现在倒是轻松地呼吸——眼前的她如此健忘，如此脆弱，如此平静。

这是生活给的一个刻意的讽刺，我想，我们永远看不到自己的这种状态。我们只能见证自己清醒时的反思，在某种程度上，这种反思总是不快的或令人恐慌的，也许这就是年轻的父母着迷于自己孩子熟睡的样子的原因。

早上我们喝咖啡，吃蘸辣酱的煎蛋，伊芙又变得喋喋不休起来——跟我说法国南部长满霉菌的楼房，熙熙攘攘的海滩，威斯塔到处跟人拌嘴吵架，住在那里真是烦，要不是因为羊角面包和赌场，她说她早就一路走回家了。

我让她喋喋不休了一会儿，等她问我工作怎么样时，我把戒指推过桌子。

——噢，她说。我们要说这个吗？

——是的。

她点点头,然后耸耸肩。

——廷克求婚了。

——太好了,伊芙,恭喜。

她惊奇地做了个鬼脸。

——你在开玩笑吗,凯蒂,看在上帝的分上,我没有接受。

然后她告诉我最新的情况,就像杰诺洛斯说的那样:廷克带她坐上小帆船出海,船上有香槟酒和鸡肉。午饭后他们去游泳,用毛巾擦干身体后,廷克单膝跪地,从盐瓶里掏出戒指,她当场就拒绝了他。事实上,她是这么说的:你干吗不开车让我再撞一次路灯?

廷克递上那枚戒指时,她连碰都不愿碰。他只好让她握住戒指,要她好好考虑一下。但是她根本不需要。她像个婴儿那样呼呼大睡,第二天一大早起床,收拾好小旅行袋,趁廷克熟睡时从后门偷偷溜了。

雄心勃勃、意志坚定、讲求实际,无论你怎么描述伊芙,她总能出乎你的意料。我想到六个月前一袭白衣,斜靠在廷克房里的长沙发上,用微热的杜松子酒溶化催眠药的伊芙。正当我们怀着不同程度的羡慕、嫉妒和蔑视看着她,认定她在吊金龟婿时,她却从如同服食过忘忧果般安逸的睡姿中醒来,衣冠不整地满城乱跑。她始终像小猫一样埋伏在谷仓前的草地上,等着大家对她做出自以为是的评价。

——真希望你当时也在,她带着怀旧的微笑说道。你会尿裤子的,我的意思是,他花了一周的时间来设计这首歌和舞蹈,我刚对他说不,他便把哥们儿的快艇直接撞到岸上,他变得六神无主,在船舱里进进出出肯定有上百次,要找信号枪。他调整风帆,爬上桅杆,甚至跑出去推船。

——你在做什么?

——我就躺在甲板上,喝剩下的香槟,听呼呼的风声、风帆飘动的声音和海浪的拍打声。

伊芙一边回忆,一边往吐司上涂黄油,那表情像在做梦。

——半年以来,那是我头一次有了三小时的平静,她说。

她把小刀插进黄油里,就像斗牛士把刀插进牛背。

——可笑的是,我们甚至都不喜欢对方。

——得了吧。

——你知道我的意思。我们有过一些快乐,不过大多数时候,我们都在相互敷衍。

——你觉得他是这么看的?

——有过之而无不及。

——那么他为什么向你求婚呢?

她抿了一口咖啡,对着杯子皱着眉头。

——我们开心一下,如何?

——随你,不过我过半小时要去上班了。

她在食柜里找了瓶剩五分之一的威士忌,倒在杯子里,掺了爱尔兰酒,坐下来,想换个话题。

——这些见鬼的书是哪儿来的呀?

——别那么快跳开,姐们儿,我是当真的。如果你们两个相互敷衍,那他为什么还要求婚呢?

她耸耸肩,放下咖啡。

——这是我的错。我怀孕了，我们去英国时我告诉了他，我应该守住秘密的。如果说我出院那会儿他就已经是个讨厌的家伙了，你可以想象那之后他是什么样。

伊芙点着一支烟，向后仰头，朝天花板吐出烟雾，然后摇摇头。

——要提防那些觉得亏欠你的男生，他们会把你逼疯的。

——那你打算怎么办？

——我的生活吗？

——不，是你的孩子。

——哦，我在巴黎的时候就想过了，只是还没时间告诉他，我想找个办法解决了，但最后还是让他知道了。

我们沉默了一会儿，我站起来收拾盘子。

——我没有别的选择，伊芙解释说。他逼得我走投无路，当时我们在海上，离岸边有近两千米。

我拧开水龙头。

——凯蒂，如果你像我妈那样要洗这些盘子，我会跳楼的。

我回到位子上，她从桌子那边伸出手，握紧我的手。

——不要这么失望地看着我，我可受不了——别人都可以。

——你太让我吃惊了。

——我知道，但你得理解我，在我长大的过程中，我觉得人生来就只为生儿育女、养猪种玉米，还是要感谢上帝给我这些特权。可出了车祸后，我明白了一些东西，我觉得待在风挡玻璃的这一边还挺不错。

这就像她一直说的：只要不屈服于人，她愿意屈从于任何东西。

她歪着头，更加仔细地看我的表情。

——这件事你消化得了吗？

——那当然。

——我的意思是，我是他妈的天主教徒，对吧？

我笑了。

——是的，你是他妈的天主教徒。

她从烟盒里磕出一支烟，合上烟盒，里面还剩一支。她点着烟，把火柴从肩头扔到身后，像印第安人首领那样把烟递给我，我吸了一口后递回给她。我们一言不发，轮着抽烟。

——现在你打算做什么？我终于问道。

——我不知道。我可以在贝拉斯福德待些时日，但不想长住，我爸妈老是催我回去，我可能去看他们一下。

——廷克打算做什么？

——他说他可能回欧洲。

——去和西班牙的法西斯战斗？

伊芙带着难以置信的表情看着我，然后笑起来。

——见鬼，姐们儿，他打算去和科德岛的海浪战斗。

◆◆◆

三天后的一个晚上，我正宽衣上床，电话响了。

自见到伊芙后，我一直在等着这个——深夜来电，这时的纽约笼罩在黑夜之中，太阳正在一千六百公里之外的深蓝色大海上冉冉升起。

这个电话如不是公园大道上结冰,也许在六个月之前、甚至上辈子之前就打来了。我的心跳得有点儿快,我把衬衣套回身上,去接电话。

——喂?

没想到电话那头是一个疲惫而有教养的声音。

——是凯瑟琳吗?

——……是罗斯先生?

——凯瑟琳,很抱歉这么晚打扰你,我只想知道,如果碰巧……

电话那头沉默了,我听得出来,二十年的教养,与印第安纳的几百公里距离,这些有助于他控制自己的情绪。

——罗斯先生?

——很抱歉。我应该解释一下的。很明显,伊芙和廷克的关系已经走到了尽头。

——是的。我几天前见过伊芙,她告诉我了。

——啊,好吧……就是,我和莎拉……收到她的一封电报,说要回家。我们去火车站接她,却没见到人,开始我们以为在站台上和她错过了,可在餐馆和候车室里也没见到,我们找到站长,想看看她在不在旅客名单上,可站长不愿告诉我们,说这违反他们的规定等,不过最后他证实伊芙在纽约上了车,所以她不是没上车,而是根本没下车。我们花了好几天时间才在电话里联系上售票员,当时他正在丹佛,准备朝东返回。他还记得伊芙——因为脸上的伤疤。他还说火车快到芝加哥时,她又买了去洛杉矶的票。

罗斯先生在回忆,沉默了一会儿。

——凯瑟琳,你知道我们真的搞不懂这是怎么回事,我试着联系廷克,但他好像已经出国了。

——罗斯先生,我不知道该和您说什么。

——凯瑟琳,我不是要求你出卖朋友。如果伊芙不想让我们知道她在哪里,我可以理解。她是个成年人,想怎么过日子是她的自由。只是我们是她的父母,有一天你会明白的。我们不想干涉她,只想知道她没事。

——罗斯先生,如果我知道伊芙在哪儿,哪怕她让我发誓不说,我也会告诉您的。

罗斯先生只叹了口气,简短得让人心痛。

这是一个多么动人的情景:天蒙蒙亮,罗斯先生和太太起床,开车去芝加哥接女儿,他们很可能关掉了车里的收音机,只偶尔交谈两句——不是因为两人结婚太久,已成陌路,而是因为他们共同沉浸在由痛苦转为开心的感觉中,他们个性独立的女儿在纽约遭受创伤后终于要回家了。他们穿着整齐,像是要去做礼拜,走过旋转门,上车的和下车的不分彼此,混在一起。他们挤过人群,有点儿焦虑,不过还是兴奋更多,他们将要完成一项使命,这不仅仅是为人父母的使命,也是家族的使命,但最终却发现他们的女儿没在那里——那该是多么沮丧。

与此同时,在千里之外的另一个车站洋溢着五彩光芒,它的楼房彰显的是西方乐观的现代风格,而不像工业革命笼罩下的美国十九世纪的小车站——伊芙要下车了。她没有行李,不需要搬运工,她腿脚不太利索地走出站,来到一条棕榈树成行的大街上,漫无目的,就像一个小影星,从一个更艰难、更无情的地方来到这里。

对罗斯先生，我顿时满怀同情。

——我想雇私人侦探去找她，他说，显然他不知道这样做妥不妥当。她在洛杉矶认识什么人吗？

——没有，罗斯先生，我想她在加州谁都不认识。

我思忖，要是罗斯先生真的去找私人侦探，我会给他一些建议。我会告诉他去火车站附近的十条街内调查所有的典当行，找一枚可以在上面滑冰的订婚戒指和一对枝形耳环中的一个——因为伊芙琳·罗斯的未来是从这两样东西开始的。

第二天晚上，罗斯先生又打来电话，这次他没有问任何问题，只是想告诉我一些最新进展：当天早些时候他和几个住在马丁格尔太太那里的姑娘谈了——她们谁都没有伊芙的消息。他还联系了洛杉矶的失踪人员调查局，可他们一知道伊芙已经成年，而且买了车票，便解释说她不符合失踪人员的法定条件。为了安慰罗斯太太，他还调查了医院和急诊室。

罗斯太太是怎样支撑下来的？她像在服丧，甚至更糟糕。如果女儿去世，母亲会为女儿再也无法拥有未来而悲痛，但她可以回忆母女亲密相处的日子，从中寻得安慰。可如果你的女儿跑掉了，你只能埋葬那些美好的记忆。女儿的未来充满活力，无比美好，但它却如同大海退潮一样，离你越来越远。

罗斯先生第三次打来电话时，事情没有什么进展。他说，他翻找伊芙的信件（想找到她在信中提到的朋友，他们可能会提供帮助），找到了一封信。伊芙在信里描述第一次见到我的情景：昨晚，我把一盘面条撒在其中一个姑娘的身上,结果她却是个极出色的家伙。罗斯先生和我都对这段文字哈哈大笑。

——我忘了伊芙搬进去时住的是单间,他说。你们两个是什么时候成室友的?

我看到我给自己招来什么麻烦了。

罗斯先生也很悲伤,但为了妻子他必须坚强,所以他在寻找某个能与他共同回忆伊芙的人,这个人和伊芙关系不错,但保持一定的距离,而我正好符合这一要求。

我不想不仁不义,小小地交谈一下并不是很麻烦,可接下来还有多少话要谈?据我所知,他恢复得很慢,或者更糟,他会慢慢品尝自己的悲痛而不是任它消失。一旦受够了,我该如何脱身呢?我不能因此不接电话,我要不要开始稍显粗鲁,直到他明白我的意思?

几天后的一个夜晚,电话再次响起,我让自己的声音听上去像是准备出门,一只手拿着钥匙链,另一只手则在穿外衣。

——喂!

——凯蒂?

(沉默)

——廷克?

——刚才我还以为打错了,他说。很高兴听到你的声音。

(沉默)

——我见到伊芙了,我说。

（沉默）

——我想也是。

他敷衍地笑了笑。

——一九三八年我把自己的生活弄得一团糟。

——你和这世界上的其他人都是这样。

——不，我为此得到特别的回馈。自一月的第一周以来，我做出的每一个决定都是错的，我想这几个月伊芙已经受够我了。

他举了个令人同情的生动例子。在法国时他养成了早睡、然后太阳一出即起床去游泳的习惯。他说，黎明是如此美丽，和黄昏有着完全不同的感觉，所以他叫伊芙和他一起去看日出。然而作为回应，她开始戴上眼罩，每天一直睡到中午。最后一个晚上，廷克上床睡觉，伊芙独自去赌场玩轮盘赌，玩了个通宵，一直到早上五点——她拎着鞋子，出现在车道上，和他一起去海滩。

廷克提到这件事，似乎这对他们两个来说都有些尴尬，但我却不这么看。不管廷克和伊芙之间的关系多么糟糕，不管这种关系是怎样出于私利，或怎样不完美，或多么脆弱，他们没必要为这件小事而羞愧。在我看来，廷克——独自起床看日出，又希望两人一起分享，而伊芙从城里另一端赶来，在约定时间的最后一刻出现，都正体现了他们身上最美好的一面。

在我想象的与廷克通电话的多个版本中，他的声音听起来都不一样，有一次他精神沮丧，有一次他惊慌失措，还有一次像是在忏悔，在所有的谈话中，他都显得犹豫不决。他设计了连环套，自己全速穿过，接下来却不知如何是好。但现在我和他真正在通电话，他丝毫没有犹豫不决，显然他在克制自己，但声音听上去平稳、从容，有一种难以言喻又令人欣羡的品质。过了一会儿，我才意识到这是获得解脱的声音。他像在一个陌生的城市里，刚刚经历了宾馆的失火，正坐在大街边，失去了一切，但保住了性命。

不管他听起来是沮丧、惊慌、放松还是解脱，都不像是从大洋彼岸传来的，而像收音机里的广播一样清晰。

——廷克，你在哪里？

他独自一人在阿迪朗达克沃尔科特家的营地里。这周他在林中散步，在湖中划船，思考过去六个月的生活。他现在担心，如果他不和别人交谈，可能会发疯。他问我是否有兴趣去那里待上一天，或者周五下班后搭火车过去度周末。他说，屋子迷人，湖泊可爱，还有……

——廷克，我说。你不必给我任何理由。

我挂上电话，在窗前站了一会儿，朝窗外看去，心想我是否本该对他说不。在我这栋楼后面的院子里是各式各样的窗户，它们把我和生活在窗户后面的上百种缄默的生活隔开，那些生活没有秘密，没有威胁，没有魔力。事实上，我想我并不了解廷克·格雷，就像我不了解其他任何一个人一样，可不知为什么，我觉得认识他有一辈子了。

我穿过房间。

我从一群英国作家的作品里挑出《远大前程》。这本书的第二十章夹着廷克的一封信，信里描写了大洋彼岸的那座小教堂，教堂里有水手的寡妇、带着浆果的摔跤手、笑声像海鸥的女学生——以及对平凡之物含蓄的称颂。我试着抚平像餐巾一样皱巴巴的信纸，然后坐下来开始读不知是第几遍。

第十八章

此时此地

沃尔科特"营地"是一幢有着艺术与工艺风格的双层住宅。夜里一点,它赫然耸现在黑暗中,犹如一头优雅的怪兽来湖边饮水。

我们走上门廊前平缓的木台阶,进到一间杂乱无章的家庭活动室,石头壁炉大得你可以站进去,地板铺的是多节松木,上面是由你能想到的各色调的红编织而成的纳瓦霍地毯。结实的木椅两张或四张为一组,这样在度假旺季,沃尔科特一大家子就能聚在一起打牌、读书或玩拼图游戏,无论是想独处的还是想扎堆的都可各行其是。屋里的一切都笼罩在云母灯暖黄色的光芒下。我记得华莱士说过,他一年中虽然只在阿迪朗达克待几周,却感觉无比温馨——现在不难明白原因。你可以想见,十二月到来时圣诞树会安放在哪里。

廷克开始兴奋地讲述本地的历史,提到这个地区的印第安人,还有建筑师属于哪个艺术流派。不过今天我六点起床,在《哥谭镇》工作了十小时。因此,在空气中弥漫着的烟雾气息与远处轰鸣的雷声之下,我的眼皮就像停泊在水里的小船,一上一下地浮动起来。

——对不起,他笑道。见到你我只顾高兴了,我们明早继续聊。

他抓起我的包,带我上到二楼,过道两旁都是门,这间屋子应该有二十多年没人住过了。

——你睡这间吧,他走进一间有两张单人床的小房间,说道。

他把我的包放在了瓷脸盆一旁的五斗橱上。尽管墙上有一盏用电的老式油气灯亮着,他还是点亮了床头柜上的煤油灯。

——壶里有刚打的水。如果你需要什么,我在走廊那一头。

他捏了捏我的手,说了一句"你来了我很高兴",然后退到走廊上。

我拿出行李,听到他下楼去起居室,锁好前门,熄灭壁炉里的余火,熄灯,接着从房间的另一头传来沉闷而空洞的响声,电闸合上了。远处像是雷鸣的声音已经停息,屋里所有的灯光熄灭,重新响起廷克的脚步声,他回到楼上,朝走廊的另一头走去。

我在复古的灯光照耀下宽衣解带,墙上的投影映出我折衣服、梳头发的动作。我把带来的书放在床头柜上,但并不想读,我上床钻进被窝里。这张床一定是在美国人比较矮小的时候打造的,因为我一伸脚就碰到了脚板。房间里出人意料地冷,我打开用来装饰床脚的百衲被,最后还是翻开了书。

在我来这儿的那晚,我直到走进宾夕法尼亚火车站,才意识到自己没带什么可读的在身上,于是在一个报刊亭的平装书(爱情小说、西部小说、冒险故事)里搜寻了一本阿加莎·克里斯蒂的侦探小说带上。这类作品我当时读得很少,觉得它们总是故弄玄虚。但上车后,看够了窗外的风景,我开始提起精神走进克里斯蒂的世界。没想到她的小说充满乐趣。故事里的犯罪行为发生在英国的一个庄园里,女主角是猎狐人的后代,到第四十五页,她已两次遇险。

此刻我读到了第八章。几个略有嫌疑的人在客厅里喝茶,聊起当地一个小伙子去参加布尔战争,之后再也没有回来。但他钢琴上的花瓶里插着不知名的仰慕者送来的萱草花。整个场景在时空上如此遥远,我只好回头再看第七章的开始部分,又读第三次,在尝试读第四遍后,我把灯光调暗,屋里便黑了下来。

被子重重压在胸口上,我可以感受到自己的每一次心跳——仿佛它在打拍子,测量着时日,如同一只有着精细累进刻度、设定在不耐和平静之间的节拍器。有一会儿,我躺在那里,听着屋里的动静,屋外的风声,还有定然是猫头鹰发出的嘎嘎叫声。最后我终于睡着了,半梦半醒之间还注意听着那不可能会到来的脚步声。

◆

——起床啦。

廷克站在门口。

——几点啦?我问。

——八点。

——房子着火了?

——在营地生活,这会儿算晚的啦。

他丢给我一块毛巾。

——早餐做好了,准备好就下来吧。

我起床,往脸上泼了点水,朝窗外看去,显然这会是寒冷、晴朗,即将入秋的一天,于是我穿上我最好的猎狐人之女的行头,拿上我的书,猜想这个早晨大概只能在火炉前度过了。

走廊里,家族成员的照片从天花板一直挂到地板上,和华莱士的公寓里一样。我花了几分钟的时间才找到他小时候的照片:第一张快照是六岁时照的,穿法国水手服,可惜效果不好;第二张照片是十岁或十一岁时照的,他和祖父一起坐在一叶桦皮小舟里,炫耀着当天的收获。从他们的表情看,他们举起的仿佛是整个世界。

其他的照片也吸引了我,我穿过楼梯来到大厅西头,最后那间房是廷克睡的。他睡的是架子床的下层!床头柜上也有一本书。赫尔克里·波洛[1]仿佛低声鼓励我,我轻轻走进去,拿起书,是《瓦尔登湖》,里面用一张梅花牌标出阅读的进度。从下划线的颜色来看,这书至少读过两遍了。

<u>简单,简单,再简单!要我说,手头的事情有两三件</u>

---

1 赫尔克里·波洛,比利时人。英国著名侦探小说家阿加莎·克里斯蒂(Agatha Christie,1890—1976)笔下的大侦探。

就足够了，可别一弄就是成百上千件的；如果有一百万件事，那最多也就挑选十二件出来；来往账目也完全可以记在大拇指指甲上。在波涛汹涌的人类文明生活的海洋中，一个人要想继续生活下去，他就必定要经受这些凄风苦雨、险滩急流，以及无数类似的生死考验，除非他在船只沉没之前就纵身跳入海洋中，一头栽到了海底，完全迷失了方向，这样也就不可能抵达港口了。那些能安全抵达港口的人，必定是精明而又善于辨别方向之人……[1]

亨利·大卫·梭罗的灵魂对我皱起眉头，他应该如此。我把书放回去，轻手轻脚地出门，走下楼梯。

厨房里，廷克在用黑色的长柄大煎锅煎着火腿和鸡蛋，白瓷面小饭桌上摆了两副餐具，在房子里的某个地方肯定有能容下十二人吃饭的橡木大餐桌，这张小桌子只能让一个厨师、一个家庭教师和三个沃尔科特家的孙儿吃饭。

廷克穿卡其布裤子和白色T恤——和我的衣服相似——尽管他穿的是笨重的皮靴，这还是有点儿令人尴尬。早餐摆好后，他倒了杯咖啡，坐到我对面。他气色不错，皮肤已经没有了地中海地区特有的棕褐色，显得更自然了，他的头发因为夏季的潮湿而卷曲，胡子一周没刮，这倒成了一个优势，他看上去比一个宿醉者要成熟，但还没到肩负家族世仇的凶蛮程度。他的动作和我在听他电话时感

---

1 本译文引自《瓦尔登湖》，梭罗著，杨家盛译。

觉到的一样不紧不慢。我吃饭时,他咧嘴朝我笑笑。

——怎么了?我终于开了口。

——我只是在试着想象你红头发的样子。

——对不起,我笑了。我的红发岁月已经一去不复返了。

——这是我的损失,那是什么样的?

——我想它表现了我玛塔·哈里的那一面。

——我们一定得把她引诱回来。

我们吃完饭,收拾好桌子,洗了碗碟,廷克双手一拍。

——我们去徒步怎么样?

——我不是爱徒步的那种人。

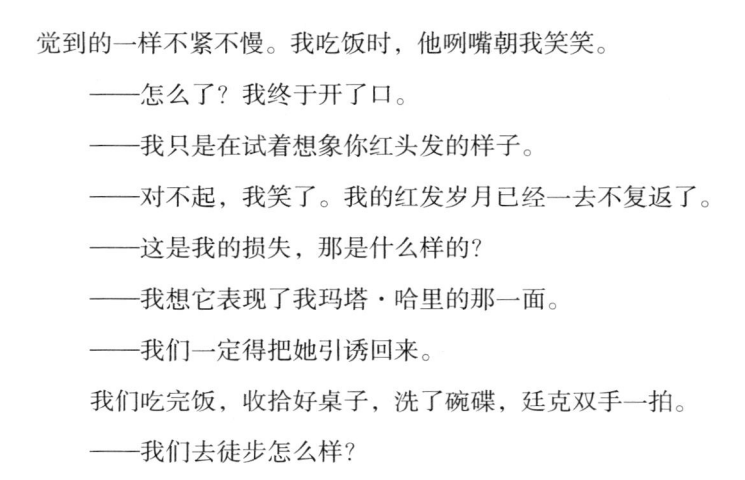

——哦,我看你正好是那种人,只是你还不知道。在矮松峰上面看湖,风景美得让人窒息。

——我希望你不会整个周末都这么兴高采烈的,这可让人受不了。

廷克笑了。

——有这个风险。

——再说了,我没带靴子。我说

——啊!就因为这个,是吗?

他带我来到家庭活动室的另一边,穿过走廊,经过一间台球室,以夸张的动作打开门,里面是一个杂物间,雨衣挂在钉子上,帽子放在衣架上,护墙板下还有一排各种各样的靴子。看廷克的表情,你会觉得他是阿里巴巴,在展示四十大盗的财富。

◆◆

  房子后面有条小路穿过一片松树林，延伸到更深处的树林有橡木、榆树和其他高大的美国树木。开始是缓坡，我们肩并肩，不紧不慢地穿过树荫，像青梅竹马的朋友那样交谈，不管时光如何流逝，每一次交流都是上一次的延伸。

  我们谈起华莱士，两人你一言我一语地说我们如何喜欢他，还谈起伊芙，我告诉他伊芙逃往了加利福尼亚，他友好地笑笑，说这样的消息在亲耳听到的那一刻最让人吃惊。他说好莱坞还不知道自己会得到什么，不出一年伊芙要么会成为电影明星，要么会成为制片厂的主管。

  听他讲伊芙的未来，你丝毫不会想到他们之间发生过什么，你会以为他们只是老熟人，互有好感，有不变的友情。也许这样想才是对的，也许对廷克来说，他们的关系重新回到了一月三日那一天。也许对他来说，最近这半年发生的事情已经从一系列事件中被剪掉，就像影片里一段被删去的情节。

  我们越走越远，我们的谈话变得断断续续，就像穿过树林的阳光。松鼠在树干间四散逃窜，黄尾的鸟儿在枝丫间飞来飞去，空气中散发出漆树和黄樟树的香味，还有其他美妙的声音。我想，也许廷克是对的：也许我正是一个驴友。

  然而，斜坡开始变得陡峭，越来越陡，越来越陡，最后陡得像楼梯一样。我们一前一后地爬坡，一言不发。一小时过去了，也许四小时过去了。我的靴子开始夹脚，左脚后跟像是踩在煎锅上。

我摔了两次，磨破了卡其布猎狐套装，女继承人的短袖衬衫也早已湿透。我不知道自己还能忍受多久才会开口问他，还要走多远？用一种平常的、无所谓的、随便的口气。就在这时，树木变稀，斜坡也不再陡峭，忽然间，我们站在一个岩石顶峰上，眼前是空旷的蓝天，可以远眺没有任何人类痕迹的地平线。

远远的下方，有一个湖泊，一千六百米宽，八千米长，像是一只巨大的黑色爬行动物，正在穿过纽约的荒野。

——那里，他说。你看到了吗？

我看到了，也明白了为什么廷克在感到生活变得乱七八糟时会选择来到这里。

——就像纳蒂·班波看到的一样，我边说边坐到了一块硬邦邦的石头上。

廷克微笑，因为我还记得他曾梦想有一天会成为纳蒂·班波。

——差不多，他表示同意，一边从背包里拿出三明治和水壶。

他在几尺之外坐了下来——一个绅士的距离。

我们一边吃，他一边回忆起和家人在缅因州度过的七月。有一次他和哥哥花了不少时间走阿巴拉契亚山间小道徒步旅行，他们随身携带的装备有帐篷、指南针、折叠刀，那是他们母亲送的圣诞礼物。他们等了六个月才用上。

我们还没谈到圣乔治学院，还有廷克小时候生活境遇的变化，我当然不打算提这些。不过，他谈到和哥哥在缅因州徒步时，他已经用自己的方式示意那是走霉运前的美好时光。

我们吃完午饭，我用廷克的背包枕着头躺下，廷克折断木柴，想把柴棒扔到六米之外的苔藓地上,就像学校里的男生,没拿到世界冠军就不肯回家。他卷起袖子,小臂上还有夏天骄阳晒伤后留下的斑斑点点。

——所以你算是个费尼莫尔·库珀[1]迷喽?我问道。

——噢,他的《最后的莫希干人》和《杀鹿者》我肯定看过三次,不过当时我喜欢所有的冒险小说:《金银岛》《海底两万里》《野性的呼唤》……

——《鲁滨孙漂流记》。

他笑了。

——你知道吗,在你说过逃生时会选《瓦尔登湖》带上之后,我也拿起这本书读了。

——你觉得怎么样?我问道。

——呃,刚开始我不知道能不能读完。四百多页写的全是一个男人躲在一间小木屋里,从哲学角度思考人类历史,想要剥开生活的外表,展露其本质……

——但你最后是怎么想的?

廷克停下折木柴的手,眺望远处。

——最后——我认为这是他们最伟大的冒险。

三点左右,一团蓝灰色云朵出现在远方,气温开始下降。廷克

---

1 詹姆斯·费尼莫尔·库珀(James Fenimore Cooper, 1789—1851),美国作家,主要因其描写印第安人和边疆居民的作品《皮袜子故事集》(*Leather Stocking Tales*)而受到推崇。

从包里拿出一件爱尔兰羊毛衫给我，我们顺原路返回，想赶在变天之前回到家。我们刚进树林，就开始下起了零星小雨，刚刚跳上屋前的台阶，第一声炸雷响起。

廷克在大壁炉里生起火，我们在壁炉旁的纳瓦霍地毯上坐下，他就地用燃屑煮起了猪肉、豆子和咖啡，屋里温暖，他脸上显出闪亮的红色。我把他的套头毛衫脱下来，潮湿的羊毛散发出一股温暖的泥土味道，令我回忆起另一个时段，我过了一会儿才想起来，是我们溜进国会大剧院的那个雪夜，我发现自己被廷克的绵羊皮大衣簇拥着的那一刻。

我喝第二杯咖啡时，廷克用一根棍子捅了捅壁炉里的火，火星溅出。

——告诉我一些别人不知道的你的事情，我说。

他笑起来，好像我在开玩笑，过了一会儿他开始想这个问题。

——好吧，他稍稍转向我说。你记得我们在圣三一教堂对面的那个小餐馆邂逅的那天吧？

——是的……

——我是跟踪你到那里的。

我像弗兰那样一拳捶在他的肩膀上。

——不是吧你！

——我知道，他说。这很不好，不过千真万确！伊芙提到过你的公司，快到中午时，我走过你们那栋楼，躲在报摊后面，想在你去吃午饭时碰上。我等了四十分钟，那天冻死人了。

我笑起来，记起他冻得通红的耳尖。

——你干吗要那样做?

——我一直在想你。

——瞎说，我说。

——不，我是认真的。

他看着我，温柔一笑。

——从一开始，我就看得出你的冷静——那种只会在书中读到的内心的平静，但在现实中几乎没人能真的做到。我问自己：她是怎么做到的？我想，这种冷静只可能来自一种心无悔恨的状态——来自做选择时的……泰然和坚定。这让我也不由得放慢了自己的脚步。而我简直等不及想再次与你相遇。

我们关上灯，熄灭炉火，上楼，两人看上去都会好好睡上一觉。上楼时，手里的灯晃动着，我们的身影也前后摇曳。转到二楼时两人不小心撞到一起，他道歉，我们尴尬地站了一会儿，他给我一个友好的吻，朝西走去，我朝东走去。我们闭门宽衣解带。我们爬上各自的小床，心不在焉地翻上几页书，然后关了灯。

黑暗中，我往上扯了扯被子，听到了风声，风从矮松峰上吹下来，摇晃树木和窗玻璃，似乎它也焦躁不安，难以决断。

《瓦尔登湖》里有一段话常被引用。在这段话里，梭罗的忠告是，找到我们自己的北极星，然后像水手和逃亡的奴隶一般坚定不移地追随它。这是一种激动人心的情感——显然值得我们去追求。然而，哪怕你能依靠准则确保航线正确，但对我来说，真正的问题永远是，你如何知道你的星星在苍穹的哪一方？

《瓦尔登湖》里还有一个段落我也记得清楚。其中，梭罗说，人们错误地认为真理很遥远——在最远的那颗星之后，在亚当之前，在大审判之后。其实，所有这些时间、地点和机会都在此时此地。从某种程度上，认可此时此地的观点似乎与他敦促人们寻找自己的北极星自相矛盾，但这同样令人信服，也容易理解得多。

我套上廷克的毛衣，踮着脚轻轻走过走廊，在他房间外面停下。

我听着屋里的嘎吱声，听着屋顶的雨点声，听着门里的呼吸声。我一只手放在门把上，小心翼翼不发出一点儿声音。六十秒之后，这将成为一个中间点，居于时间的初始和末端之间。那将成为有机会去见证，去参与，去屈服于此时此地的一刻。

刚刚好在六十秒之内。

五十。四十。三十。

各就各位。

预备。

跑。

◆

周日下午，廷克送我去火车站，我不知道什么时候才能再见他。早饭时他说要在沃尔科特再待一些时日，把事情打理清楚。他没有说要待多久，我也没有问，毕竟我不是小女生了。

我上了火车，往前走过几节车厢，在靠木头轨道那边的座位坐下，这样我们就不必挥手告别了。火车开动，我点了一支烟，在包里翻出阿加莎·克里斯蒂的书。从第八章第七段后我读得很慢，希望加快速度。我把书从包里拿出来，看到有东西夹在书页中，是一张撕成两半的扑克牌——红心A，正面写着：玛塔——二十六号周一晚上九点在斯托克俱乐部见，一个人来。

我记下内容，然后把纸牌放到烟灰缸上，烧了。

第十九章

通向肯特之路

九月二十六日周一,我打电话请了病假。

上周一直忙忙碌碌。二十号那天,争夺第一封面的四篇特写交上来,梅森·泰特篇篇讨厌,他把稿件扔过大厅,就像从前俄罗斯人常常用克里姆林宫的大炮将闯入者的身体残片朝他们的祖国打回去一样。接下来的三个晚上,他把全体员工都留在办公室直到晚上十点后,为的是继续发泄他的不满。我和阿利有一半的休息时间都得干活。

因此,在打完请假电话后,聪明的年轻女人准备马上爬上床继续睡大觉。但天空晴朗,空气清新,而九月的这个特别的日子注定会很长,我打算好好挥霍每分每秒。

我冲了澡,穿好衣服,去格林威治村的咖啡店喝了三杯淋上热牛奶和巧克力粉的意大利咖啡,点了四分之一块馅饼,然后翻阅一沓沓报纸的头版，做完了所有的填字游戏。

填字游戏真是一种超脱的消遣。一个意为"独唱"的四字母单词，首末字母皆为 A。一个意为"刀剑"的四字母词，首末字母皆为 E。一个意为"大杂烩"的四字母词，首末字母皆为 O。ARIA，EPEE，OLIO——这些单词在常用英语中已难得一见，但看到它们如此完美地嵌入字谜，你感觉就像考古学家在组装一个骨架——股骨的末端非常精确地嵌入髋骨槽。这种吻合如果不是彰显了神的意旨，也一定证明了一个有序的世界是存在的。

字谜最后几个方格填的是 ECLAT——这个五字母单词指"耀眼的成功或夸耀的卖弄"。就当这是个好兆头，我离开咖啡馆，走过拐角，到了伊莎贝拉美发店。

——您想做什么发型？新来的姑娘卢埃拉问我。

——像电影明星。

——特纳还是嘉宝？

——任何你喜欢的明星都行，只要她是红头发。

以往，我一旦把自己交给美发师，就会想尽一切办法逃避谈话：扮鬼脸，睡觉，对着镜子发呆，有一次我甚至假装听不懂英语。我不善闲扯。但今天不同，在卢埃拉喋喋不休地胡扯好莱坞的风流韵事时，我不断纠正她的错误。卡罗尔·隆巴德没有回到威廉·鲍威尔身边，她还和克拉克·盖博在一起。玛琳·黛德丽也没有说葛洛丽亚·斯旺森过气了，正好相反，是斯旺森说她过气了。我的知识面之广，令我们俩都感到惊奇。我看起来一定像是长年在紧追名人小报，但其实它们只是我工作时随意浏览的花边新闻。做文稿校对时，这些好莱坞传送带上的基本部件看上去并没有那么令人兴奋，但它们很让卢埃拉兴奋，她甚至叫来另外两个姑娘，让我跟她们讲凯瑟琳·赫本和霍华德·休斯的事情——如果消息来源不够可靠，她们是绝不会相信的。那是我生平第一次被人称为可靠的消息来源，感觉还不错。我开始觉得，也许我终究还是一个绯闻爱好者。一个驴友兼八婆！这是一个发现自我的季节。

吹头发时，我从包里拿出阿加莎·克里斯蒂，不慌不忙地读到结尾。

大侦探波洛今天起得特别早，去了庄园的三楼，进到一间旧苗圃里。他戴着手套的手指从窗台上滑过，打开了最西边的窗户，从外衣口袋里拿出黄铜镇纸（第十四章中他藏在图书馆的那个），朝隔壁房子天窗上的斜屋顶平扔出去，镇纸就像包在彩票里的小球，从天窗的远侧反弹回来，骨碌碌滚下一层楼，砸中主卧室屋顶的采光窗，然后朝起居室拐个弯，落到温室的屋檐上，消失在花园里。

这样的实验，为什么一般人只是想想而已，而波洛却坚持去做。

除非……

除非他怀疑有朝女继承人的未婚夫开枪的人跑上楼，进入苗圃，把枪从隔壁屋的天窗扔出去；枪可能朝西翼斜滚下去，落到花园中，让大家以为凶手是在逃跑时把枪扔在那儿的。凶手因此得以从房子另一边下了楼，还一本正经地问大家骚乱是怎么回事。

为了验证这一点，就得对屋顶倾斜的角度进行试验——就像孩子玩球一样。枪击发生后从楼梯上下来的只有……女主人公,那位继承人?

啊,噢。

——让我们瞧一瞧,卢埃拉说。

从伊莎贝拉美发店出来,我想起了毕茜说过我们很快会成为好朋友,决定给她打个电话。

——能一起吃午饭吗?

——你在哪里打的电话?她本能地压低声音说。

——格林威治的电话亭。

——你旷工了?

——差不多吧。

——那当然可以。

她一向开门见山,建议我们到唐人街的"中国风"碰头。

——我二十分钟后到。她人还在上东区,却果敢地保证道。

我估摸她要三十分钟后才会到,而我只要十分钟。为公平起见,我进了一家旧书店,那里和理发店只隔了几扇门。

书店名为"卡吕普索[1]",这名字起得很贴切。这是一家临街的小铺面,一缕阳光照在店门口,走道狭窄,书架弯曲,曳步走来的店主看起来像被困在马克道格大街有五十年了,我向他打招呼,他不情愿地回了一声,不耐烦地朝书打了个手势,好像在说:你一

---

1 卡吕普索,希腊神话中的海之女神,她将奥德修斯困在她的俄吉吉亚岛上七年。

定要看的话，就随便看吧。

我随便走进一条过道，尽量往里走到他看不到的地方。书架上的书有些矫情，书脊折断，封面破烂——是常见的二手书，玩世不恭的标价。这一排有传记、文学和其他历史类非虚构作品。乍一看，它们好像是乱七八糟地塞在架子上，作者和书名没有按字母顺序排列，后来我才发现它们是按年代摆放的（它们当然有年代）。我的左边是罗马元老院的元老和早期圣人，右边是内战时期的将军们和后来如拿破仑一般的人物，眼前正好是启蒙运动中期的人物：伏尔泰、卢梭、洛克、休谟。我歪着头读书脊上的标题，关于这个之辩，关于那个之论，要么就是什么探索与思考。

你信命吗？我从不信。伏尔泰、卢梭、洛克和休谟是不信命的，但就在下一个书架，就在我的眼前（这里的书是从十八世纪中叶到后半叶的），出现了一本小书，红色皮革，书脊上印有一个金星浮雕。我抽出来，心想它兴许就是我的北极星——真想不到，原来是《共和国之父杂文集》。翻过扉页，目录后面正好是华盛顿少年时期的处世格言，一共一百一十条。我花了十五美分从老店主手里买下来，他看起来似乎在为要与它分开而难过，而我为得到了它而高兴不已。

◆◆

"中国风"是唐人街近来变得热门起来的一家餐馆。里面都是荒诞不实、很快就要过时的东方陈设：大陶瓮、铜佛像、红灯笼，还有动作生硬、沉默而恭顺的东方服务生。餐厅后面两扇宽大的涂锌门前后摇摆，客人能够直接看到厨房。里头热闹得不太像伙房，倒更像农贸市场。用粗麻袋装的大米堆在地上，厨师手抓活鸡喉咙，挥舞屠刀，这些更增添了热闹的氛围。纽约的有钱人爱上了这个地方。

餐馆前头与用餐区之间用一扇猩红的蟠龙大屏风稍做区隔。在我前面，一个说话带着产油州特有鼻音的宽肩男人正努力和领班交流。领班是一位穿燕尾服的中国人，衣着整洁得无懈可击。尽管两人各自的口音传到受过教育的纽约人中性的耳朵里，还算可以理解，但实在难以跨越他们故土之间的距离。

领班礼貌地解释为什么没有预约他就无法给这位绅士一行安排座位，得州人则努力解释说，随便哪张桌子都可以。领班说，也许本周晚些时候可以安排。得州人回答说，桌子离厨房再近也没关系。中国人盯着得州人，但这异样的眼光转瞬即逝。得州人上前一步，不动声色地把一张十元钞票塞到领班手里。

——孔子说，投桃报李。得州人道。

领班似乎领会了这句话的要点，如果他有眉毛的话，或许会扬起一边眉毛。然而，他只是以那种"我们一千年前就发明了纸张"的表情让了步，僵硬地朝餐厅方向做了一个请的动作，把得州人领入餐厅。

在我等着领班回来时，毕茜把自己的外套递给负责接衣服的姑娘。她这么快就到，肯定是步行来的。我们互相问候，然后转向餐厅。

就在这时，我看到了安妮·格兰汀。她独自一人坐在卡座内，桌上是乱七八糟的空盘子。她看上去总是那么自在，头发短短的，衣服也很漂亮，戴绿宝石耳环，正专注地看着通往洗手间的过道，所以没发现我。这时廷克出现在过道上。

他很帅，又穿回那套量身定制的西装——棕褐色，小翻领，里面是一件纯白衬衫，矢车菊领带。他把穿敞领衣服的时光已抛在身后（令人欣慰）。他刮了胡子，理了头发，重新找回了曼哈顿成功故事中的优雅和低调。

我躲到屏风后面。

我和廷克约好九点在斯托克俱乐部见面。我计划八点半到，用墨镜和新做的红头发乔装自己。我不想破坏这一乐趣。毕茜还在餐厅里，如果廷克看到她，我的乔装就暴露了。

——嘘，我说。

——干吗？她悄声问。

我指了指卡座。

——廷克和她的教母在这里，我不想让他们看到我。

毕茜一脸困惑，我拽住她的胳膊，把她拉到屏风后面。

——你是说安妮·格兰汀吗？她问道。

——是的。

——他不是她的银行经理吗？

我盯了毕茜一会儿，又把她往屏风后推了推，靠在上面。一位服务生把桌子往后拉了拉，让廷克坐下。他坐到安妮身旁，就在服务生把桌子拉回去之前，我看到安妮的手小心翼翼地在廷克的大腿上滑动。

廷克向站在附近的领班点点头，示意他们要结账，不过当领班把红色小托盘放到桌上时,是安妮伸手接过账单,廷克并没有阻止。

在廷克喝尽他杯中的酒时,安妮扫了一眼账单,从包里取出钱夹,里面是一叠新钞。钱夹是纯银的,高跟鞋形状——毫无疑问,与充满奇思妙想的马提尼鸡尾酒摇杯、烟盒和其他精致的配件出自同一位工匠之手。就像得州人说的:投桃报李。

安妮结完账,抬起头,看到我站在餐馆前厅,她竟然没有躲到东方风格的屏风或盆栽棕榈树的后面,反而有胆量朝我挥了挥手。

廷克顺着安妮的目光朝餐馆前厅看过来。在看到我的那一刻,他的魅力从内到外全面崩塌,他脸色发灰,肌肉耷拉。自然的方式更能让你看清楚一个人的面目。

受辱后唯一的安慰就是你头脑够清醒,能马上离开。我一句话都没同毕茜说就穿过大厅,走出猩红色大门,来到充满秋意的门外。街对面,一片孤云一动不动,犹如停在存贷款公司楼顶的一架飞艇。它还没来得及飞走,廷克便来到了我身边。

——凯蒂……

——你这个怪胎。

他伸手拉我的胳膊,我猛地甩开,包掉在地上,里面的东西撒了一地。他又叫了一声我的名字,我跪下来捡东西,他蹲下来想帮忙。

——住手!

我俩都站了起来。

——凯蒂……

——这就是我一直等待所得到的?我说。

我可能喊出来了。

有东西从我的颌骨掉到手背上,竟然是一滴眼泪。于是我给了他一个耳光。

这一巴掌起了作用,我冷静下来,却让他心神大乱……

——凯蒂,他再一次毫无想象力地恳求道。

——滚开,我说。

我走过半条街时,毕茜赶上了我,她一反常态,上气不接下气。

——这到底是怎么回事?

——对不起,我说。我有点儿头晕。

——廷克才真正头晕呢。

——哦,你看到了?

——没有,但我看到了他脸上的巴掌印,看起来和你的手一样大小,发生了什么事?

——真傻。没什么,只是个误会。

——内战也只是个误会。那是情人的争吵。

毕茜穿着一条无袖连衣裙,手臂上冻起了鸡皮疙瘩。

——你的大衣呢?我问道。

——你跑得太快,我只好把它留在餐馆了。

——我们回去拿。

——不。

——我们应该拿回来。

——别再操心大衣了,它会找到我的,所以我才把皮夹放在衣服口袋里了。你们吵什么呀?

——说来话长。

——像《利未记》一样长,还是像《申命记》[1]一样长?

——像《旧约》一样长。

——别再说了。

她转身,举起一只手,一辆出租车瞬间出现在眼前,似乎她是出租车这一行当的主宰。

——司机,她命令道。去麦迪逊大道,马上走。

毕茜靠后坐好,一言不发,我想我也该一样,如同华生医生一般一声不吭,好让福尔摩斯进行推理。到了52街,凯蒂让司机靠边停车。

——千万别动,她对我说。

她跳下车,跑进曼哈顿大通银行,十分钟后出来,肩上披了件毛衣,手里拿着一个信封,里面塞满了现金。

——你哪来的毛衣?

——在大通银行,他们什么都肯为我做。

她向前倾身。

——司机,去丽兹酒店。

丽兹酒店的餐厅里客人寥寥无几,看起来就像凡尔赛宫一间设计糟糕的屋子,于是我们往回穿过大厅去酒吧。酒吧较小,灯光暗一些,路易十四的风格没那么明显。毕茜点点头。

---

1 《利未记》和《申命记》分别为《圣经·旧约》中的一卷。

——这里不错。

毕茜把我们安排在后面安静的卡座里,她点了汉堡、炸薯条和波旁威士忌,然后一脸期待地看着我。

——也许我不该告诉你的,我说。

——凯凯(Kay-Kay),那是我最喜欢的六个英语字母。

于是我跟她说了。

我告诉她,除夕之夜我和伊芙如何在"热点"邂逅廷克,我们三人如何瞎逛,一直转到国会大剧院和切诺夫剧院。我告诉她安妮·格兰汀的出现,她如何在"21俱乐部"介绍自己是廷克的教母。我还讲了车祸、伊芙的康复、内厨煎蛋以及在电梯口那不幸的一吻。我告诉她去欧洲的轮船、从布里克瑟姆小镇寄来的信。我告诉她用怎样的方法找到了新工作,如何迂回地走进迪奇·旺德怀尔、华莱士·沃尔科特和毕茜·霍顿(娘家姓范休斯)五光十色的迷人生活中。

最后,我终于说到伊芙失踪后我半夜接到的电话,自己如何像高中女生一样提着简单的过夜衣物,直奔宾夕法尼亚火车站,为的是赶上"蒙特利尔号",坐着它去见树林里的森鸮、感受小屋里壁炉的温暖和分享那罐猪肉豆子罐头。

毕茜喝光酒。

——这真是一个大峡谷的故事,她说。一公里深,两公里宽。

这个比喻很恰当。百万年的社会活动扩大了这道深渊,如今你不得不骑骡子才能下到峡谷底部。

我想,当时我觉得接下来她应该表现出姐妹间的同情,如果没有，那就是愤怒。可毕茜既没有表现出同情，也没有表现出愤怒。我们今天该谈的都谈了，她像一个经验丰富的老师，认为今天该讲的课都讲了，满意地招手让服务生结账。

我们出到门外，要分手了，我忍不住问道：

——那么？……

——那么什么？

——那么，你觉得我该怎么办呢？

她看起来有些惊讶。

——怎么办？嘿，继续，别松劲！

◆◆◆

我回到住处时已过五点，能听到隔壁齐默斯一家还在操练他们冷嘲热讽的口才。整顿早晚餐期间，他们都在刻薄彼此，像米开朗琪罗一样，每一次敲槌都仔细谨慎、全神贯注。

我把鞋子踢到冰箱上，倒了一杯杜松子酒，倒在椅子里。和毕茜的一番交谈让我找回了一些洞察力，甚至比廷克给予我的打击令我帮助更大。那让我沉入一种有如科研工作者般严谨的状态中，一种不正常的痴迷状态——病理学家在看到自己的皮肤出现病毒引起的破裂时一定会产生的那种。

有一种在屋前门廊玩的游戏叫"通向肯特之路"。一个人描述自己步行去肯特的情形及一路上的所见所闻：形形色色的商人、客车和货车、荒地和树丛、北美夜鹰、风车、修士掉在沟里的金币。

旅行者说完后，又再一次描述自己的旅程，略去一些细节，增加一些内容，调整几个内容的次序。游戏的玩法是尽可能指出旅行者所做的改变。我坐在家里，发现自己正在玩这个游戏。游戏里的路正是我和廷克从新年除夕走到现在的那条。

取得这场游戏的胜利，不仅要靠记忆力，更要靠想象力。旅行开始后，优秀的玩家会把自己想象成旅行者，设身处地，以自己的心灵去观察旅行者所目睹的一切，这样当她重走这条路线时，就会注意到两次旅行的不同之处。因此我开始了第二遍一九三八年之旅，从"热点"出发，前往曼哈顿每日的盛会，我让自己沉浸在沿途的风景中，再次观察到小小的细节，倾听即兴的评论和不太为人关注的行为——所有这一切都是从廷克与安妮之间的关系这一新角度看到的，而且的确发现了有趣的变化……

我想起那晚廷克打电话叫我去贝拉斯福德——午夜后他从办公室回来，他梳得好好的头发，刮过两次胡子的脸颊，领口上挺括的温莎结。但当然，其实他根本没去办公室。他一给我倒好温温的马提尼，道了歉出门，便打车去了广场饭店——在饭店里一次又一次的翻云覆雨结束后，他在安妮舒适的小浴室里梳洗了一番。

那晚在第7街爱尔兰酒吧，我遇到汉克，他提到那个操纵人的讨厌女人——他不是指伊芙，他很有可能都不认识她，他指的是安妮，那只做了一切让廷克恢复生机的幕后之手。

你最好相信我还记得在阿迪朗达克的廷克是一个多么机智的伙伴，那么聪明，那么有创意，那么给我惊喜；他如何折叠我、翻转我、探索我。仁慈的耶稣，我不是昨天才出生的白痴，然而对这些明显的事实我甚至没有过哪怕一秒的迟疑——所有这一切他都是从别人那儿学来的,那个人比他更勇敢一点儿,更老练一点儿,更不怕羞耻一点儿。

一直以来,能如此巧妙地做好表面文章的便是一个绅士:举止优雅,说话得体,衣着整洁,训练有素。

我站起身来去拿包,掏出那本命运扔在我膝盖上的华盛顿的小书。我翻开书页,开始浏览年轻的乔治的雄心壮志:

1. 与人相处,言谈举止须尊重在场的人。

15. 保持指甲短而清洁,保持手、齿清洁,但关注程度适可而止。

19. 表情和悦,但在严肃场合要神情肃穆。

25. 在社交礼仪中,要避免虚情假意和过度恭维,但在有必要的场合,也不能对此完全忽略。

突然,我明白了它真正的用处。对廷克·格雷来说,这本小书并不意味着追求道德完善的一系列抱负——它是关于社交进阶的初级读本,是一所魅力自修学校,相当于一百五十年前的《人性的弱点》[1]。

我像中西部老奶奶一样摇摇头。

凯瑟琳·康腾真是老土。

从泰迪到廷克,从伊芙到伊芙琳,从凯蒂亚到凯特。在纽约市,

---

1 《人性的弱点》(*How to Win Friends and Influence People*)为美国现代成人教育之父戴尔·卡耐基(Dale Carnegie, 1888—1955)的经典作品。

这类的改变是免费的——大约年初时我还这么想。但现在的情形令我想到的是《巴格达大盗》的两个版本。

在原著里,贫穷的道格拉斯·范朋克迷上了哈里发的女儿,为进到王宫里,他伪装成国王。可在改编后的彩色电影里,男主角扮演的国王厌倦了王位的奢华,他乔装成农夫,到集市去体验生活的热闹。

这种乔装改扮不需要太多的想象力来模仿或理解,它们每天都在上演。但是,要想假定他们都增加了获得圆满结局的机会,就少不了这个《巴格达大盗》两个版本中共有的关键悬念:毯子会飞。

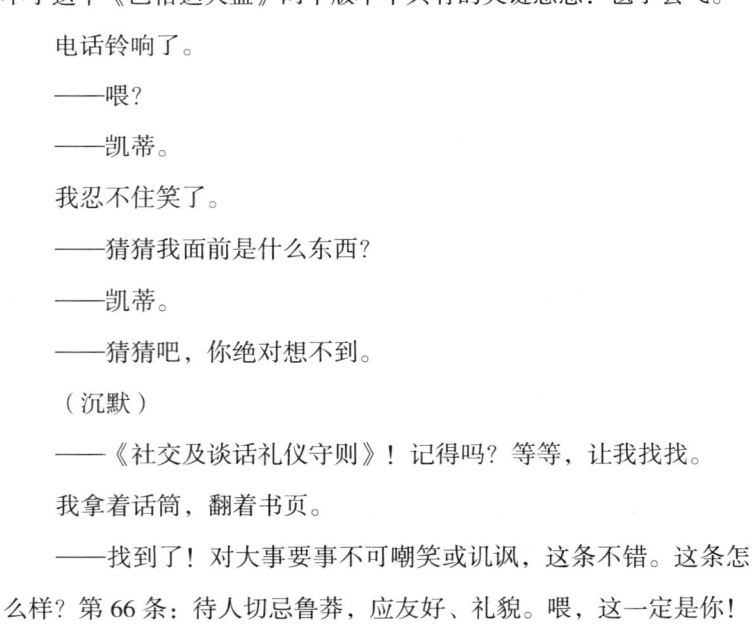

电话铃响了。

——喂?

——凯蒂。

我忍不住笑了。

——猜猜我面前是什么东西?

——凯蒂。

——猜猜吧,你绝对想不到。

(沉默)

——《社交及谈话礼仪守则》!记得吗?等等,让我找找。

我拿着话筒,翻着书页。

——找到了!对大事要事不可嘲笑或讥讽,这条不错。这条怎么样?第66条:待人切忌鲁莽,应友好、礼貌。喂,这一定是你!

——凯蒂。

我挂断电话,重新坐下,更加认真地继续读华盛顿先生列举的社交礼仪守则。你不得不赞赏这个殖民地孩子的早熟,其中一些守则很有道理。

电话铃又响了,铃铃,铃铃,铃铃,沉默。

小时候,我对自己的一双长腿怀有矛盾的心情,那就像是长在初生小马驹身上的腿,它们似乎存在设计上的缺陷。住在街角有八个兄弟姐妹的比利·伯格多尼常常叫我蟋蟀,这毫无赞扬之意。但这种事情总是这样,我最终适应了这两条长腿,而且引以为傲。我发现我喜欢比别的女生长得高。到十七岁,我的身高就超过了比利·伯格多尼。我刚搬进马丁格尔夫人的寄宿公寓时,她就常带着发腻的微笑说我真不该穿高跟鞋,因为男生不喜欢和比他们高的女生跳舞。也许正是因为她的那些话,我在搬出公寓时,高跟鞋比来时还要高出半英寸。

好吧,腿长还有另外一个好处,我可以仰靠在父亲的安乐椅上,伸出脚,脚尖向前,将我的新咖啡桌推得稍稍倾斜,这样电话就能像"泰坦尼克号"沉没时船上的折叠躺椅滑过甲板一样滑到船舷外。

我一口气读下去,前面已经提到,准则有一百一十条,你可能会觉得这有点儿太多了,不过华盛顿先生把最好的留在了最后。

110. 努力让胸中那称为良知的小小圣火长明不熄。

显然,廷克认真读过华盛顿先生列出的许多行为准则,也许他只是从没读过这最后一条。

周二早上,我早早醒来,像毕茜·霍顿那样匆匆走路上班。秋日的天空一片湛蓝,街道上熙来攘往,朴实的人们去挣朴实的钱。第五大道的高楼林立,闪烁着令外区的人们羡慕不已的光芒。我走到42街拐角处,给一个吹着口哨卖报纸的孩子两个硬币,买了一份《泰晤士报》,然后坐康泰纳仕大楼的电梯上到25楼,速度比下楼还快。

我夹着报纸走过办公区(像报童那样吹着口哨),通过眼角的余光,我发现在我经过时,被送过唱出的电报的费辛多尔夫站立着,卡伯特和斯宾德勒也是。我走到屋子中央,看到阿利在办公桌前飞快打字。她用眼神提醒我小心。透过办公室的玻璃墙,我看到梅森·泰特正把巧克力浸到咖啡中。

在我的桌前,原本放椅子的地方,只发现一张轮椅,背面饰有一个红十字。

九月三十日

他穿过第一大道,与街灯下的两个加勒比姑娘对视了一眼,她们停止交谈,对他露出职业化的微笑,他摇摇头以示回应,朝22街那边望去,加快了步伐,她们再续上原来的话题接着聊。

又下雨了。

他摘下帽子,塞到夹克底下,数着公寓楼的门牌号:242、244、246。

他打电话给哥哥时,他哥哥说不想在住宅区见面,不想在餐厅见面,也不想在合适的时间见面。他坚持十一点在煤气厂区见面,他有一些生意要在那里谈。他看到汉克坐在254号的门廊上,抽着烟,像矿工一样无精打采。

——嘿,汉克。

——嘿,泰迪。

——你好吗?

汉克懒得回答,懒得站起来,也懒得问他好不好。很久以前汉克就不再问他好不好了。

——你那里是什么？汉克朝他外套鼓起的地方点点头，问道。施洗约翰的头？

他把帽子拿出来。

——是巴拿马帽子。

汉克嘲弄地点点头。

——巴拿马！

——淋了雨会缩水的，他解释道。

——当然。

——工作怎么样？他问汉克，转移了话题。

——一切都在意料之中。

——你还在画招牌画吗？

——你没听说？我把很多画都卖给了现代艺术博物馆，刚好来得及付房租。

——实际上这也是我想见你的原因之一。我得了一点意外之财，不知道什么时候还有这种运气，你可以拿一点儿去付房租……

他从外套口袋里拿出信封。

汉克看到信封，面露不悦。

一辆车子在门廊前停下来，是辆警车。他把信封放回到口袋里，这才转过身来。

坐在副驾驶座位上的警官摇下车窗，他棕色头发，橄榄色皮肤。

——没事吧？巡逻警车主动问道。

——没事，警官，多谢关心。

——那好，他说。你们小心点儿，这里是黑鬼住宅区。

——当然,警官,汉克转头说道。你们也小心莫特街,那里是老外住宅区。

两个警察都下了车,开车的那个手里拿着警棍,汉克站起来,准备在路边与他们过过招。

他不得不走到他哥哥和警察的中间,两手放在胸前,低声道歉。

——他不是故意的,警官。他喝多了,他是我哥哥,我现在就带他回去。

警察盯着他,端详他的穿着和发型。

——好吧,副驾驶座位上的警察说。不过以后别让我们再在这里看见他。

——永远,驾驶座上的警察说。

他们回到车里,扬长而去。

他摇摇头,转向汉克。

——你在想什么?

——我在想什么?我在想,你他妈的干吗多管闲事?

本不该搞成这样的。但他还是再次从口袋里掏出信封,他们现在站着,面对面。

——给,他尽量以安抚的口吻说。拿着它,我们离开这儿,去喝一杯。

汉克没有看钱。

——我不要。

——拿着,汉克。

——你挣的钱,你自己留着。

——好了,汉克,我挣钱是为了我们俩。

话刚出口,他就知道自己不该这么说。

果然来了,他想。他看着汉克转动身躯,手臂从肩膀处伸来,把他揍倒在地。

雨开始越下越大。

汉克的勾拳一向打得很好。他暗自想着,舔了舔嘴唇上铁锈般的血味。

汉克俯过身来,不是拉他一把,而是斥责他。

——你敢给我那钱,我没让你去挣钱,我不住在中央公园,那是你的事,老弟。

他坐直身子,擦掉嘴唇上的血。

汉克走开,弯下腰捡起地上的东西,他以为是从信封里掉出来的钱,但那不是钱,是帽子。

汉克走了,丢下他一个人在22街。天上下着瓢泼大雨,他坐在水泥地上,戴着那顶缩了水的巴拿马帽。

秋天

第二十章

女人之怒[1]

一九三八年秋天,我读了很多阿加莎·克里斯蒂的书——也许读完了全部。赫尔克里·波洛系列、马普尔小姐系列,《尼罗河上的惨案》《斯泰尔斯庄园奇案》《高尔夫球场命案》《寓所谜案》《东方快车谋杀案》。我在地铁站、熟食店或独自一人在床上读这些书。

对普鲁斯特[2]细致的心理描写,对托尔斯泰丰富的叙述技巧,你尽可以大加赞赏,但你不能否认克里斯蒂女士的作品令人愉悦,

---

1 原文为 Hell Hath No Fury,出自英国剧作家威廉·康格里夫(William Congreve, 1670—1729)的剧作《悼亡的新娘》(*The Mourning Bride*)中的名句:天国之愤懑,不及爱转为恨的可怕;地狱之怨怒,不及女人受轻慢时的复仇之心(Heaven has no rage like love to hatred turned, nor hell a fury like a woman scorned)。
2 马塞尔·普鲁斯特(Marcel Proust, 1871—1922),法国作家,代表作长篇小说《追忆似水年华》(*À la recherche du temps perdu*)是西方现代文学的伟大作品。

她的作品会给你极大的满足感。

是的，这些作品是程式化的，但那也正是它们如此令人满意的原因之一。每个角色、每个房间、每件凶器既有创意，又令人眼熟（来自印度的后帝国主义叔叔换成了来自南威尔士的老处女，错放的挡书板代替了园丁小屋里架子上层的一罐毒狐狸的毒药），克里斯蒂女士以一种精心测算的节奏，一点一点地派发小惊喜，就像保姆给她照顾的孩子派发糖果一样。

还有另一个让读者感到愉悦的原因——这个原因哪怕不算更重要，也绝对不容忽视——在阿加莎·克里斯蒂的世界里，每个人都会种瓜得瓜，种豆得豆。

不管是继承遗产还是过苦日子，相爱还是失恋，死于头部重击还是刽子手的索套，阿加莎·克里斯蒂作品中的男男女女——无论年龄大小、地位高低，最终都要面对属于自己的命运。波洛和马普尔并不是传统意义上的中心人物，他们只是宇宙原动力在黎明时分建立起来的、错综复杂的道德平衡的执行者。

而多数时候，在我们的日常生活中，我们都有足够的证据表明，这种普遍意义的正义并不存在。我们就像一匹拉车的马，戴着眼罩，迈着沉重的步伐，拉着主人的物什在鹅卵石路上低头前行，耐心地等待下一块恩赐的方糖。不过有些时候，机遇突降，阿加莎·克里斯蒂承诺的公平就会到来。我们环顾四周，在自己的生活中寻找人物的扮演者：我们的女继承人和园丁，牧师和保姆，姗姗来迟、表里不一的客人——我们发现，在周末结束之前，所有到场的人都会得到公正的赏罚。

然而，当我们这样做时，却很少想到自己其实也是其中一员。

◆◆◆

九月那个周二的早晨，当梅森·泰特对我的健康表示关心时，我却没有费神道歉，当然更不想解释什么，只是坐到轮椅上，开始打字。因为我非常清楚自己所在的位置——离地板活动门的距离只有不足一米。

在梅森·泰特的世界里，从不讲情有可原的处境，也没有三心二意的空间，因此，我若是表现得活跃、聪明或自信，只会把他惹得不耐烦。我只打算背负无可逃避的枷锁，接受老板给我的任何羞辱，直到用我的方式重新赢得他的青睐。

所以我是这么做的：早到几分钟，避免和别人闲扯，听到泰特批评别人也不嗤笑。周五晚上，阿利去自助餐馆，我像中世纪虔诚的忏悔者一样回家，抄写语法和惯用法准则：

- 当你不情愿做某事时，应该用"loath"，而不能用"loathe"。
- 关于"toward"和"towards"，前者多用于美国英语，后者多用于英国英语。
- 对于所有格，除"Moses"和"Jesus"外，所有格标志"s"可以用在所有以s结尾的专有名词里。
- 慎用冒号和非人称被动式。

似乎正在这个时候,有人敲响了我的门。

三声轻而快的敲击声,很是讲究,不会是蒂尔森侦探或西部联盟电报公司的小伙子。我打开门,走廊里是安妮·格兰汀的秘书,他穿了一身三件套西装,每个纽扣都扣上了。

——晚上好,空-腾小姐。

——康腾。

——是的,当然,康腾。

布莱斯尽管像普鲁士士兵一样严守社交规矩,但还是忍不住越过我的肩头瞟了一眼屋子。他露出一丝笑容,对自己看到的一点点内容表示些许满意。

——什么事?我催促道。

——很抱歉您在家时打扰您……

他在"家"字上加了重音,以表同情。

——不过格兰汀夫人要我尽快把这个交给您。

他两根手指往前一弹,出现一个小信封。我一把扯过来,掂了掂重量。

——那么重要,不放心从邮局寄?

——格兰汀夫人希望能尽快得到回复。

——她不能打电话吗?

——相反,我们试过打电话,打了很多次,不过好像……

布莱斯指了指还掉在地上的电话线。

——哦。

我打开信封,里面是一张手写的便条。请于明天四点来见我,

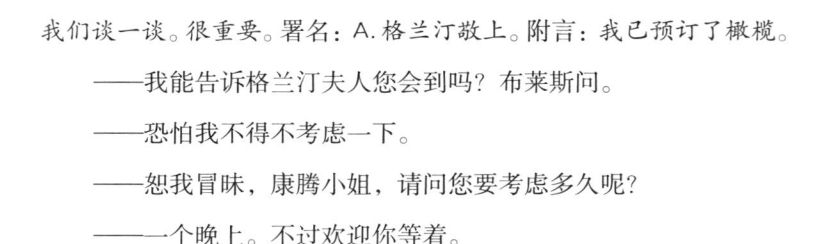

我们谈一谈。很重要。署名：A.格兰汀敬上。附言：我已预订了橄榄。

——我能告诉格兰汀夫人您会到吗？布莱斯问。

——恐怕我不得不考虑一下。

——恕我冒昧，康腾小姐，请问您要考虑多久呢？

——一个晚上。不过欢迎你等着。

当然，我本该把安妮的召唤扔到垃圾桶里，几乎所有的召唤都只配得上屈辱的结局。安妮是个有头脑、意志坚定的女人，对于她的召唤你要格外小心。而最气人的是她认为我应该去见她！厚脸皮。纽约以外的人都这么说。

我把信撕得稀巴烂，扔到本该有壁炉的地方，然后又认真考虑我应该穿什么衣服去见她。

现在讲客套还有什么意义呢？难道我们不是远离装腔作势，航行几百海里了吗？如果是赫尔克里·波洛，他就不会拒绝她，相反，他期待这个召唤——实际上他有赖于这样的召唤——因为不可预见的发展会促使正义快快到来。

此外，我从来都无法拒绝以"敬上"结尾的邀请，无法拒绝那些如此准确记得我喝鸡尾酒时要配橄榄这一偏好的人。

四点十五分，我按响1801套房的门铃，布莱斯来开门，脸上是恭维的笑容。

——你好，布莱斯。我把末尾的"斯"拉得很长，长到变成嘘声。

——康腾小姐,他答道。我们一直在恭候您的大驾光临。

他朝门厅做了个请的手势,我走过他身边,进到客厅。

安妮坐在办公桌前,戴着眼镜——假正经女人戴的那种半框眼镜——很好的修饰。她正在写信,抬头扬起一边眉毛,表示她知道我没跟她客气。为了扳平得分,她指了指长沙发后又再继续写。我从她身边走过,来到窗前。

顺着中央公园西路,高耸的公寓楼群从树顶突出来,犹如早高峰前那几小时在车站月台赶车的人们,孤独而独特。天空是提埃坡罗[1]蓝。在气温骤降了一周之后,叶子变了色,鲜橙色的树冠一路延伸到哈莱姆区。这样看过去,公园颇像一个珠宝盒,天空是它的盖子,这一切归功于奥姆斯特德[2]:他把穷人赶走来建造这座公园某种意义上是对的。

身后,我听到安妮在折信、封信,用钢笔尖唰唰地写上地址。毋庸置疑,这是另一个召唤。

——谢谢,布莱斯,她边说边把信交给他。就这样了。

布莱斯离开房间,我转过身来。安妮给了我一个和蔼的微笑,她看起来既华丽又从容,一如既往的引人注目。

——你的秘书有点儿自命不凡。我评论道,在长沙发上坐下来。

---

1 乔瓦尼·巴蒂斯塔·提埃坡罗(Giovanni Battista Tiepolo, 1696—1770),意大利画家,他对透视、光线、色彩和构图有杰出的掌握,创作了一大批世俗和宗教作品。
2 弗雷德里克·劳·奥姆斯特德(Frederick Law Olmsted, 1822—1903),美国景观设计学的奠基人和美国最重要的公园设计者。纽约中央公园就是他的代表作品。

——谁，布莱斯？我想是的。不过他十分能干，而且他比较像是我的徒弟。

——徒弟，哇。什么意思？浮士德式的交易？

安妮讽刺地挑了挑眉毛，走向吧台。

——作为工人阶级的孩子，你懂得的还真多，她背对着我说。

——真的吗？我发现我所有博学的朋友都来自工人阶级。

——是吗，你对此是怎么想的？贫穷的风骨？

——不，是因为读书是获得快乐最省钱的方法。

——性才是获得快乐最省钱的方法。

——不是在这间屋子里。

安妮像水手一样笑了，拿着两杯马提尼酒转过身来，坐在斜放在我对面的椅子里把酒杯放下。桌子中间是一盘水果，非常值钱，其中一半我都没见过。比如毛茸茸的绿色小球，还有像迷你橄榄球的黄色多汁果食，它们到达安妮桌子所走过的路程，一定比我这一辈子走过的路还要长。

果盘旁边是一碟她许诺准备好的橄榄。她拿起碟子，把一半的橄榄倒进我的杯子里，它们高高堆起，像火山一样从杜松子酒的水面上冒出来。

——凯特，她说。让我们省掉激烈的争辩，我知道这是一种诱惑，一个难以抗拒的诱惑，但这不值得。

她举起杯子，伸向我。

——休战？

——好啊，我说。

我碰响她的杯子，两人一起喝酒。

——那么，为什么不告诉我叫我过来的原因？

——问得好，她说。

她伸出手，从我的火山顶上取走一颗橄榄，放进嘴里，沉思地咀嚼着，然后笑着摇摇头。

——你会觉得这有些可笑，但对你和廷克，我从没有过哪怕一丝的怀疑，所以你从"中国风"冲出去时，有那么一会儿我真以为你是出于反感，认为女大男小，或不管什么其他原因。直到看见廷克的表情，我才恍然大悟。

——生活中充满了误导的信号。

她狡黠地笑了笑。

——是的，字谜与迷宫。我们很少弄清楚自己在与他人的关系中所处的位置，我们从不知道两个同盟者在与对方的关系中所处的位置，但是，三角形的三角之和永远是180度——是吧。

——嗯，对你和廷克之间的关系，我想我现在更清楚了一些。

——我会很高兴，凯蒂。你为什么不该清楚呢？我有我的小游戏，但我们之间的关系并不是个秘密，也没那么复杂，远没有你和他之间的关系复杂，也远没有我和你之间的关系复杂。廷克和我的关系就像账簿上的直线一样直截了当。

安妮把拇指和食指靠在一起，像拿着铅笔般在空中画过，以强调会计画的底线之直。

——身体的需求和情感的需求有非常明显的区别，她继续道。你和我这样的女人都明白这一点，但大多数女人不明白，或者她们不愿意承认这一点。谈到爱情的时候，大多数女人坚持认为情感和身体是不可分割的。如果告诉她们并非如此，就像让她们相信她们的孩子有一天不会再爱她们一样。她们只能靠这一固执的信念活下去，哪怕历史告诉她们的是相反的事实。当然，还有许多女人对她们丈夫的言行失检睁一只眼闭一只眼，但大多数会很痛苦，把这种事情看作她们的生活之布被撕破了一块。如果这些人中有一位冷静地反省一下，那么当她的丈夫迟到半小时到餐馆，身上还有香奈儿5号的味道时，或许她更应该为她的丈夫让她等了这么久，而不是丈夫领子上的香水味而生气。不过就像我说的——我认为我们对此看法一致，所以我才叫你来，而不是叫廷克来。我认为你和我会达成谅解，这样对廷克也好。从这一谅解中我们各取所需。

为了强调合作精神，安妮又伸过手来，从我的橄榄堆上拿走一颗。我将三根手指伸到酒杯里，掏出一半橄榄扔到她的杯子里。

——我在利用人方面可能比不上你，我说。

——你是这么看我的吗？

安妮从果盘里拿起一个苹果，像举水晶球一样举着它。

——看到这个苹果了吧？又甜又脆，像宝石一样红。你知道，其实并不总是那样。美国的第一代苹果不仅有斑点，而且苦得不能吃，但经过数代的移植，它们现在都像这个一样了。大多数人认为这是人定胜天，其实不然，从进化论的角度看，这是苹果的胜利。

她轻蔑地指了指盘里的外国水果。

——是苹果战胜了数百种和它竞争相同资源的其他物种——同样的阳光、同样的水、同样的土壤。通过吸引人类的感官，满足人的身体需求——我们这群动物正好拥有斧头和耕牛——苹果得以传遍全球,迈出了进化论意义上极为惊人的一步。

安妮把苹果放了回去。

——我没有利用廷克,凯瑟琳。廷克就是这个苹果。他靠着学习如何吸引你我这样的人——或许还有在我们之前的其他人——得以在别人苦苦挣扎的时候存活了下来。

有些人叫我凯蒂,有些人叫我凯特,还有些人叫我凯瑟琳。安妮在这几个选项中来回兜圈子,好像她对我的几个化身都觉得满意。她在椅子里坐直身子,有几分像学者。

——你知道,我这样说并不是要毁坏廷克的名誉。廷克是一个非凡的人,也许比你所了解的更卓越。我不生他的气,也许你俩已经睡过觉,也许你们在恋爱中,我不会因此而嫉妒或怨恨,我没有把你视为竞争对手。我一开始就知道他最终会找到自己的所爱,我不是指像你朋友那样的萤火虫,我指的是像我一样聪明又时尚,但与他年龄更接近的某个人。如此,你们两个应该知道,对我而言,绝非要么完全占有,要么一拍两散,而是知足常乐。我唯一的要求是他准时到就行。

我听着安妮这一番长篇大论,终于明白了她召唤我的原因:她认为廷克和我在一起。他一定已经离开她了,于是她断定是我把廷克藏了起来。有那么一会儿,我想就这么陪她玩下去,毁了她这个下午。

——我不知道他在哪里,我说。如果廷克对你的哨声不再有回应,那与我并无关系。

安妮小心地看着我。

——我明白了,她说。

为争取时间,她随便走到吧台,把杜松子酒倒进调酒器。她不像布莱斯,她懒得用银钳,而是径直把手伸到冰桶里,掏出一大把冰块放进酒里,一只手轻轻摇晃调酒器,一边走回来,坐在椅子边上,似乎陷入了沉思,在掂量各种可能性,在重新算计——从神态看,她迟疑了,这可不常见。

——再来一杯?她问。

——不用了。

她开始往自己杯里倒酒,倒到一半时又停了下来。她看起来对杜松子酒有点儿失望,好像酒不够纯。

——每次我五点前喝酒,她说。我都知道自己不该这时候喝。

我站起来。

——安妮,谢谢你的酒。

她没有拦我。她送我到门口,在门口握住我的手,比一般礼节性的握手更久。

——凯蒂,记住我说的话,关于我们达成的谅解。

——安妮……

——我知道你不知道他在哪里,但我有感觉,他会在跟我联系之前和你联系的。

她松开手,我转向电梯,电梯门开着,开电梯的小伙子与我短暂地四目相遇。正是这个友善的小伙子在六月为我和那对新婚夫妇开过电梯。

——凯特。

——嗯？我转身道。

——多数人的需求多于欲望，所以他们过着现在的生活。但是，操纵世界的是那些欲望大于需求的人。

我想了想，得到了这么一个结论：

——你很善于说总结语，安妮。

——是的，她回答。这是我的特长之一。

她轻轻关上门。

◆

我离开广场宾馆，看门人再次向我点头却没有为我叫出租车，我没有计较，迈步沿着第六大道走去。我没有心情回家，便溜进大使剧院看玛琳·黛德丽的电影。片子已经开演一小时，我只能看后半部分，然后等着看前半部分。这部片子同大多数片子一样，中间出现重大问题，但结局皆大欢喜。我从自己的角度看这部片子，觉得它很接近生活。

出了电影院，我自己拦了辆出租车，以给看门人一个教训，一个不那么及时的教训。车驶往下城途中，我心里一直在琢磨，回到家后我该用什么把自己灌醉，红葡萄酒？白葡萄酒？威士忌酒？杜松子酒？这些酒就像梅森·泰特世界里的人们一样，各有各的好坏。也许我可以抓阄，也许我可以蒙住双眼，转几圈，抓到哪瓶是哪瓶。只要想想这个游戏就觉得提神。我在11街下车，眼前偏偏出现了西奥多·格雷。他像一个逃犯般从门口冒出来,只是他穿着干净的白衬衫和水手短外套,只不过,这外套从没见过大海。

让我稍稍离题,提出一个观点:人在情绪激动的时刻——不管这激动是由愤怒还是嫉妒、羞辱或怨恨引起的——如果你将要说出口的话会让你感到舒服一点儿,那么这话很可能是错的。这是我在生活中发现的一条出色的格言。你拿去吧,它对我已经没用了。

——你好,泰迪。

——凯蒂,我需要和你谈谈。

——我的约会要迟到了。

他的脸抽搐了一下。

——你不能给我五分钟吗?

——好吧,快一点儿。

他朝街上看看。

——有没有地方我们可以坐一坐?

我带他去了12街和第二大道拐角的咖啡馆。咖啡店长三十米、宽三米。坐在吧台前的一位警察正在用方糖建造帝国大厦,两个意大利小伙子坐在靠里的位子吃牛排和鸡蛋,我们在前边找了个卡座。女服务生问我们是否要点餐,廷克抬起头,看上去仿佛没听懂一般。

——要不先拿点咖啡给我们吧,我说。

女服务生翻翻白眼。

廷克看着她走开,目光回到我身上,似乎这样做很费劲。他的皮肤有一层令人满足的灰暗,眼袋很明显,似乎他没好好睡觉和吃东西,这让他的衣服看着像是借来的,而在某种意义上,我认为它们就是借的。

——我想解释一下,他说。

——解释什么?

——你有很多理由生气。

——我没有生气。

——但我跟安妮的关系不是我主动的。

先是安妮想解释她和廷克的关系,现在廷克又想解释他和安妮的关系。每个故事都有两个版本,然而,不能免俗,两个都是托词。

——我有一件很不错的小趣闻要告诉你,我打断了他。你可能不屑一顾,但在我说出来之前,我先问你几件事。

他面色阴沉地抬起头,无可奈何地让了步。

——安妮真的是你母亲的一位老朋友吗?

(沉默)

——不是。我们第一次见面时我还在普罗维登斯信托银行工作。董事长邀请我参加一个在纽波特举办的聚会……

——你拥有的这个独家协议——特许出售一家铁路公司的股份——是她持有的股份吧?

(沉默)

——是的。

——你是在你们的关系之前还是之后成为她的银行经理的?

(沉默)

——我不知道。那次见面时,我告诉她我想搬去纽约,她主动介绍我认识了一些人,帮我站住脚。

我吹了声口哨。

——哇。

我摇头表示赞赏。

——公寓呢?

(沉默)

——是她的。

——顺便说一下,外套不错,你把它们都放在哪儿呀?我想跟你说什么来着?噢,是的。我想你会觉得这很有意思。伊芙把你赶走后几天的一个晚上,她高兴得不得了,在一个小巷里喝醉了。警察在她的口袋里找到了我的名字,把我带去认她。不过在让我们离开前,一位好心的侦探叫我坐下,给了我一杯咖啡,想劝我们改变生活方式,他觉得我们是妓女,他认为伊芙的伤疤是在干活时给人揍了。

我扬起眉毛,举起咖啡杯,和廷克干杯。

——瞧,真是莫大的讽刺!

——这不公平。

——是吗?

我抿了一口咖啡。他懒得自我辩解,于是我继续说。

——伊芙知道吗?我是说你和安妮的事。

他无精打采地摇摇头。真正的无精打采,百分之百的无精打采。

——我想她怀疑还有另一个女人,不过我看她没想到是安妮。

我朝窗外看去。一辆消防车在交通灯前停下,所有的消防员都站在通道上,穿着防火服,拉住钩子和梯子。街道拐角处,一个男孩拉着妈妈的手,他朝他们挥手,所有的消防员也都朝他挥手——上帝保佑他们。

——求你了,凯蒂,我和安妮结束了。我从华莱士家回来就是要告诉她这个,所以我们才一起吃饭的。

我转回头看着廷克,自言自语。

——不知华莱士是不是知道?

廷克的脸又抽搐了一下,他就是丢不掉那种受伤的表情。我突然觉得不可思议,他居然曾经那么迷人过。回想起来,他简直就是个虚构人物——到处都是他的名字,花体的,比如皮套里的那个银酒瓶,他一定是在自己一尘不染的厨房里,用一个小小的漏斗来往里装酒的——尽管在曼哈顿的任何一条街上,你都可以买到瓶子大小正好适合放入口袋的威士忌。

我想起华莱士穿着他那件朴实的灰色西装给父亲的银发老友提建议,相比之下,廷克像是个杂耍演员。我想如今在搞清楚和我们谈话的是何许人也这件事上,我们太不重视进行对比了。我们给了人们在当下塑造自己的自由——比起一辈子,一个时段的伪装更易管理,分层,和把控。

有意思。我曾经非常害怕这次见面,可现在它来了,我倒觉得它有些意思,有些帮助,甚至有些令人鼓舞。

——凯蒂,他说道,更确切地说是恳求道。我想告诉你,我的那一段生活已经结束了。

——这一段也一样。

——求求你,不要这么说。

——喂!我再次打断他,高兴地说。有个问题要问你:你露过营吗?我是说真正在树林里露营?带上折叠刀和指南针的那种?

这似乎拨到了一根弦,我看到他颌肌绷紧起来。

——你太过分了,凯蒂。

——真的吗?我从没去过,那里怎么样?

他低头看自己的手。

——小伙子,我说。你妈妈要是看见你现在这个样子就好了。

廷克猛地站起来,大腿撞到桌角,发出"哐"的一声,罐子里的奶油直晃。他在糖罐旁放了五元钱,对女服务生显示出足够的关照。

——咖啡是安妮付钱吗?我问。

他像酒鬼一样跌跌撞撞地朝门口走去。

——这很过分吗?我在他身后喊道。还没那么糟吧!

我又拿出五元钱放在桌上,站了起来,向门口走去,也有一点儿跌跌撞撞。我用从笼中逃脱的狼的目光上下打量第二大道。我看了看表,指针张开,分别指向九和三,就像两个背靠背的决斗者,数着步子,准备转身开枪。

天色还不是很晚。

◆

我用力敲了五分钟的门,迪奇才来开门。自从那次闯入万尔韦家的聚会后,我俩还没见过面。

——凯蒂!真是意外惊喜了,意外而且……难以置信。

他身穿无尾礼服裤和正式的衬衫。我敲门时他一定正在系领带，领带还挂在衣领上。这没系好的黑色领带让他看起来很潇洒。

——方便吗？

——当然！

在上城下地铁后，我去列克星敦的爱尔兰酒吧喝了一两杯。因此我如同鬼火一般从他身边飘进客厅。我只在迪奇的房间挤满人的时候来过，现在屋里空空，我得以见到井然有序的迪奇随意状态下的一面。一切都各就其位。椅子和鸡尾酒桌呈一条直线，书架上的书按作者排序，阅读专用椅的右边是一个独立式烟灰缸，左边是镀镍艺术灯。

迪奇盯着我。

——你头发又成红色了。

——快要不是了，来一杯怎么样？

迪奇指了指前门，张开嘴。显然他跟别人有约，要出门。我扬了扬左眉。

——噢，好吧，他表示让步。来一杯正好。

他走向靠墙的望加锡酒柜，酒柜做工精致，前板放下，像是秘书的写字台。

——威士忌？

——你喜欢我就喜欢，我说。

他往我俩的杯子里倒了一点儿酒，我们碰杯，我一口喝光，杯子举到空中，他张嘴像要说话，却没说，而是把酒喝光，然后又往两个杯子里都倒了更足量的酒，我大口豪饮，身体转了一圈，像是要搞清楚自己的位置。

——好地方,我说。不过我还没有看到全貌吧?

——当然,当然,我的礼貌到哪儿去了?这边走!

他朝门口做了个手势,那里通向小餐厅,照明用的是锥形壁突式烛台。在纽约还是殖民地的时候,他家里可能就有了这张殖民地风格的桌子。

——这里是餐厅,可以坐六个人,挤一点儿的话可以坐十四个人。

餐厅另一头是一扇带猫眼的转门。我们穿过门,进了厨房,里面如同天堂般洁净而雪白。

——厨房,他说道,手在空中转了转。

我们走过另一道门,穿过走廊,经过一间显然没人使用的客房。床上是整齐叠放的夏装,准备存好过冬。隔壁房间是他的卧室,床铺得很整齐,唯一一件随意摆放的衣服是他的无尾礼服,挂在小写字台前的椅子上。

——这里是什么?我推开一扇门,问道。

——呃嗯,浴室?

——哦!

迪奇似乎不情愿让我参观这里,但这间浴室是一件艺术品:从地上到天花板都是又宽又白的瓷砖,擦拭十分干净,两扇奢华的窗户,一扇在水箱上面,一扇在浴盆上面。浴盆长一米八,是独立式陶瓷制品,从下往上有爪式底脚和镀镍管道,墙上有一面长镜子架台,台上摆着沐浴液、护发素和古龙香水。

——我姐姐特别喜欢美容店的圣诞礼物,迪奇解释道。

我的手滑过浴缸边缘,犹如抚摸车子的引擎盖。

——太漂亮了。

——清洁仅次于圣洁,迪奇说。

我喝掉了杯中酒,把杯子放在窗台上。

——让我们来试一下。

——那是什么?

我把衣服从头上撸掉,踢开鞋子。

迪奇像男孩子一样瞪大眼睛,他一口喝掉杯中酒,把它摇摇晃晃地放在洗脸池的边缘,开始兴奋地唠叨起来。

——跑遍整个纽约你也找不到比这更好的浴缸。

我拧开水龙头。

——陶瓷是在阿姆斯特丹烧制的,底角是在巴黎浇铸的,风格借鉴了玛丽·安托瓦内特[1]的宠物豹的脚爪造型。

迪奇扯掉衬衫,一个珍珠母饰纽掉下来,掠过地上黑白相间的瓷砖。他用力脱掉右脚的鞋子,却脱不了左脚的那只,他单脚跳了几下,撞到洗脸池,威士忌酒杯掉下来,在排水管上摔得粉碎,他把一只鞋举在空中,一副胜利的样子。

我现在赤身裸体,准备进浴缸。

——泡泡水!他叫道。

他走到放圣诞礼物的架子前,急急忙忙地研究了一番,不知该

---

1 玛丽·安托瓦内特(Marie Antoinette,1755—1793),法国王后,路易十六之妻,生性奢侈,对人民大众的呼声无动于衷,声名狼藉,后被革命法庭处决。

选哪一种，便抓了两瓶，走到浴缸边，把两瓶都扔进去，然后把手伸到水里，搅出泡沫。升腾的蒸汽散发出薰衣草和柠檬的气味，令人头昏目眩。

我滑进泡沫里，他跟着我跳进来，就像逃学的家伙一头扎进酒吧。他太过匆忙，竟没意识到自己忘了脱袜子。他脱掉它们之后啪地甩到墙上。他伸手到背后拿出一把刷子。

——现在开始吗？

我拿过刷子，扔到地板上，用腿缠住他的腰，手放在浴缸边，低下身子，坐到他的大腿上。

——我才是仅次于圣洁，我说。

第二十一章

你那劳苦的人民，贫穷的人民，屡遭重创的人民[1]

周一早上，我和梅森·泰特坐大轿车前往上西区采访一位贵妇。他心情不好，创刊号的封面故事还没着落，时间一周一周地过去，他的抱怨的门槛似乎越降越低。车子还没到麦迪逊大街，他抱怨的项目就已有咖啡太冷，空调太热，车子太慢。更糟的是，对泰特来说，出版社安排的这次采访太浪费时间。他说，这位前辈的教养太好，思维太迟钝，眼神太不好，提供不了任何有用的内部消息。要在平时，谁被要求陪泰特先生去采访是一种荣幸，可这次却是一种惩罚。看来我的麻烦还没有完。

车子在一片沉默中拐进55街。在广场宾馆，过于殷勤的领班身

---

1 取自镌刻于自由女神像基石上的犹太诗人埃玛·拉扎勒斯（Emma Lazarus，1849—1887）的十四行诗《新巨人》（*The New Colossus*）。

穿带大黄铜扣的红色长大衣站在台阶上。而在半条街外的艾塞克斯酒店,佩着肩章的领班穿的是与此形成鲜明对照的蓝灰色制服。两个宾馆要是打起仗来,认人倒是十分方便。

我们拐进中央公园西路,驶过达科他酒店和圣雷莫酒店的门卫,停在79街美国自然历史博物馆门前,从这里能看到贝拉斯福德的拱形屋顶。皮特打开车子后门,向乘客伸出手,就像他从前把手伸给我一样——廷克需要去"办公室"的那个三月的夜晚,还有我穿着那条设计拙劣的圆点裙搭便车从餐馆到这儿的那个六月的夜晚。

这时,我有了一个念头。

理智告诉我闭上嘴,地方不对,时候不对。他正在气头上,而你不受欢迎,但在博物馆台阶尽头的大理石基座上,高高矗立的泰迪·罗斯福骑着铜马喊道,冲啊!

——泰特先生。

——什么事?(恼怒地)

——您不是一直在为创刊号找那篇特写吗?

——是的,是的?(不耐烦地)

——如果我们不去采访知名人士,而去采访看门人呢?

——什么意思?

——他们看似没有教养,其实他们拥有智慧,而且他们见证一切。

有一会儿,梅森·泰特盯着前方,然后摇下车窗,把咖啡扔到街上。在车子开过十五条街时,他第一次转过身来看我。

——他们愿意和我们谈吗？如果我们把他们说的一些事情登出来，总有一天会对他们不利的。

——我们采访前雇员怎么样——那些辞职或被解雇的人。

——怎么找得到他们？

——我们可以在报纸上刊登一则高薪招聘看门人和电梯操作员的广告，要求至少在市里五个最高档的公寓楼里有过一年的工作经验。

梅森·泰特朝窗外看去。他从上衣口袋拿出一块巧克力，分成两块，开始慢慢地、仔细地咀嚼，好像是要把巧克力的味道碾出来。

——如果我让你登出广告，你真的觉得能找到有用的东西？

——我拿一个月的薪水打赌，我冷静地说。

他点了点头。

——赌上你的职业生涯，就成交。

◆

周五，我提前步行去上班。

广告在《纽约时报》《每日新闻报》和《要闻邮报》上已经登出三天，要求申请人今天上午九点来康泰纳仕大楼。我和泰特"打赌"的消息很快传开，每次我经过大厅，几个小伙子便有节奏地吹起口哨。在这种情况下，你很难责怪他们。

此时，第五大道上的楼房仍像是一夜之间从地上冒出来的——

又像豆茎一样消失在云中。

一九三六年，法国伟大的建筑师勒·柯布西耶出版了一本小书，名为《当大教堂是白色的时候》，详细介绍他第一次纽约之行。他描述了第一次见到纽约时的激动之情，他像沃尔特·惠特曼一样，不仅歌唱人性和社会发展的速度，而且也歌唱摩天大楼、电梯和空调，歌唱锃亮的钢铁和反光玻璃。他写道，纽约有这样的勇气和热情，一切都可以重新开始，被送回建筑工地，重新打造出更伟大之物……

读了那本书，你再沿着第五大道行走，抬头仰望那些高楼大厦，你觉得任何一幢大楼都可能把你引向那只下金蛋的母鸡。

不过那年夏天早些时候，另一位来到纽约的人感受却有所不同。他是一位名叫约翰·威廉·沃德的年轻人。早上大约十一点半，他爬到哥谭镇酒店十七楼的窗台上，立刻被人看到，楼下聚集了一大堆人，男人停下脚步，手指钩着搭在肩上的大衣，女人用帽子扇风，记者忙着记下大家说的话，警察清理人行道，觉得随时……

但沃德只是站在窗台上，考验记者、警察和群众的耐心，人们开始怀疑他，说他既没有勇气活下去，也没有勇气结束痛苦。至少，在他于晚上十点三十八分跳下去之前，他们是这么说的。

所以，我想纽约市的地平线也给了他一些跳楼的勇气。

康泰纳仕大楼的大厅还是空荡荡的，不过人很快就会多起来。我穿过大厅，走向电梯，这时，保安托尼向我挥挥手。

——你好，托尼，什么事？

他的头朝大厅一边摆了摆，在镀铬的皮革长凳上坐着两个衣衫褴褛的男人，手里拿着帽子，他们胡子拉碴，垂头丧气，看起来像是被上帝遗忘了，来到鲍威利布道所听布道只是为了混一碗汤喝。看他们的样子，估计就连那种用玻璃纸包好、在廉价杂货店出售的小道消息，他们也一无所知。我思忖着，要怎样低三下四地求马卡姆小姐，她才会答应让我回去上班呢？

——我们一开门，他们就在外面等着了，托尼说着，又偷偷补上一句：左边那个有点儿气味。

——谢谢，托尼。我要带他们上楼。

——好的，康腾小姐。没问题，对其他人您看该怎么办呢？

——其他人？

托尼绕过桌边，打开楼梯口的门，门口挤满了男人，体型不一，神色迥异，有些和长凳上的那两个差不多，看着像是坐在开进曼哈顿的货车后厢里来的。还有一些像是退休的英国男仆，有爱尔兰人、意大利人和黑人，他们看上去有的狡猾，有的精明，有的粗野，有的善于逢迎。他们两两一组绕着楼梯坐在台阶上，一直延伸到二楼转角处，视野的尽头。

一看到我，坐在第一级台阶上一位穿着得体的高个子男人就站起来，立正行礼，好像我是进入营房的司令官。没过一会儿，坐在台阶上的所有人都站了起来。

第二十二章

梦幻岛

十一月中旬一个周六晚上,我和迪奇、苏茜、威利到格林威治村一家叫"斜屋"的爵士夜总会跟其他人碰头。透过葡萄藤隔帘,迪奇听到别人议论,市中心的音乐人深夜会在夜总会举行即兴表演。他琢磨,如果这些人要来,那就说明这个地方还没被自命高贵的人糟蹋。事情的真相是:夜总会老板是一位皮肤细薄、宅心仁厚的犹太人,他把钱借给音乐家,不收利息。如果"斜屋"的空间够大,这儿能聚齐《社交界名人录》上的所有人。总之只要你待得够晚,就能听到原汁原味的最新歌曲。

比起我和伊芙从前来的时候,这家夜总会更加时尚了。现在有姑娘接送衣帽,桌上有带红色灯罩的小灯。当然,我也更时尚了,围宽围巾,戴一克拉钻石短链,那是迪奇从他母亲那里骗来的,纪念我们在一起三周。我并不觉得迪奇的母亲很喜欢我,但迪奇一辈子都在小心地装出某副形象,那个样子让人很难拒绝他。基本上,他是一个爱玩闹、没有恶意的人。如果你对他小小的要求(想出去散步吗?想吃冰激凌吗?能坐在你旁边吗?)表示同意的话,他马上就像赢了钱的赌徒一般精神大振。我怀疑他这辈子听到旺德怀尔夫人对他说"不"的次数不会超过三次,我自己想说也没那么容易。

在女店主的帮助下,迪奇把两张四人圆台拼在一起,我们八个人围聚桌旁。在等着下一轮酒送来时,迪奇吃着从我的马提尼酒里偷去的嫩橄榄枝,主持聊天,话题是:不为人知的才华。

迪奇:威利!你下一个。

威利:我无比乐观。

迪奇:你当然是,这不算。

威利:我双手十分灵巧?

迪奇:接近了。

威利:嗯,有时……

迪奇:什么?什么?

威利:我在唱诗班唱歌。

倒吸口气。

迪奇:讲得好,威利!

TJ:这是假的吧?

海伦:我看见他了,在圣巴斯唱诗班的后排。

迪奇:你最好自己解释一下,年轻人。

威利：我小时候就进唱诗班了。有时他们缺男中音，唱诗班的指挥会给我打电话。

海伦：真不错啊！

我：唱两句来听听，霍华德？

威利（挺直身子）：

> 至善圣灵，万有真源，
>
> 混沌初开，运行水面，
>
> 纷乱之中，法令威严，
>
> 分开天地，乃有平安，
>
> 今为海上众人呼求，
>
> 使彼安然，无险无忧。

敬畏与掌声。

迪奇：你这混蛋！看看姑娘，她们在哭泣，在狂喜，真是手段卑鄙。（转向我）那么你呢，我亲爱的？你的独门绝技是？

我：那么你呢，迪奇？

大家：对啊，你呢！

苏茜：你们难道不知道？

我：我不知道。

苏茜：来吧，迪奇，告诉他们。

迪奇看了看我，脸红了。

迪奇：纸飞机。

我：见鬼。

像是为了解救他似的，鼓手敲了六下定音鼓，为一段克鲁帕风格的独奏收了尾，整个乐队都在左摇右晃，仿佛鼓手撬开大门，其他人要把屋里的东西偷光。迪奇此刻兴奋不已，电颤琴手打起了三节拍，迪奇在椅子上跟着摇啊晃啊，双脚在原地跑动，脑袋快速画圈，他似乎搞不清楚是该摇头还是点头，然后他捏了我的屁股。

有些人天生就能欣赏巴赫和韩德尔宁静的、规范的音乐，他们能够感觉音乐的数学关系、对称性和主题的抽象之美，但迪奇不是这类人。

两周前，为了博得我的欢心，他带我去卡内基音乐厅听莫扎特钢琴协奏曲。第一曲是让精神之花在夜晚的微风中绽放的田园风格。迪奇像暑期学校里的二年级学生一样坐立不安。第二曲结束时，观众开始鼓掌，我们前排的一对老夫妇站了起来，迪奇几乎从座位上跳了起来。他热情奔放地鼓掌，然后抓起衣服。我告诉他这只是中场休息，他立刻垂头丧气。我只能马上带他去第三大道的一家小店吃汉堡、喝啤酒。我知道这家店老板会弹爵士钢琴乐，还配有贝斯手和一位高中生鼓手。

对廉价小型爵士乐队的这次引见令迪奇茅塞顿开，乐曲即兴的性质立刻被敏感的他捕捉到。不必计划，不讲次序，不装腔作势，这实际上就是他个性的写照，他就喜欢这个世界的这一面：听音乐时你可以吸烟、喝酒、闲聊，它不会使你因为没有全神贯注而感到不好意思。在之后的夜晚里，迪奇在小型爵士乐队的陪伴下回到了欢乐的旧时光，并将之归功于我——并非总在公共场合，但必要时他就会这么说,而且经常如此。

——有一天我们会去月球吗?在电颤琴手歪了歪头回应听众的掌声时,迪奇问道。能踏上另一个星球真是太神奇了。

——月球不就是一颗卫星吗?海伦问,带着她天生的对学识的不确定。

——我希望能去月球,迪奇没有特别对谁说这句话。

他双手放在屁股下坐着,仔细思考去月球的可能性,然后靠过来,亲了一下我的脸。

——……我希望你也能去。

有一阵,迪奇挪到桌子那一边和TJ、海伦聊起天来。这是一种自信的可爱表现,这时他觉得不再需要逗我开心或者展示他的魅力以引起我的注意,这说明一个渴望不断得到认可的男人偶尔也会通过小小的诡计来获得自信。

我对迪奇的一次眨眼做出回应。正在这时,我看到一群像是公共事业振兴署的人乱糟糟地聚在他身后的桌子旁,陪同他们的是亨利·格雷。我过了一会儿才认出他,因为他的胡子只马马虎虎刮过,还瘦了些,但他一下便认出了我,径直走过来,靠在迪奇那张空椅背上。

——你是泰迪的朋友,对吗?那个有头脑的人。

——没错,凯蒂。对美的追求进行得怎样?

——搞砸了。

——我很难过。

他耸了耸肩。

——没什么好说的,也没法说。

汉克转头看了看乐队,点点头,更像是对音乐表示赞赏,而不是配合着节拍而动。

——有烟吗?他问。

我从手提包里拿出一包烟,他拿了两根,递回一根给我。他把烟在桌上敲了十下,然后夹在耳后。房间很热,他开始出汗。

——嘿,我们到外面去怎么样?

——好啊,我说。等一下。

我绕过桌子走向迪奇。

——有一位老朋友的哥哥,我和他出去抽支烟,好吗?

——当然,当然,他说,刻意展现自己不断上升的自信。

尽管为了安全起见,他还是把外套披到我的肩上。

我和汉克走出去,站在夜总会的天篷下,寒冬未至,风已凛冽。在屋里舒适地待了大半个钟点,我在外面觉得惬意,可汉克却不然,他和在室内一样很不舒服。他点着了包装精美的香烟,毫无顾忌地大口吸着。我意识到,汉克瘦削而躁动的身体并非他在色调与形式上苦苦挣扎的外在表现。

——呃,我弟弟怎么样?他把火柴扔到街道上,问道。

我告诉他我已经有两个月没见到廷克了,我甚至不知道他在哪里——我猜我的语气无意中流露出了些许尖锐,汉克吸了一口烟,饶有兴趣地盯着我。

——我们有过口角,我解释道。

——哦?

——这么说吧,我后来才发现,他不完全像他在我面前表现出来的那样。

——你呢?

——基本上表里如一。

——真是难得。

——至少我没有到处暗示说我一生下来就上常春藤名校。

汉克扔掉烟,踩灭,讥笑了一下。

——你错了,蜘蛛。可耻的不是泰迪假装常青藤毕业生,可耻的是从一开始这些无聊玩意儿竟能造成不同的结果。不要在意他是否会说五种语言,不要在意他是否会从开罗或刚果找到安全回家的路。他学到的东西是学校教不了的,那些人也许能打压那些知识,但肯定教不了。

——那是什么?

——惊奇。

——惊奇!

——没错。在城里任何人都能买一辆车或花钱和别人过一夜,我们大多数人像剥花生壳一样一天一天剥掉日子,能以惊奇的目光看世界的人万里挑一。我不是说对着克莱斯勒大厦目瞪口呆,我说的是蜻蜓的翅膀,擦鞋匠的故事,以一颗清澈之心走过清澈的时光。

——所以,他有小孩子一样的天真,我说。是这样吗?

他抓住我的小臂,好像我没听懂他的话,我的皮肤上留下他的手指印。

——我做孩子的时候,话语像孩子,心思像孩子,意念像孩子;既成了人……[1]

他放开我的手。

——……就有了更多的遗憾。

他扭头看向别处,又一次伸手去拿那支夹在耳后的烟,他抽过的。

——出什么事了?我问。

汉克以他独特的敏锐感看着我——他总在掂量是否应该屈尊回答别人的问题。

——出什么事了?我告诉你出了什么事:我们家老头子一点点失去了我们曾经拥有的一切。泰迪刚出生的时候,我们四个人住在一个有十四个房间的大屋子里,每年我们都会失去一个房间——然后搬到几条街外,离码头越来越近。在我十五岁那年,我们已经住到河边的公寓里了。

他伸出手,画了个四十五度角,好让我有个形象的理解。

——我母亲一心想让泰迪上我们曾祖父上过的预科学校——他是在波士顿倾茶事件[2]之前去的。于是她存了一些钱,梳好他的鬓

---

1 这段话引自《圣经·哥林多前书》13:11,后面还有半句,"就把孩子的事丢弃了"。
2 波士顿倾茶事件,又称波士顿茶党事件,是发生在1773年12月16日的政治示威。因对英殖民当局征收茶税及对东印度公司垄断茶叶贸易不满,波士顿当地居民扮成印第安人潜入港内英船,将船上大量茶叶倾入海内。事发后英国和北美殖民地间的冲突扩大,最终引起著名的美国独立战争。

发，想方设法让他上了学。然而泰迪上学第一年，才读到一半，她患癌症住院，我们家老头子找到了她藏起来的钱，就这样完了。

汉克摇摇头。你会觉得他很清楚什么时候该摇头，什么时候该点头。

——从那以后，泰迪好像一直努力要回到那个该死的预科学校。

一对高个子的黑人夫妇走过来，汉克双手放在口袋里，用下巴朝那个男的示意。

——喂，兄弟，有烟吗？

他语气唐突，不太友好，但那个黑人似乎没有介意，他给了汉克一支烟，甚至还帮他点火，并用他的大黑手护住火焰。汉克怀着敬意地看着黑人夫妇离去，好像对人类产生了新的希望。他转回身来，流着汗，像是得了疟疾。

——你叫凯蒂对吧？嘿，你手头有钱吗？

——我不知道。

我摸了摸迪奇的运动夹克，在口袋里找到一个钱夹，里面有几百元，我本想全部给汉克，但最终只给了他两张十元钞票。我从钱夹拿钱时，他下意识地舔了舔嘴唇，好像已经尝到了钞票会变成的东西。我把钱给他，他紧紧攥在手里，像在拧干一块海绵。

——回屋里吗？我问，其实我知道他不会。

他指了指东部贫民区的方向，一副收场的姿态，好像他知道我们再也不会见面了。

——五种语言？在他走之前我说道。

——是的，五种语言，而且他能用任何一种来对自己撒谎。

我、迪奇和所有人一直待到深夜，终于物有所值。刚过子夜，乐手夹着乐器开始进场，有些轮流上台，有些靠着墙，其他人坐在吧台旁，这样好募到钱。一点左右，包括三个小号手的一个八人乐队开始演奏比根舞曲。

后来，我们要走时，刚才在合唱组配合下吹萨克斯管的大个黑人在门口截住我，我努力掩饰着我的惊讶。

——你好，他带着低沉的八度音说。

——听到他的声音，我就知道他是谁了。他是除夕在"热点"表演的那个萨克斯管手。

——你是伊芙琳的好朋友，他说。

——没错，凯蒂。

——我们有一段时间没见到她了。

——她搬去洛杉矶了。

他深表理解地点点头，好像伊芙搬去洛杉矶，便走在了时代的前面。也许的确如此。

——那姑娘乐感很好。

他带着一种对常常被误解的人的欣赏说道。

——如果你见到她，告诉她我们都想她。

然后他回到酒吧里。

这件事让我笑了又笑。

一九三七年的那些夜晚，在伊芙的坚持下我们经常去爵士夜总会，她曾逼乐手们给她烟抽，我把这归因于她更浅层的冲动——她渴望摆脱中西部人的敏感，融入黑人文化中。没想到自始至终，伊芙琳·罗斯真的是个十足的爵士乐爱好者，对音乐的悟性高到她不在城里时乐手们都会想念她？

我追上外面的其他人，同时小声地发出感谢之祷，没有特别对谁。如果说某件事情揭开了一位不在场的老友令人赞叹的一面，那大概就是机会之神送出的最好礼物。

◆◆

关于纸飞机，迪奇并没有开玩笑。

从"斜屋"酒吧出来时已是深夜，第二天晚上我们都沉浸在纽约最美妙的奢华中：一个在家无所事事的周日之夜。迪奇打电话给厨房，叫了一盘绿茶三明治，他没有喝杜松子酒，而是打开一瓶自己调制的白葡萄酒。晚上出奇地暖和，我们在他家那个五平方米的大露台上聚餐，用一副望远镜俯览83街，自娱自乐。

正对面是83街东42号，二十楼正在举行一场沉闷的晚餐会，那些假装无所不知的人穿着便服轮流进行乏味的碰杯。与此同时，在44号十八楼，三个上了床的孩子轻轻关上灯，用被褥砌起堡垒，抓起枕头，开始上演《悲惨世界》里的一场巷战。在我们正对面46号的阁楼上，一个胖男人穿着艺伎的长袍，正在入神地弹奏斯坦威钢琴曲。对着草坪的露台门敞开着，透过周日朦胧的夜色，我们可以听到伤感的旋律：《蓝月亮》《意外的好处》《爱上爱》。胖男人闭着眼睛弹奏，前后摇摆，肉乎乎的手指优雅地在八度音阶和情感之间穿梭交错。

——我希望他弹《小可爱》,迪奇满怀期望地说。

——为什么不按铃呼叫那边的门卫,我建议道。请他转达你的请求?

迪奇竖起一根手指,表示有更好的主意。

他走进屋里,过了一会儿拿着一盒高级纸、笔、曲别针、胶带、尺子和圆规走了出来——把东西哗啦全倒在桌上,看他的表情像是怀有什么不寻常的意图。

我拿起一个圆规。

——你开玩笑吧?

他略带怒意地从我手中夺回圆规。

——才不是。

他坐下来,把工具排成一排,如同外科医生托盘上的手术刀一般。

——拿着,他递给我一沓纸,说。

他咬了一会儿铅笔上的橡皮,开始写:

亲爱的先生,

如果您愿意的话,请为我们弹奏一曲《小可爱》,难道这不是一个可爱的夜晚吗?

您发痴的邻居

我们飞快地点了二十首曲子,如《往事之一》《流浪贵妇》。然后,迪奇以《小可爱》打头，行动起来。

他往后捋了捋刘海，身子前倾，把圆规的一脚卡在有水印的那页右下角，熟练地画了一个弧形，接着以绘图员的精确，将圆规绕着笔尖转了一圈。为了画一个切线圆，他再次把圆规针插在纸中间，很快就画好了一系列圆圈和相互联系的弧形。他放下尺子，像航海家绘制一条通过桥梁的路线那样画了好几条线。蓝图完成后，他沿着一条条对角线开始对折，用指甲使劲地把折痕磨平。

迪奇工作时舌尖从齿间伸出来。四个月以来，这可能是我看到他闭口不言时间最长的一次，当然也是他独自努力工作时间最久的一次。迪奇给人带来的乐趣之一就是他经常从一个话题跳到另一个话题，像飓风中飞舞的麻雀。但此时他表现出的那种不自觉的专注，看着更像是一个拆弹专家；十分讨人喜欢。毕竟，心智正常的男人一般不会为了讨女人欢心而如此认真地折纸飞机。

——瞧[1]，终于他两手托着纸飞机说。

但要说我喜欢看迪奇工作的样子，那么我对他的气体力学知识就没多少信心了，这纸飞机和我见过的任何飞机都不像。当时的飞机是光滑的钛鼻子、圆圆的肚子，机身也如双臂交叉一样突出，而迪奇制作的飞机是一个悬臂式的三角形，负鼠一样的鼻子、孔雀一样的尾巴和窗帘褶皱一样的翅膀。

他轻倚阳台，舔了一下手指，把纸飞机举在空中。

---

1 原文为法语。

——六十五度,风速每小时半海里,能见度约三公里,这样的夜晚太适合飞行了。

对此大家没有争议。

——给,他把望远镜递给我说。

我笑了,把望远镜搁在大腿上。他太入神了,对我的笑没有反应。

——飞喽,他说。

他最后看了一眼自己的飞机,走向前,张开双臂,动作有如天鹅伸长脖子。

嗯,是这样的——迪奇制作的流线型三角形机身模仿的不是当时的飞机,却完全预见了未来的超音速飞机。飞机嗖地射出去,稳稳地朝 83 街飞行,沿着略微倾斜而平坦的平面飞了几秒,接着朝目标缓慢滑去。我夺过望远镜,过了一会儿才看见飞机,它顺着主气流朝南滑行,不易察觉地摇晃,然后下降,消失在 50 号十九楼阳台的阴影处——在我们目标的西边,隔了两个门牌号和三层楼。

——讨厌,迪奇恼火道。

他以父亲般的关怀转向我。

——别气馁。

——气馁?

我站起来,响亮地吻了他一下。我退回时,他笑道:

——继续干!

迪奇的纸飞机不是一架,而是五十架,有三折的、四折的、五折的，其中有些能接二连三地转身，按原路返回。创造了一般人认为不把纸撕成两半就不可能折成的机翼形状。有些飞机翅膀短平，鼻头尖尖，其他的有着如秃鹫一般的翅膀和窄窄的像是潜水艇模样的躯干，并以曲别针镇流。

我们把请求送过83街。我渐渐明白了，迪奇不仅精通飞机工程学，而且精通发射技术。依靠飞机的结构，他用力时大时小，斜面或向上或向下，只有在一千种天气状况下向83街进行过一千次单飞实验的专家才会具备这样的技能。

十点，那个沉闷的聚会结束了，年轻的革命者没关灯就睡着了，我们点的曲子中有四首降落到胖钢琴家的阳台上，但他并不知道（摇摇晃晃刷牙去了）。发射完最后一架飞机后，我们决定停工。迪奇弯腰去捡盛三明治的浅盘，他发现还有最后一张信纸，他站起来，往阳台外面看。

——等等，他说。

他弯下身子，十分潦草地写了一段话。他没有用什么工具，只是来回折叠信纸，折成一个更尖的飞机。他小心翼翼地瞄准目标，将飞机送出去，让它朝44号十八楼的托儿所飞去。在行进的过程中它似乎也在积聚力量，城市的灯光不停闪动，好像也在支持它，就像磷光鼓励夜泳者。飞机正正地飞进窗户，无声地降落在一道隔板上。

迪奇没让我看他写的东西，但我越过他肩头看到了。

我们的堡垒受到四面八方的攻击。

我们的弹药库存即将见底。

我们的生死握在你们手里。

署名为"彼得·潘",这再合适不过。

第二十三章

现在你看见了

纽约冬天的第一股寒风凛冽又无情。风一起,总会勾起父亲丝丝的俄罗斯乡愁,这时他便拿出烧水的铜壶煮起红茶,回忆起某年的十二月,那时暂时没有征兵,那时井水还没有冰冻,收成还有希望。出生在那样的地方并不算太糟糕,他说,如果你永远不必在那里生活的话。

我的窗子俯瞰后院,窗子弯曲得厉害,窗框和窗台间露出的大缝可以穿过一支铅笔。我用一条旧内裤堵上缝隙,把水壶架到炉子上,回忆起我自己的十二月,一阵敲门声打断了我的惆怅。

是安妮,她穿着灰色宽松长裤和淡蓝色衬衫。

——你好,凯瑟琳。

——你好,格兰汀夫人。

她笑了。

——我想是该这样叫我。

——周六下午我凭什么有这样的荣幸呢？

——好吧，我讨厌承认这个——但某些特定的时刻，我们都想寻求某个人的宽恕。而在这一刻，我想我也许该寻求你的宽恕。我把你放在了扮演傻瓜的位置，像我这样的女人不该这样对待像你这样的女人。

她就是这一点真好。

——我可以进来吗？

——当然，我说。

为什么不呢？说也说了，做也做了，我知道不能太过怨恨安妮，她没有滥用我的信任，也没有过于妥协。她是精明的曼哈顿人，认定了自己的需要，便花钱来满足这一需要。她以这种与众不同的方式买到一个年轻男人的欢心，这与她毫无愧意的沉着冷静无比合拍，这使她如此令人印象深刻。不过，看到她略为收敛还真是不错。

——想喝点儿什么？我问。

——上次我领教了。你在泡茶？正合我意。

我准备茶壶，她环顾屋里，她不像布莱斯仿佛在清点我的财产，她似乎对建筑风格更感兴趣：弯曲的地板，条纹状的裂缝，暴露在外的水管。

——我还小的时候，她说。我住的房子和这里很像，不远。

我真的吃了一惊。

——你吓了一跳吧？

——不是吓一跳，只是我觉得你生来就是有钱人。

——噢，曾经是的。我住在中央公园外，六岁时跟保姆住在下东区。我父母跟我瞎扯，说我父亲生病，其实很可能是他们的婚姻差不多破裂了。我猜父亲是花花公子一类的吧。

我扬起眉毛，她笑了笑。

——嗯，我知道，什么树结什么果。我母亲没把她这边家族的传统传给我。

我们沉默了片刻，这给了她一个很自然的机会来转换话题，可她继续说，也许冬天的第一股寒风让每个人都有点儿怀念那些他们曾经幸运逃离的日子吧。

——我还记得那天早上母亲带我到市中心，把我放到一辆马车里，带上满满一箱衣服——一半是我将来穿不上的。我们到了14街，那里到处都是叫卖的小贩、酒馆和运货的马车。母亲看到车水马龙让我兴奋不已，便答应我每周去看她时都可以经过14街，其实我整整一年也没再经过那街。

安妮举起茶杯要喝，又停了下来。

——刚想起来，她说。我以后再也没经过那条街。

她笑起来。

过了一会儿，我也笑起来。不管是好是坏，如果一个人对自己失去的笑得如此爽快，那她也就没有什么可在乎的了。

——其实，她继续道。因为你，重回14街已不单单是为了重温童年。

——还有什么目的?

——狄更斯。还记得六月那天你在广场宾馆跟踪我吗?你包里有他的一本小说,这勾起我一些温馨的回忆。我翻出一本破旧的《远大前程》,三十年来我从未翻开它,三天里我从头到尾一页一页地读完了。

——有何感想?

——当然很有意思,无论是人物、语言还是事件的转折发展都有意思,我得说,这一次这本书对我的吸引力有点儿像哈维夏姆小姐家的餐厅:充满节日氛围的房间久已尘封,仿佛狄更斯的世界被遗留在祭坛上。

接着,安妮渐渐充满诗意地谈起她对现代小说的喜欢——海明威、伍尔夫——我们喝了两杯茶。就在她待到快有过久之嫌时,她起身告辞。在门口,她最后看了屋里一眼。

——你知道,她说,仿佛这是刚刚冒出的念头。我在贝拉斯福德的公寓房就要荒废了,你干吗不要呢?

——噢,我可不能,安妮。

——为什么不呢?伍尔夫的《一间自己的房间》只说对了一半。那里有房间,有的是房间。我借你住一年吧,这是我求和的方式。

——谢谢,安妮,我住在这里挺开心的。

她伸手到包里掏出一把钥匙。

——给你。

钥匙拴在一个银环上,带着皮表带,颜色是夏日的肤色,是那么雅致。她把钥匙放在门边的一堆书上，抬起手，阻止我的反对。

——考虑一下。哪天午饭时去看一看，看大小合不合适。

我一把抓过钥匙，跟她到走廊里。

整件事让我不由得笑了。安妮·格兰汀无比精明、伶牙俐齿。先道歉，接下来是下东区童年的回忆，向感情不忠的家史致敬。假如她看完了狄更斯所有的作品只是为结出小小的糖霜，我也不会吃惊。

——你与众不同，安妮，我轻快地说。

她回头看着我，表情非常严肃。

——你才是真正的与众不同，凯瑟琳。一百个女人中有九十九个像你这样的出身，现在都在忙于做家务呢，我想你根本没有意识到自己有多么不平凡。

不管我怎么揣测安妮的用意，都没料到她会这么奉承我。我低头看地板，再抬起头，从她衣服敞开的地方能看见她白皙滑嫩的胸脯，她没有戴胸罩，我也没有来得及戴。我们目光相遇，她吻了吻我，我们都涂了口红，口红与口红触碰，带来一种不同寻常的刺激。她伸出右手搂着我，将我拢近一点儿，然后慢慢后退。

——找个时间再来跟踪我吧，她说。

她转身要走，我抓住她的手臂，把她转过来，拉近。在许多方面，她是我认识的最漂亮的女人。我们几乎鼻子贴鼻子，她张开嘴唇，我的手慢慢伸近她的裤子，把钥匙放进口袋里。

第二十四章

愿你的国降临[1]

这是十二月的第二个周六,我在东河那边一栋没有电梯的六层楼里,周围全是陌生人。

昨天下午,我在格林威治村巧遇弗兰,她满肚子新闻。她最终还是从马丁格尔太太那里搬了出去,和格鲁伯住在一起了。是在靠近弗莱布什的铁路公寓,从防火梯那里可以看到布鲁克林大桥。她双手捧着一个袋子,里面装满了新鲜的马苏里拉奶酪、橄榄、罐装土豆和其他在莫特街买来的食品——今天是格鲁伯的生日,她想为他做帕切利小牛肉。她甚至还带了一把铁锤,好像是她奶奶以前用过的,她要用铁锤捣肉。明天晚上他们会有一个聚会,我不得不答应去。

---

1 出自《圣经·马太福音》6:10。"愿你的国降临。愿你的旨意行在地上,如同行在天上。"

她穿牛仔裤和紧身毛衣，站着看上去有三米高。和格鲁伯住在新公寓里，还有一把锤小牛肉的锤子……

——你现在站在世界之巅了，我说，我是说真的。

她只是笑笑，拍拍我的肩膀。

——别瞎扯，凯蒂。

——我可是认真的。

——算是吧，她笑着说。

接着她似乎是担心冒犯了我，赶紧补充道，赶紧补充道。

——嘿，别误解我的意思，好话从不说出口，不过那并不是说好话不是胡扯！我很幸福，我想，但这不是全部，我们要结婚，格鲁伯要做油漆工，我会给他生五个孩子，喂到奶子垂下来。我等不及了！但是站在世界之巅？我想那更像是你能企及的——我估摸你很快也要走到这一步了。

这群人是朋友加熟人的大杂烩，有来自天主教泽西海岸区嚼口香糖的女孩，中间夹着一位来自阿斯托里亚，白天是诗人、晚上是看门人的家伙。有两位帕切利货运公司的小伙子，胳膊粗壮，他们俩的魂儿都被一个和埃玛·戈尔德曼[1]一样的充满感染力的女孩所吸引。所有人都穿裤子，擦肩接踵，笼罩在一片烟雾中。窗户大开，你可以看见有点儿头脑的宾客都挤到防火梯那儿，呼吸这晚秋的空

---

1 埃玛·戈尔德曼（Emma Goldman，1869—1940），俄裔美国人，她是20世纪早期非常活跃的激进派，不但是女权运动的支持者，也是男女平等的倡导者，是一位在年轻人中有很高知名度的无政府主义者。

气,从这里几乎能欣赏到大桥的全景。我们的女主人就坐那里,坐在防火梯的栏杆上,有点儿晃荡。她头戴贝雷帽,以邦尼·帕克的姿势夹着短烟。

一位泽西来的客人晚到了,跟在我后面进来,她看见卧室的墙壁,突然停下脚步。从地板到天花板挂着一系列霍珀[1]现实主义风格的人物画,画的是一些在衣帽间工作的姑娘,她们坐在柜台后面,低胸露脯,双眼迷离,百无聊赖,带着些许叛逆——似乎在挑战我们,认为我们也和她们一样双眼迷离,百无聊赖——她们中有些把头发扎到脑后,其他的则把头发塞到帽子里,但都是非常悦目的美人——画面一直延展到她们茄子色、银币般的乳晕。我猜这位迟到者此刻倒抽了一口冷气。事实上,你能看得出来,她是那种连自己高中好友的裸体造型都会令她害怕和嫉妒的人,她或许已经下决心要么明天就搬去纽约城,要么就永远不去。

在墙中央,格鲁伯那些衣帽间的女孩图围着一幅画,画的是百老汇一家影院的遮檐,出自汉克·格雷之手,是对斯图尔特·戴维斯风格的忏悔。我想,汉克很可能就在这里,我倒希望能亲眼看到他愤世嫉俗的身影。他本质上是一只豪猪,但拥有些许感性,令人深思。也许廷克是对的,我跟汉克很合拍。

这次聚会是地道的工人阶级口味,唯一出现的酒类就是啤酒,我看到的全是空瓶子。这些瓶子堆积在聚会者的脚下,像保龄球一样不时被踢来踢去,骨碌碌滚过硬木地板。我走过厨房外拥堵的过

---

1 爱德华·霍珀(Edward Hopper,1882—1967),美国画家,以其质朴和现实主义的风格而闻名,他最著名的作品是《夜游者》(*Nighthawks*)。

道，无意中看到一个金发女郎举着一瓶刚打开的酒，就像自由女神像举着火炬一般。

厨房无疑没有客厅那么热闹。中央是一个带水池的操作台，一个教授和一个女学生坐在一旁膝盖碰膝盖，正在亲密地窃窃私语。我朝靠后墙的冰箱走去，冰箱门前站着一个下巴发青的男人，他个子高大，鼻子尖尖，显得放荡不羁，有一点儿主人的架势，让人想起那个为法老守墓的狼人。

——嗨？

他盯着我看了我一秒，好像我惊扰了他的美梦。他如喜马拉雅山一般高。

——我以前见过你，他很肯定地说。

——真的吗？在哪儿？

——你是汉克的一个朋友，我在"斜屋"见过你。

我模糊记得他是那群像公共事业振兴署中的一个，坐在邻近的桌子旁。

——其实，我一直在找汉克，我说。他在这儿吗？

——这里？没有……

他上下打量我，用手指擦了擦下巴上的胡子楂儿。

——我想你没听说吧。

——听说什么？

他又盯了我一阵。

——他走了。

——走了？

——永远地走了。

我愣了好一阵。这种惊讶出现在我们面对无可回避的事实时,哪怕转瞬即逝,都会令我们不安。

——什么时候?我问道。

——大约一周前。

——出了什么事?

——怪就怪在这里。他领了几个月的失业救济金,后来发了一笔横财,不是五分钱的小财。你知道,是真正的大钱,足以让他东山再起的钱。用这些钱当砖头盖起一间屋子都行。可汉克拿了所有的钱,却胡乱挥霍。

"狼人"往四周看看,好像突然想起自己身处何地。他厌恶地挥了挥酒瓶。

——跟这个一点儿不像。

这个动作似乎提醒了他瓶子是空的。他把瓶子哐当扔进水槽里,又从冰箱里拿出一瓶,关门,靠在门上。

——是的,他继续道。这是件不小的事情,是汉克一手导演的。他有满口袋二十元的钞票,他叫年轻人出去给他买紫树蜜和松节油,还发放现钞呢。大约凌晨两点,他让大伙把他的画作拖到屋顶,堆在一起,泼上汽油,烧了。

"狼人"笑了,足有两秒。

——然后把大家全赶出去,那是我们最后一次见他。

他喝了一口酒,摇摇头。

——是吗啡吗?我问。

——什么吗啡呀?

——他吸食过量?

"狼人"突然笑起来,看着我,好像我疯了。

——他应征入伍了。

——应征入伍?

——参军了,重新穿起军装,第十三野战炮队,布拉格堡,坎伯兰县。

我听得稀里糊涂,转身想走。

——嘿,不来瓶啤酒吗?

他从冰箱里拿出一瓶啤酒,递给我,我不知道为什么要接过来,我真的不想再喝了。

——回见啊,他说。

他靠在冰箱上,闭上眼睛。

——喂,我又叫醒他。

——嗯?

——你知道它是怎么来的吗?我是说那笔横财。

——当然知道,他卖了一捆画。

——你开玩笑吧。

——我没有开玩笑。

——要是他能卖画,干吗要入伍?干吗烧了剩下的画呢?

——他卖的不是自己的作品,是他得到的斯图尔特·戴维斯的画。

我打开自己的家门,屋子像是没人住似的。它并不空荡,该有的摆设都有,但这几周我一直在迪奇那里过夜。这个地方慢慢地变得整齐、干净起来,水槽、垃圾桶总是空的,地板光亮,衣服叠好放在抽屉里,一排排书耐心地等在那里。这儿看上去像是一位几周前死去的鳏夫的房子,他的孩子把垃圾扔出去但还没有清除掉废渣。

那天晚上,迪奇和我本来是要碰头一起吃晚饭的。幸运的是,我在他出门前截住了他,告诉他我回到自己的住处打算收拾东西。显然,有什么事把我这个晚上的兴致给毁了,不过他没问是什么事。

在和我约会的人里,迪奇也许是第一个修养很好、不愿打探别人私事的人。而且我肯定欣赏这种个性,因为他远不是和我约会的最后一个人。

我倒了一杯杜松子酒,分量足以让我喝下去后,不会觉得这屋子有那么沉闷。我坐在父亲的安乐椅上。

我想"狼人"对汉克把钱挥霍在举办派对上有些惊讶,但也不难由此看出汉克来自哪里。不管那些钞票有多新,你都无法回避这个事实:卖掉斯图尔特·戴维斯的画作换钱,就等于重新分配安妮·格兰汀的财产,还有廷克的正直。汉克没有选择,只好对这笔钱弃若敝屣。

时间总有办法和我们的心开玩笑。回顾过去,一系列同时发生的事情似乎可以延展成一年,而整个季节可以在一夜之间化为乌有。

也许时间在和我开这种玩笑。就我记得的,我正坐在那里思忖着汉克的挥霍时,电话响了,是毕茜迟疑的声音,告诉我华莱士·沃尔科特死亡的消息,他是在圣特雷莎附近中弹身亡的。他在那里和一队共和党人守卫一个小山镇。

我接到电话时,他已经走了三周。我猜尸体是花了一些时间才被找到、确认,然后消息才传回国内的。

她还没讲完,我便谢她来电,把听筒放回原处。

杯子空了,我想喝水,可没法去倒水。我关上灯,坐在地板上,背靠着门。

◆

圣帕特里克大教堂位于第五大道和 50 街交接处,是十九世纪早期美国哥特式建筑的最佳典范。它的白色大理石来自纽约北部的采石场,墙壁足有一米厚,彩色玻璃窗由法国北部沙特尔的工匠制造,三个祭坛中有两个是蒂芙尼公司设计的,第三个则出自美第奇家族之手。位于东南角的《圣母怜子像》比米开朗琪罗的作品要大上两倍。事实上,整个建筑群是如此宏伟壮观,上帝若是要视察日常工作,他满可以忽略圣帕特里克大教堂,因为这里的信徒会把自己照顾得很好。

十二月十五日下午三点,天气暖和,温度回升。连续三个晚上,我一直和梅森忙于《中央公园西的秘密》这篇特写。一直忙到凌晨两三点,然后打车回家睡上几小时,洗个澡,换衣服,来不及想什么又跑回办公室——这种工作节奏对我来说没问题。但今天他坚持要我早点儿回家,我却在第五大道上漫步,走上大教堂的台阶。

每天的这个时候,四百张长凳中有三百九十六张是空的。我坐下,想胡思乱想一番,但做不到。

伊芙、汉克、华莱士。

突然,所有勇气十足的人都走了,一个接一个,他们曾经闪闪发光,然后消失,留下那些无法从欲望中解脱的人:就像安妮、廷克和我。

——我可以坐在这里吗?一个人彬彬有礼地问。

我有点儿恼火地抬起头来,心想位子这么多,还要挤我的位子。原来是迪奇。

——你在这儿干什么?我小声地说。

——忏悔?

他坐到我身旁,手不自觉地放在膝盖上,好像他还曾是顽皮孩子时被好好调教过。

——你是怎么找到我的?我问。

他目不转睛地看着祭坛,向右靠了靠。

——我顺道去你的办公室,想碰上你。你不在,我的计划泡了汤,一个戴猫石眼镜、长相严肃的家伙说,我或许会在附近的教堂碰到你,她说你有时会利用休息时间去教堂。

你不得不赞赏阿利。我从没跟她说过我喜欢上教堂,她也从没提起过她知道,不过她给了迪奇这个提示,也许这是第一个明确的预兆,预示我和她的友谊将会持续很久很久。

——你怎么知道我在哪个教堂?我问。

——分析,因为你不在其他那三个教堂。

我捏了捏迪奇的手,什么也没说。

迪奇研究过礼拜堂,他抬起头朝教堂天花板的深处望去。

——你知道伽利略吧?

——他发现世界是圆的。

迪奇惊奇地看着我。

——是吗?是他吗?这个发现肯定让我们乱了套!

——你指的难道不是他吗?

——我不知道。我想起伽利略这家伙,是因为他第一个提出钟摆摆动五十厘米和五厘米所花的时间是一样的,这解开了落地大座钟的奥秘。显然他是通过观察教堂天花板上枝形吊灯的来回摇摆得出这个发现的,他通过把脉来测算出摇摆的持续时间。

——不可思议。

——不是吗?就靠坐在教堂里。从我小时候知道这一点以后,神父布道时我就胡思乱想,可什么都没想出来。

我笑了。

——嘘,他说。

一位教士从一个小礼拜堂出来,跪下,画了个"十"字,走上圣坛,开始点燃祭坛上的蜡烛,为四点的弥撒做准备。他穿黑色长袍,迪奇看着他,一下变得容光焕发起来,好像获得了久已期盼的顿悟。

——你是天主教徒。

我又笑了。

——不是,我不是特别信教,不过我家属于俄罗斯东正教。

迪奇吹了声口哨,声音很大,那个教士回头看他。

——令人敬畏,他说。

——我不懂,不过在复活节,我们白天一整天斋戒,晚上会吃上一整夜。

迪奇像是在仔细考虑。

——这我可以做得到。

——我想你行。

我们沉默了片刻,他往右边靠了靠。

——我有好几天没见到你了。

——我知道。

——能告诉我出了什么事吗?

此刻我们四目相对。

——说来话长,迪奇。

——我们出去吧。

我们在冰冷的台阶上坐下,前臂支在膝盖上,我简洁地告诉他我在丽兹酒店对毕茜讲过的故事。

也许时间隔得更久些,也许是我更不自然了些,我发现自己在说这个故事时就像在讲述百老汇一出欢悦的闹剧,着力渲染它的巧合,它的出人意料:马场巧遇安妮!伊芙拒绝求婚!在"中国风"意外撞上安妮和廷克。

——这是最有意思的部分,我说。

我告诉他在书店里发现华盛顿的《社交及谈话礼仪守则》,告诉他我真傻，没想到那是廷克表演的剧本。为了说明，我连珠炮似的背出几条华盛顿的座右铭。

然而，不知是因为坐在十二月冰冷的教堂台阶上，还是因为调侃国父并不妥当，这番话没有取得幽默的效果。说到最后，我支吾起来。

——看来这不太好笑。我说。

——是的，迪奇说。

他突然变得严肃起来，双手紧握，低头盯着台阶，一言不发，这有点儿吓人。

——你想离开这里吗？我问。

——没有，没事，我们再待一会儿。

他一声不吭。

——你在想什么？我推了推他。

他开始在台阶上轻轻跺脚，这种烦躁有点儿一反常态。

——我在想什么？他自言自语。我在想什么？

迪奇吸气，呼气，想好了。

——我想或许你对廷克这个家伙有点儿过于苛刻。

他停止跺脚，注意力掠过第五大道，转向洛克菲勒中心前的阿特拉斯神像[1]，这尊装饰派风格时代的雕像举起了中心前面的一片天空。迪奇似乎不敢看我。

——廷克这个家伙，他说道——口气像是试图确认他对事实已了解清楚。他父亲拿他的学费来挥霍，他从预科学校被赶出去，他

---

1 阿特拉斯神，希腊神话中的擎天神，被宙斯降罪用双肩支撑苍天。

去工作，误打误撞遇到一位引路人，她引诱他来到纽约，许诺将他领进门。你们都是偶然相遇，他好像对你有意，可最终还是接受了你那位被运奶车撞伤的朋友，直到她抛弃他，后来他的哥哥似乎也抛弃了他……

我低着头。

——是这样吗？迪奇同情地问。

——是的，我说。

——在你知道所有这些情况之前，在知道所有关于安妮·格兰汀、福尔河、铁路股票和所有其他情况之前，你爱上了这个家伙。

——是的。

——所以我认为，现在的问题在于——先不管其他问题——你是不是还爱着他？

一朝与某人邂逅，擦出些许火花，你便觉得与对方相识了一辈子，这样的感觉有什么根据吗？几小时的谈话后，你就真的相信你们之间的关系如此不凡，超越了时间和惯例？果真如此，此人岂非拥有颠倒乾坤的能力，使你往后的时光变得完美？

所以先不管其他问题，迪奇以不可思议的超脱问道。你是不是还爱着他？

别说出来，凯蒂，看在上帝的分上，不要承认。站起来，吻一下这位鲁莽的家伙，要他以后再也不要提这个了。

——是的,我说。

是的——这个词应该令人欣喜若狂。是的,朱丽叶说。是的,爱洛伊丝[1]说。是的,是的,是的,莫莉·布卢姆[2]说。公开地宣布,坚定地声称,甜蜜地应允,可在这次谈话中,它却是毒药。

我几乎可以感受到他身体里某些东西正在消亡,消亡的是他给我留下过深刻印象的自信、果断、宽容。

——哦,他说。

在我头顶上,黑色翅膀的天使像沙漠之鸟在盘旋。

——……我不知道你这位朋友是真心追求、身体力行这些准则,还是只是简单地效仿,只为得到周围的人更高的认可,不过这真有什么区别吗?我是说,这些守则不是老乔治自己发明的,他是从其他地方抄来的,努力践行。这很令我震撼,我想我一次连其中的五六条都做不到。

我们一起注视那座肌肉线条夸张的雕像。尽管圣帕特里克大教堂我来过无数次,可直到那一刻才发现在所有的神当中,偏偏是阿特拉像矗立在街道的那一边,就在大教堂的正对面,你走出门外,门框勾勒出他高大的身躯,好像他在等你。

除了这座美国最大的教堂之一外,还有其他的教堂像这儿那样面对面地摆放雕像吗?阿特拉斯试图反叛奥林匹斯山诸神,因此被

---

1 爱洛伊丝,书信体小说《新爱洛伊丝》(*Julie ou la Nouvelle Héloïse*)中的人物,作者是启蒙时期法国著名作家让·卢梭(Jean-Jaques Rousseau, 1712—1778)的代表作。
2 莫莉·布卢姆,爱尔兰作家詹姆斯·乔伊斯(James Joyce, 1882—1941)的长篇小说《尤利西斯》(*Ulysses*)中的人物。

定罪永远肩扛天庭——这恰恰是傲慢与蛮力的化身。在圣帕特里克大教堂的阴影下是"圣母怜子像",它在身体上和精神上与阿特拉斯恰好相反——我们的救世主为了上帝的意愿牺牲了自己,他躺在圣母的腿上,虚弱、憔悴。

这两种世界观同时展现在这里,只有第五大道把它们隔开。它们面对面,直到天荒地老或曼哈顿的末日,哪一个先到都可以。

我看上去一定很伤心,因为迪奇轻轻拍了拍我的膝盖。

——假如我们只爱上那些最适合我们的人,他说,那么一开始就不会有那么多关于爱的纷扰了。

◆◆◆

安妮说过,在某些特定的时刻,我们都想寻求某个人的宽恕。我想她是对的。我穿过市区,知道自己在寻求谁。好几个月以来,我对别人说不知道他在哪里,现在,我突然很清楚该去哪里找他。

第二十五章

他生活的地方,他为何而活[1]

维特利货场在肉库区中心地段的甘涩特街,大型的黑色卡车乱七八糟地拥堵在路边,鹅卵石散发着淡淡的血腥味。这是挪亚方舟上可怕的一幕:卡车司机把车子开进卸货码头,形形色色的动物尸体成双成对地挂在货厢两侧:两头牛、两头猪、两头羊。正在休息的屠夫穿着血迹斑斑的围裙,在十二月的寒风中吸着烟,头顶上是巨大的舵形霓虹灯,这是汉克程式化的绘画风格。他们看着穿高跟鞋的我在鹅卵石上走来走去,那漠然的眼光和看从车上卸下来的肉没什么两样。

一个吸毒鬼穿着女人的大衣,在门廊里直点头,他的鼻子和下

---

1 原文为 Where He Lived and What He Lived For,系化用了《瓦尔登湖》第二章的标题 Where I Lived, and What I Lived For。

巴有疤,好像脸朝下摔倒过。在我的追问下,他说汉克住在七号,我就不必挨家挨户地敲门了。楼道又湿又窄,一个黑人老头拄着拐杖,正爬到二楼的一半,他爬到天堂的速度恐怕比爬到四楼的速度还快些。我从他身边经过,上到二楼,门虚掩。

既然发生了这一切,我想廷克现在的情绪肯定十分低沉。见鬼,在某一刻,我真希望看到他那样,但真到了惩罚他的时刻,我又觉得自己还没做好心理准备。

——您好?我推开门,冒昧地问。

"公寓"这个词好像用不上,还好,七号房有将近二十平方米,低矮的铁床上放着灰色的被褥——和囚室或兵营差不多。角落有个煤炉,窗子虽小,好歹还有。床下有几双鞋和一个空空的黄麻袋,除此之外,汉克的其他家产都没了。廷克的东西放在地板上,靠着墙:一个皮箱、捆成一卷的绒毛毯、一小摞书。

——他不在那儿。

我回头,那个黑人老头站在我身旁。

——你要是在找亨利先生的兄弟,他不在那儿。

黑人老头用拐杖指指天花板。

——他在屋顶上。

在屋顶上。汉克曾在那里烧了他自己的画——然后抛弃了纽约城,抛弃了他弟弟的生活方式。

我发现廷克坐在休眠的烟囱上,手搭着膝盖,望着哈得孙河,那里冰冷的灰色货轮沿着码头一字排开。看他的后背,他好像已经把自己生活的风帆安置在其中一条船上。

——嘿,我在他身后几步远处停下,叫了一声。

他闻声转过身来,站在那里——我马上发现自己又错了。他穿黑色毛衣,胡子刮得很干净,神态从容。廷克并非那么落魄。

——凯蒂!他惊喜地说。

本能地,他向前一步,却又停下来,制止了自己——仿佛在怀疑他有没有权利来个友好的拥抱。在某种意义上,他有。他的微笑一方面表示心照不宣的忏悔,另一方面又暗示他已准备接受甚至欢迎又一轮斥责。

——他们杀了华莱士,我说。好像我刚听到这个消息,还不敢相信。

——我知道,他说。

我张开双臂,他搂住我。

我们在屋顶上待了一两小时,坐在天窗边上,有一阵子只谈华莱士,然后一阵沉默。接着我为在咖啡店的行为道歉,但廷克摇摇头,说我那天了不起,明察秋毫,而那恰是他当时正需要的。

我们坐在那儿,灰尘落下,城市的华灯依次绽放,这情景恐怕连爱迪生都想象不到。大片的办公楼灯光一路亮起,然后是大桥的缆绳灯,接着是街灯、电影院的天棚、汽车的前灯、无线电高塔的信号灯——每一道光都意味着毫不犹豫、没有节制的大众心愿。

——汉克肯定会在这里待上几小时,廷克说。我叫过他搬家,搬去格林威治村有洗脸池的房子,但他就是不肯搬,说格林威治村太小资,不过我想他是为了这里的风景,和我们长大的地方一样。

一艘货轮拉响汽笛,廷克指了指它,似乎要验证自己的观点,我笑了,点点头。

……

——我想我还没有跟你说很多关于我在福尔河的生活,他说。

——是的。

——怎么变成这样的?人怎么会变得不再跟别人说起自己是从哪里来的?

——一点一点变的。

廷克点点头,回头朝码头那边望去。

——可笑的是,我喜欢那段生活——当时我们住在造船厂附近,邻居都是穷人。下课了,我们都跑到码头去。我们不知道领航的挣多少钱,但知道莫尔斯电码、指挥大型轮船航线的旗子,我们看见船员扛着粗呢袋子,走下跳板。那是我们所有人的梦想:长大后到商船上当船员。我们想乘着货轮远航到阿姆斯特丹、香港或秘鲁。

等你有了年纪再回头看大多数孩子的梦想,这些梦想之所以如此可爱,是因为它们遥不可及——这个想当海盗,那个想当公主,那个想当总统。但廷克说话的样子,会让你觉得他的远大梦想仍然触手可及,也许比以前更近了。

天色渐晚,我们回到汉克的屋里。廷克在楼道里问我要不要吃点儿什么，我说不饿，他看上去松了口气，我想这一年中我们吃餐馆已经吃腻了。

屋里没有椅子，我们面对面坐在两个翻倒的货箱上，一个是装洋葱的，一个是装酸橙的。

——杂志的事情进展如何？他热情地问。

在阿迪朗达克我跟他说过阿利、梅森·泰特和寻找创刊号封面特写的事。所以现在我告诉他我想到的采访看门人的主意，以及我们打开的一些天窗。不过，在汉克的寒舍里说这件事和在梅森·泰特的大轿车里说这件事，感觉截然不同，在这里似乎很不合适。

不过廷克喜欢听，和梅森的喜欢不同，不是因为这样做会剥去纽约光鲜的外表，廷克只是喜欢这个主意的聪明之处，喜欢这个主意所包含的人间喜剧——所有关于通奸、私生和非法获利的秘密，一直被严守的秘密——它们一直自由自在地漂过这个城市的表面，无人关注，就像小孩用登载头版新闻的报纸折成小船，放到中央公园的水塘里航行。不过最让廷克高兴的，是我提出的这个主意。

——我们活该如此，他笑着，摇了摇头，把自己列为保守秘密的那类人。

——没错。

我们止住笑声，我又告诉他一些从电梯操作员那里听来的趣事，可他打断我。

——是我给了她机会，凯蒂。

我们四目相对。

——从我遇到安妮的那一刻起,我就试图让她接纳我,我非常清楚她能为我做什么,以及我要付出什么样的代价。

——这还不是最糟的,廷克。

——我知道,我知道,我本该在咖啡厅或州北部就告诉你的,我本该在我们相遇的那个夜晚就告诉你一切的。

不知从什么时候起,廷克发现我盘起胳膊,捂着自己的身子。

——你冻坏了,他说。我真傻。

他跳起来,环视房间,他打开自己的毛毯,披到我肩上。

——我马上回来。

我听见他咚咚地跑下楼梯,面向街道的那扇门砰地关上。

我披着毯子,在地上跺脚、转圈。汉克描绘码头工人集会的画作摆在灰色被褥的中间,这说明廷克一直睡在地板上。我在廷克的皮箱前停下脚步,箱盖里有一排蓝丝口袋,大小不同,用途不同——一把发刷、一把修面刷、一把梳子——所有的袋子从前大概都带有廷克的首字母,如今一切都已不在。

我蹲下来看那一叠书,它们是从贝拉斯福德的书房里搬过来的,有他母亲送给他的华盛顿的《礼仪守则》,还有我在阿迪朗达克看见的那本《瓦尔登湖》,书角有些磨损,好像曾被放在背包里带着到处走——沿着羊肠小道登上矮松峰又下来,在第十大道上来来回回,在这间寒舍的楼道里上上下下。

廷克的脚步声在楼道上响起,我坐到他的箱子上。

他进门，用报纸裹着约两斤重的煤块。他在炉子前跪下，开始生火，像个童子军那样吹着火苗。

我暗自思忖，他总是在不得不集男孩与男人于一身的时候，最有魅力。

那天晚上，廷克从邻居家借来一条毛毯，在地上铺了两张床，相隔一米多——与我刚到时他在屋顶上与我保持的那段恰当的社交距离一样。我起得早一些，赶在上班前能回家冲个澡。晚上我回到他那里，他从洋葱箱子上一跃而起，好像已经等了我一整天。我们穿过第十大道，来到码头的小餐馆，蓝色的霓虹灯招牌上写着"通宵营业"。

这顿晚饭挺有意思。过了这么多年，我还记得在"21俱乐部"吃过的牡蛎，记得伊芙和廷克从棕榈滩回来后我们在贝拉斯福德喝的黑豆汤和雪利酒，记得和华莱士在中央公园吃蓝纹奶酪和咸肉时一起吃的沙拉。最棒的是，我还记得"美丽年代"的那只松露填馅鸡，但我忘了那顿晚餐我们一起吃了什么。

我只记得我们笑声不断。

突然，出于某种愚蠢的原因，我问他打算做什么。他变得严肃起来。

——通常，他说。我总是在想我不打算做什么。我想起在过去这几年里，我对已经发生的怀有歉意，对将来要发生的事感到害怕。这些心思挥之不去。我怀念已经失去的，期待没有得到的。所有这些想要和不想要使我精疲力竭，这一次，我想试试活在当下。

——你是打算让你的情人保持在两到三个就够了，而不是成百上千个？

——是的，他说。有兴趣吗？

——我的代价是什么？

——照梭罗说的，几乎一切。

——如果能在放弃前至少拥有一次一切，也还是不错的。

他笑笑。

——等你拥有了，我给你电话。

我们回到汉克的房间，廷克生起火，我们谈天说地一直到晚上——一件事的细节引出另一件事，又引出另一件，没完没了的追忆。我们就像在泛大西洋邮轮上交上朋友的两个年轻人，在船靠岸前迫不及待地交流见闻、见解和梦想。

他铺好床时依然留出了礼貌的距离，这一次我把自己的床移过去，直到两人变得亲密无间。

◆

第二天晚上，我回到甘涩特街时，他已经走了。

他没有带走那个精致的皮箱，箱子空空的，放在那摞书旁边，箱盖靠着墙。原来他把衣服塞进他哥哥的那个黄麻袋了。起初我很吃惊他把书留下了，仔细一看，他带走了那本又小又旧的《瓦尔登湖》。

炉膛冰冷,炉子上是廷克手写的字条,写在一张从书本中撕下的空白页上。

最亲爱的凯特:

你不知道过去这两个晚上看到你对我来说意味着什么。

不辞而别,隐瞒事实,将是我带走的唯一遗憾。

我很高兴看到你过得不错。我把自己的生活弄得一团糟,所以我清楚你能找到了自己的位置,这有多么好。

这糟糕的一年是我自己一手造成的,但即便是在最糟的时候,你总是让我得以瞥见生活的另一种可能。

我不知道要去什么地方,他这样作结:但无论我最终到达哪里,我都会在呼唤你的名字中开始每一天。似乎这样做,他会更忠实于自我。

然后是他的签名:廷克·格雷1910—?

我没有逗留,马上下楼,来到街上,一直走到第八大道才转回头。我走遍甘涩特街,沿着鹅卵石路返回,走上狭窄的楼梯,进入房间,抓起那幅码头工人集会的画和华盛顿的那本《礼仪守则》。有一天他会后悔丢下它们的,我期待以某种方式把这些东西归还给他。

你们有人会将我的这些行为解读为浪漫之举。其实在另一层面上，我回来拿廷克的这些东西是为了减轻某种负罪感。因为当我走进房间，看到里面空空如也时，尽管我在抵挡着失落感，但自我中纤细而有力的那部分却感到了某种解脱。

第二十六章

圣诞夜的昔日幽灵

十二月二十三日周五,我坐在厨房的餐桌旁,将九斤重的一大块火腿一片片切下,一边吃,一边就着酒瓶喝波旁威士忌,盘子旁是《哥谭镇》创刊号。梅森花了很长时间考虑封面,希望它引人注目、漂亮、机智、惊人,最重要的是,出人意料,因此只有三个模本候选:梅森的、艺术总监的和我的。

这是一张照片,一个裸体女人站在圣雷莫公寓大楼一个一米五高的模特儿后面,透过窗户可以看到她的肌肤,但窗帘有意拉上,让你看不到她身上更细致的部分。

我拿到了一个实物模型,因为那个形象是我的主意。

嗯,大概算是吧。

实际上，那是对我在现代艺术馆看到的勒内·马格利特[1]的一幅画作的某种变奏。梅森喜欢这个主意，还拿我的职业生涯来打赌，说我找不到一个女人愿意做模特儿。画面的设计让人看不到女人的脸，但假如十五楼的窗帘拉开，你就可以看见一对茄子色、银圆般的乳晕。

下午，梅森把我叫进办公室，让我坐下——自他雇用我之后，这样的事还没超过两次。答案揭晓，阿利的计划分毫不差——我们两个都将继续受雇一年。

我起身准备离开时，梅森向我祝贺，给了校样和实物模型，作为奖赏，他还将市长送给他的蜂蜜烤火腿奉送给我。我得知市长阁下热切的祝福写在金色的星形卡片上。我夹起火腿，走到门口时转过身来，感谢泰特先生。

——没必要谢，他专注于工作，头都没抬。这是你挣来的。

——那也要谢谢您给了我这个机会。

——如果是这个，那就谢推荐你的人吧。

——我会给帕里什先生打电话的。

梅森抬起头，奇怪地看着我。

——你最好搞清楚谁是你的朋友，康腾。不是帕里什推荐你，是安妮·格兰汀，是她一定要我雇你的。

我又喝了一大口威士忌。

我喝不了多少波旁威士忌，但在回家的路上还是买了一瓶，心

---

1 勒内·马格利特（René Magritte, 1898—1967），比利时画家，其超现实主义作品往往从意想不到的或令人难以置信的角度来描述普通事物。

想这配火腿很合适，确实如此。我还买了一棵小圣诞树放在窗户旁，没有装饰的树看起来有点儿孤独，于是我把市长放在火腿上的金色星星取下来，支在最高的枝叶顶上，然后舒服地坐下来，打开克里斯蒂夫人的新作《波洛圣诞探案记》。这是我十一月买的，特意留到今天晚上才看，可没等我开始读，就有人敲门。

我想人生一个不可改变的规律就是，每到年终，总爱总结这一年的大事小事。除了其他事情，一九三八年还有不断响起的敲门声。西部联盟电报公司的小伙子带着伊芙从伦敦发来的遥远的生日祝福来敲我的门，华莱士带着美酒和蜜月桥牌来敲我的门，还有侦探蒂尔森，还有布莱斯，还有安妮。

此时看来，这些敲门声中只有部分是受欢迎的，但我想我应该珍藏所有的敲门声，因为过不了几年，我就要住到有看门人的大楼里——一旦住进有看门人的大楼，就再也不会有人来敲门了。

今晚，来敲门的是一个穿着赫伯特·胡佛[1]式西服的年轻人，身材魁梧，爬楼爬得气喘吁吁，眉间夹着汗珠。

——康腾小姐？

——是的。

——凯瑟琳·康腾小姐？

——是呀。

---

1 赫伯特·胡佛（Herbert Hoover，1874—1964），美国第31任总统（1929—1933）。

他大大松了一口气。

——我叫奈尔斯·库柏斯韦特，海文利–宏德公司的律师。

——开玩笑吧，我笑道。

他有些吃惊。

——当然不是，康腾小姐。

——明白了，噢，一个律师在圣诞节前的周五来敲门，我希望我没惹上什么麻烦事。

——不，康腾小姐！您没惹上任何麻烦事。

他以年轻人的自信说道，可过了一会儿他补充道：

——至少海文利–宏德公司不知道您有什么麻烦事。

——库柏斯韦特先生，这真是一个深思熟虑的评价，我会记住的，我能帮您什么呢？

——您早前在黄页上登记的住址没有变，您在家里，这已经帮到我了。我是受人之托来的。

他伸手到门的边框后面，拿出一件长物什，用厚厚的白纸包裹，用圆点花纹丝带捆着，上面的标签写着：圣诞节前勿开。

——送来此物，他说。是遵从——

——某个叫华莱士·沃尔科特的人。

——是的。

他犹豫。

——这有些不同寻常，因为……

——因为沃尔科特先生已经辞世。

我们都沉默了。

——如果您不介意的话,康腾小姐,我看得出您很惊讶,我希望这惊讶没有令您不高兴。

——库柏斯韦特先生,要是我的门上有槲寄生[1],我会吻您的。

——噢,是的,我是说……不。

他偷偷瞄了一眼门框顶部,然后直起身子,比较正式地说:

——圣诞快乐,康腾小姐。

——圣诞快乐,库柏斯韦特先生。

我从来不会等到圣诞节早上才打开礼物。要是我在七月四日收到圣诞礼物,我也会在当天晚上就着烟花打开的[2]。我坐在安乐椅上,打开包裹,它等了那么久才来敲我的门。

是一支来复枪。我当时还不知道,这是一把一八九四年产的温切斯特连发步枪,是约翰·摩西·勃朗宁亲自主管的一家小公司生产的。枪托是胡桃木,象牙曲线,做工精致,涡卷形花纹的抛光黄铜枪身,一支可以带去参加婚礼的枪。

华莱士·沃尔科特确信礼物会及时送到,为此你不得不赞赏他。

我按华莱士教的,用掌心平衡地握住枪,枪的重量不超过四斤。我把枪收回来,看着空空的枪膛,合上,举起枪,与肩膀齐平,顺着枪管望过去,瞄准小圣诞树的顶端,市长的那颗星星被我正正射下来。

---

1 寄生于树上的植物,在英美常被用来做圣诞节时的装饰品,传说在其下接吻可带来一年的好运。
2 每年七月四日是美国国庆日,依惯例当晚上举国会放烟花庆祝。

十二月三十日

鸣笛前二十分钟,领班绕过来,要他们他妈的慢下来。

他们两人一组排成长长的队伍,正在用接力的方式从一艘加勒比海货轮上把一袋袋白糖搬运到"魔鬼之屋"码头的仓库里。他和人们称为"国王"的黑人站在队伍的前面。所以领班给了指令以后,"国王"重新设定了节奏:一二三钩,二二三抬,三二三转,四二三抛。

圣诞节后次日,拖轮工程师联合会继续罢工,没有向码头工人发出预告,也没有得到他们的支持。在下湾岸,离桑迪岬和微风角不远处,一队货轮在水里晃来晃去,等待靠岸。上上下下传的话是这么说的:大家耐心等待,如果老天开眼,在停靠码头的船卸完货前,罢工就会结束,他们可以让大家不受影响。

他清楚,自己是个新手,一旦他们开始裁员,他将第一个走人。本来就该如此。

"国王"确定的节奏恰到好处,让他感到手上、腿上、背上都有力气,每摆动一次钩子,力量如电流一样穿过他的身体。这种感觉久违了,就像晚饭前的饥饿,像睡觉前的疲惫。

这一节奏的另一好处是能留下一点儿聊天的空间。

(一二三钩。)

——你从哪里来的,国王?

——哈莱姆。

(二二三抬。)

——你在那儿住多久了?

——一辈子了。

(三二三转。)

——你在码头干多久了?

——久得不能再久了。

(四二三抛。)

——感觉怎么样?

——就像天堂,好人很多,不管闲事。

他对"国王"笑笑,又钩起一袋糖。他知道"国王"指的是什么。在福尔河也一样,一开始大家都不喜欢生人。公司在每雇一个人前,至少拒绝过二十个他的兄弟、叔伯或儿时的朋友,因此尽量少惹麻烦,这意味着扛好麻袋,闭上嘴巴。

笛声响起,大家便朝第十大道的酒吧走去,"国王"没去。

他也没去。他递给"国王"一支烟,他俩靠着板条箱吸烟,看着大家一个个离开,他们默默地吸烟,没有说话,吸完烟,把烟蒂扔出码头,两人朝大门走去。

他们走到货船和仓库之间,地上有一堆白糖,肯定有人用钩子钩烂了粗麻袋。"国王"在那堆糖旁边停下来,摇摇头。他跪下来,抓起满满一把,放到口袋里。

——来吧,他说。你也可以拿一些。要是不拿,只能喂老鼠了。

于是他蹲下,也抓了一些,白糖清透晶莹,他想把糖放在右边的口袋里,但突然想起来那个口袋破了个洞,于是把糖放到左边的口袋里。

他们走到门口,他问"国王"想不想散散步,"国王"朝高地那摆了摆头,他要回家看老婆和孩子。"国王"话从来不多,没那必要,你看得出来。

昨天收工后,他沿着码头朝南走,今天他朝北走。

夜幕降临,空气冷得刺骨,要是大衣里面穿了毛衣就好了。

第40街上面的码头直入哈得孙河最深的水域,与最大的大船并排。停泊在75号码头的一艘船将驶往阿根廷,它看上去像一座堡垒,灰暗阴沉、坚不可摧。他听说这条船在招船员,要是他攒够了钱的话,或许可以去应聘。他只希望船靠岸时可以下去逛一下,不过还会有其他机会跟其他船去其他地方。

77号码头上有一艘名叫"康纳德号"的远洋客轮,准备横跨大西洋。节礼日[1]那天,号角吹响,碎纸花从上甲板飘落码头——这

---

1 节礼日,原文 boxing day,指圣诞节次日,这天雇主应送礼物给雇员。

时，罢工的口号传到驾驶室。"康纳德号"把乘客打发回家，建议他们把行李箱放在船上，因为罢工今天肯定会结束。五天后，每个特等舱里都放好了燕尾服和晚礼服，外加马甲和装饰带，它们有如歌剧院阁楼里的服饰，在死一般的寂静中等待。

80号码头是哈得孙河上最长的码头，船坞里没有停船，它涌入河中，像新修的高速公路的首段路程一样。他在码头上从头走到尾，又从背包里拿出一支烟，用打火机点燃，咔嚓关上打火机，转过身，靠在一根桩子上。

从码头的尽头看过去，整个城市的天际线一览无余：纵横交错挤在一起的民房、仓库、摩天大楼从华盛顿一直绵延到巴特里。每栋楼的每家窗户的每盏灯似乎都闪烁着微光——它们的电力像是来自屋里的动物气息——来自争论和努力、奇想和思绪。不过在这一拼花图案中，在这里和那里，还有一些孤独的窗户，那里的灯光似乎更亮、也更持久——这些灯光是由那些沉着冷静、目标明确的少数人点亮的。

他踩灭烟头，决定在严寒中再待上一小会儿。

尽管寒风刺骨，但从这里看曼哈顿，它是如此非凡、如此奇妙、如此明确地充满希望——你只想用尽余生朝它走去，却永不抵达。

尾　声

中选甚少[1]

那是一九四〇年的最后一个夜晚,暴风雪来袭,不到一小时,曼哈顿街头就没有一辆车在行驶了,车子像巨石一样被埋在积雪里。不过现在,它们像倔强的开拓者,带着疲惫的意志爬行着。

我们八个人跳完舞,从大学俱乐部跌跌撞撞地出来。这次舞会在拥有超级豪华宫殿式天花板的二楼举行,起初我们并没有得到邀请。交响乐队的三十位成员一袭白色新衣步入一九四一年,其实这是已过时的盖伊·伦巴多[2]风格。我们不知道舞会有一个秘而不宣

1　出自本书开篇引用的那段《圣经·马太福音》:"因为被召的人多,选上的人少。"
2　盖伊·伦巴多(Guy Lombardo,1902—1977),加拿大裔美国乐队指挥、小提琴家。

的目的,就是为爱沙尼亚难民筹款。一个现代版的卡里·纳辛[1]与一位被驱逐的大使站在一起,摇着手中的锡罐。我们便朝门口走去。

出门时,毕茜顺手拿走了一个喇叭。她在做一小段令人印象深刻的表演的同时,我们挤在路灯下筹划行动路线。我们扫了一眼马路,知道不会有出租车来解救我们。卡特·希尔说他知道街角有一个理想的避风处,那里有吃有喝。于是在他的指引下,我们踏雪向西,姑娘们都没穿够衣服,我很幸运,裹了哈里森·哈考特的皮领大衣的一个袖子。

走到街的一半,一队人马迎面走来,朝我们扔雪球,毕茜高喊进攻,我们进行反击。

我们利用一个报刊亭和一个邮箱做掩护,像印第安人那样大喊大叫,把他们赶走了,可杰克"不小心"把毕茜推到雪堆里,于是姑娘们转而向小伙子发起进攻,似乎我们的新年宏愿就是重回到十岁那一年。

情况是这样的——对欧洲来说,一九三九年很有可能是战争的开始,但对美国来说则意味着大萧条的结束。欧洲人忙着搞吞并、谈判,我们则忙着投资钢铁厂,重组生产线,做好准备以应对全球的军火需求。一九四〇年十二月,法国沦陷,纳粹德国轰炸伦敦时,回到美国的欧文·柏林[2]正在观察圣诞树的树顶如何闪闪发

---

1 卡里·纳辛(Carry Nation, 1846—1911),美国禁酒运动的激进分子,在美国颁布禁酒令前常以涂鸦行为反对饮酒。
2 欧文·柏林(Irving Berlin, 1888—1989),俄裔美国歌曲作家,写了包括《亚历山大的爵士乐队》(*Alexander's Ragtime Band*)、《白色圣诞》(*White Christmas*)在内的1500多首歌曲,以及一些音乐喜剧。

光,小孩子如何倾听着雪地里的雪橇铃声。这就是我们与第二次世界大战的距离。

卡特说的离我们不远的藏身处原来要艰难行进十条街才能到。我们转进百老汇,从哈莱姆刮来的风咆哮着,吹起的雪花击打我们的后背。我用哈里的大衣包住头,靠别人拽着胳膊引路。我们来到餐馆,我连餐馆是什么样子都没看清。哈里引我下楼梯,一边把自己的大衣扯回去。哇,这是一个位于街区中间的大餐馆,供应意大利饭菜、意大利酒、意大利爵士乐,应有尽有。

午夜来了,又走了,地板上满是碎花纸,在餐馆参加新年倒计时的大部分狂欢者来了,也走了。

我们没等他们把碗碟收拾好,便跺鞋甩掉雪块,在吧台对面要了一张八人桌。我坐在毕茜旁边,卡特溜到我的右边坐下,哈里只能在对面找了个位子。杰克捡起前面顾客丢下的酒瓶,眯眼看还没有剩酒。

——我们需要酒,他说。

——太需要了,卡特对上一个服务生的视线,用意大利语说,大师!三瓶基安蒂红葡萄酒。

这位服务生有着贝拉·卢戈西[1]的粗眉大手,他闷闷不乐地打开酒瓶。

——不是性格开朗的那种,卡特评论道。

---

1 贝拉·卢戈西(Bela Lugosi,1882—1956),匈牙利裔的美国演员,在三四十年代主演了一系列恐怖电影。

这很难说，如同一九四〇年来到纽约的许多其他意大利人一样，也许他平日的开朗已被祖国的苦难淹没了。

卡特主动为大家点菜，接着以问大家在一九四〇年做的事情中哪件最棒而开启了最合时宜的话题。这让我有点儿想念迪奇，没人能像迪奇·旺德怀尔那样让一桌人高谈阔论起来。

有人滔滔不绝地谈起去古巴（"新的里维埃拉"）的旅行。卡特凑过来，在我耳边细语。

——一九四〇年你干的最糟的事是什么？

一块面包飞过桌子来，砸中他的脑袋。

——嘿，卡特抬起头来说。

要发现那是哈里干的，唯一的线索是他静静地坐着，嘴唇却微微上翘。我想向他使个眼色，但没有这样做，而是把面包扔了回去，他吓了一跳，正要如法炮制，这时服务生递给我一张折好的便条，字迹潦草，没有署名。

怎能忘记旧日朋友？

我正纳闷，服务员指了指吧台。一张高凳上坐着一位结实、帅气的军人，笑得有些不太礼貌。他打扮帅气，让我差点儿没认出来。但，千真万确，那是意志坚定的亨利·格雷。

怎能忘记旧日朋友，心中能不怀想？

有时，这似乎正是生活的意图。毕竟，就本质而言，生活就像一台离心机,每隔几年便旋转一轮,把相似的身体抛向截然不同的方向。一旦旋转停止,还没等我们缓过神来,生活又把新的思虑接二连三地抛向我们。即便我们想回顾走过的路,想重拾友情,又如何找得到时间呢?

一九三八年,四位风格各异、个性极强的人改变了我的生活,我心怀感激。现在是一九四〇年十二月三十一日,在一年多时间里,他们中的任何一个我都没再见到。

◆

一九三九年一月,迪奇终于被赶出家门。

纽约的沙龙舞季节刚结束,旺德怀尔先生终于受够了儿子放荡安逸的生活。眼看经济有复苏的迹象,他便把迪奇送到得克萨斯州一位老朋友的石油钻塔工作。旺德怀尔先生相信这能对迪奇产生"相当深刻"的影响。的确如此,只是不是旺德怀尔先生期望的那种。他的朋友碰巧有一个刁蛮的女儿,复活节回家度假,选中迪奇做舞伴。她返校后,迪奇想方设法向她求爱,却遭到拒绝。她解释说,和迪奇待在一起的那几周非常开心,不过从长远看,她知道自己要找一个更实在、更踏实而有抱负的人——也就是说像她爸爸那样的人。不久后,迪奇开始超时工作,一边申请入读哈佛商学院。

他将在一九四一年珍珠港事件发生六个月前获得学位。此后他应征入伍,在太平洋战争中表现出色,回来后娶了他的得克萨斯姑娘,生了三个孩子,在国务院工作。他常常把事情弄得一团糟,就像人们曾经评价过的那样。

伊芙·罗斯,她就这样踩着华尔兹的舞步走了。

自她去了洛杉矶后,我再一次得到她的消息是在一九三九年三月,姑娘们给了我一张照片,是从一本绯闻杂志上剪下的。照片里,在日落大道上的热带酒店外面,奥利维娅·德·哈维兰[1]粗鲁地推开一排记者。她挽着一位身材清秀、穿无袖裙、脸有疤痕的年轻女子。照片题为《乱世佳人》,说明文字指出,这位有疤女子是哈维兰的"闺蜜"。

我第二次听到伊芙的消息是在四月一日。凌晨两点,我接到一个长途电话,打电话的男子说他是洛杉矶警察局的一名侦探,很抱歉打扰我,他知道很晚了,但别无选择:一名年轻女子被人发现在贝弗利山庄大酒店的草地上,不省人事,她的口袋里有我的电话号码。

我吓了一跳。

我听见电话那头有伊芙的声音。

——她上钩了?

——当然上钩了,刑警说,露出了英国腔,就像鲑鱼咬假饵一样。

——给我!

——等一下!

---

1 奥利维娅·德·哈维兰(Olivia de Havilland,1916—2020),英裔美国电影演员,因电影《乱世佳人》中饰演梅兰尼一角而爆红,所获奖项包括两座金球奖、两座奥斯卡最佳女主角奖等。

两个人在抢电话。

——愚人节,男子喊道。

话筒被抢走。

——我们骗倒你了吗,姐们儿?

——你办到过吗?

伊芙哈哈大笑。

听到她的声音感觉不错。半小时里,我们说前道后,互诉近况,怀念我们在纽约城的美好时光。我问她是不是很快会回到东部,她说,对她来说,落基山脉还不够高。

华莱士,当然,被从我的生活中偷走了。

在与我共同度过一九三八年的四个人中,对我的日常生活影响最大的是华莱士,这是生活给我的一个小讽刺。因为在一九三九年春天,汗流浃背的奈尔斯·库柏斯韦特第二次拜访我。这次他带来了一个非同寻常的消息,华莱士·沃尔科特把我写入了他的遗嘱中。具体而言,他指定将一项隔代信托的红利转至我的名下,终生有效。这意味着我每年有八百美元的收入。即使在一九三九年,八百美元也不算是一笔巨款,但足以让我在接受任何男人的示爱之前可以三思而行。想想看,这对曼哈顿一个年近三十的姑娘来说,真是极大的幸运。

廷克·格雷呢?

我不知道廷克在哪儿,但在某种意义上我知道他成了什么样子。

他没再四处漂泊,而是找到了进入自由地带之路。不管是在育空雪山艰苦跋涉,还是在波利尼西亚大海里航行,廷克所在之处必定有着地平线一览无余的视野、蟋蟀声统领的寂静,当下高于一切,而那儿,完全不需要《社交及谈话礼仪守则》。

怎能忘记旧日朋友,心中能不怀想?若果真如此,那么舍我其谁。我走向吧台。

——凯蒂,是吗?

——你好,汉克,你气色不错啊。

他气色的确不错,比任何一个头脑清醒的人所期望的还要好。军旅生活的要求使他的五官和体格都饱满了起来,挺括的卡其布军服上的条杠表明他是个中士。

我象征性地做出脱帽致敬的动作,表示注意到了他的军衔。

——别劳神了,他轻松地笑了笑,说,它留不久的。

但我不那么肯定,他看上去像是还没在军队里展现最佳本领的样子。

他朝我们的桌子点点头。

——我看你又有新的朋友圈子了。

——有几个。

——肯定是。我欠你一次,请你喝一杯吧。

他自己点了啤酒,给我点了马提尼酒,好像他一直知道那是我喜欢的酒。我们碰杯,预祝一九四一年幸福。

——你在附近见过我弟弟吗?

——没有，我承认道。我有两年没见到他了。

——哦，我想这倒有些道理。

——你有他的消息吗？

——有时有，有时没有。我离开后有时会来纽约，我们会聚一聚。

这我倒没想到。

我喝了口酒。

他看着我，狡黠地笑笑。

——你没想到吧，他说。

——我不知道他在纽约。

——那他会在哪里？

——不知道。我只是想他辞职后会离开纽约的。

——没有，他一直在附近，在"魔鬼之屋"码头找了份工作，干了一阵子。此后他四处游荡，我们失去了联系，去年春天我在雷霍克的街上碰到他。

——他住哪儿？我问。

——不清楚，可能是海军造船厂附近的某间廉价屋吧。

我们俩沉默了一下。

——他现在怎么样？我问。

——你知道的，有点儿脏，有点儿瘦。

——不是，我是说他怎么样？

——噢，汉克笑道。你是说内心怎么样。

汉克的回答不假思索。

——他很快乐。

◆◆

育空山的白雪……波利尼西亚的大海……莫希干人的足迹……我想象廷克在这两年中定是畅游于这些异国他乡，没想到他一直在纽约。

为什么我会想象廷克畅游远方？我想这是因为伦敦、史蒂文森、库珀笔下那些杳无人烟的山川美景与他自孩提时就崭露头角的浪漫与感性颇为搭调，然而，当汉克说廷克就在纽约时，我马上意识到是自己希望他在远方，因为如果他是向往独自畅游蛮荒之地而离开，对我来说更容易接受。

得知这个消息，我百感交集。想到廷克混迹于曼哈顿的芸芸众生中，一无所有，却精神丰沛，我感到后悔和嫉妒，但也有一点儿骄傲，一点儿希望。

难道我们的人生之路彼此交叉不就是个时间问题吗？不管人们如何大肆喧闹，混淆视听，曼哈顿岛不就是二十公里长、四公里宽吗？

于是，在接下来的日子里，我一直睁大眼睛，在大街角落、在咖啡店寻找他的身影，想象回到家时会再次看见他出现在街对面的某个门口。

一周周过去，一月月过去，一年年过去，这一希望在消逝，这种消逝是缓慢的，但也是明确的，我不再奢望在人群中见到他。在雄心与所肩负之重任的洪流席卷下，我的日常生活充斥着幸运的遗忘——直到一九六六年，我终于与他再次邂逅，在现代艺术博物馆。

◆

　　我和维尔打车返回第五大道的公寓，厨师给我们留了些晚餐在炉子上，我们热菜，开了瓶波尔多葡萄酒，站在厨房里吃起来。

　　我想对大多数人来说，夫妻俩晚上九点在厨房里吃热好的剩饭剩菜，这种情景不太浪漫，但我和维尔经常在外面赴宴，能在自家厨房里站着吃饭，这是一周最开心的时刻。

　　维尔冲洗盘子，我朝卧室走去，走廊两边挂满了照片，从天花板到地板都是。平常我一晃而过，今晚我却一张张仔细观赏。

　　这些照片和华莱士家墙上的不同，这些不是四代同堂，它们全都拍于过去的二十年中，最早的是一九四七年我和维尔的正装照，看上去有点儿别扭。我们两人共同的熟人想把我们介绍给对方，但维尔打断他，说我们早就见过了，那是一九三八年在长岛，当时他开着车，在一曲《纽约之秋》的陪伴下送我进城。

　　在朋友的照片里，在巴黎、威尼斯、伦敦的假日照里，有几张和工作相关的：一九五五年二月那一期的《哥谭镇》封面，是我编辑的第一期；维尔与某位总统的握手照。我最喜欢的是我们两个在婚礼上搂着霍林斯沃思老先生的那张，当时他的妻子已经去世，他很快也将追随她而去。

　　维尔倒出最后一杯酒，发现我在过道里看照片。

　　——直觉告诉我你今天会晚一点睡，他把酒杯递给我，说，要陪一下？

——不，你去吧，我不会待太久的。

他眨眨眼，笑一笑，拍了拍那张在南安普顿沙滩拍的照片，当时我的头发多剪了两三厘米，没过久就拍了这张照片。他吻了我一下，进卧室去了。我回到客厅，来到露台上，空气清凉，华灯闪烁，帝国大厦旁不再有小飞机盘旋，但看到它，你仍会心生希望：我希望过，我希望着，我仍希望。

我点燃一支烟，把火柴从肩上往后扔，以求好运，心想：纽约可不是把人搅得面目全非吗？

把人生比作随时可以改变行进路线的漫游之旅似乎是陈词滥调——智者说，我们只要轻轻打一下方向盘，就会影响事件的进程，进而以新的同伴、新的环境和新的发现来改变我们的命运。但对我们大多数人来说，生活并非如此。我们往往只有几个短暂的阶段才拥有少许的选择机会，我选择这份工作还是那份工作？是待在芝加哥还是待在纽约？是加入这个朋友圈还是那个朋友圈？夜深了，我跟谁一起回家？现在是时候要小孩了吗？晚一点儿？还是再晚一点儿？

这样看来，生活不像是旅行，倒更像打蜜月桥牌。二十岁时，我们的日子还很长，你尽可以有一百次犹豫不决，一百次异想天开，一百次重新选择——我们拿起一张牌，当即就得决定是保留这一张丢掉另一张，还是丢掉第一张保留第二张。还没等我们弄清楚，牌已经打完，而我们刚才所做的决定将影响到我们未来几十年的生活。

听起来似乎比我原本预想的更悲观。

生活未必一定要为你提供什么选择，生活从一开始就轻而易举地划定你的行程，通过各种既粗野又细腻的技巧把你限制在既定的轨道上。如果有一年你可以有选择，从而改变你的境遇、你的品性、你的人生轨迹，那也不过是上帝的恩典。你不可能不为之付出代价。

我爱维尔，我爱我的工作，我爱我的纽约。毫无疑问，这些对我来说都是正确的选择，同时我也清楚，这些所谓正确的选择也说明了生活让你失去了什么。

◆

回到一九三八年十二月，我独自待在甘涩特街的那间小屋里，已经把自己这一辈子和梅森·泰特和上东区挂上钩。我站在廷克的空箱子和冰冷的煤炉旁，读着他写下的承诺，那就是在呼唤我的名字中开始每一天。

有那么一阵子，我想我也那样做了——我在呼唤他的名字中开始每一天。正如他想象的那样，这有助于我保持方向感，在波涛汹涌的大海上保持正确的航线。

然而，像许多其他事情一样，这个习惯渐渐被生活挤到一边——起先变得断断续续，然后很少，最后完全消失于时间的洪流中。

将近三十年后，站在阳台上俯瞰中央公园，我没有因为自己懈怠了这一晨间练习而惩罚自己。我太清楚生活中烦乱与诱惑的本质——我们的希望和壮志一点点接近实现,要求我们专心致志,努力将缥缈重塑为有形之物,将承诺重塑为妥协。

不,我不打算因为在过去这么多年没有呼唤廷克的名字而对自己过于苛责,但第二天早晨,我醒来时他的名字就在我的唇间,此后的许多个早晨都是如此。

附 录

少年乔治·华盛顿的《社交及谈话礼仪守则》

1. 与人相处,言谈举止须尊重在场的人。

2. 与人相处,手不可乱放,不可指手画脚。

3. 勿向朋友展示任何可能让他受惊吓之物。

4. 在他人面前,不可独自哼唱,不可用手或脚打拍子。

5. 咳嗽、打喷嚏、叹气或打哈欠不可大声,需悄悄进行;打哈欠时不可说话,需用手绢或手捂嘴并把头扭到一边。

6. 他人说话时勿打瞌睡;他人站立时勿要坐下;应沉默时勿开口;他人停步时勿继续前行。

7. 不可当众脱衣,衣冠不整不可出房。

8. 娱乐或烤火时,主动让位给新到者,不大声喧哗,此为懂礼。

9. 不可往壁炉里吐痰，不可屈身烤火，亦不能伸手就火取暖，如火前有肉，不可将双脚放置火上取暖。

10. 坐相须端庄，双脚保持平放，不可交叉或跷二郎腿。

11. 在他人面前身子不可乱晃，亦不可啃咬指甲。

12. 不可摇头晃脑，不可摆腿抖脚，不可乱翻白眼，一边眉毛不可高于另一边眉毛，不可歪斜嘴巴；说话时如离他人很近，当心唾沫会溅到他人脸上。

13. 不可当他人之面捉杀跳蚤、虱子等害虫；若发现朋友之衣上有唾沫或污渍，应悄悄擦掉；若朋友帮你擦掉，则应道谢。

14. 说话时不可背对他人；他人读书写字时不可碰撞桌子，也不可倚靠在他人身上。

15. 保持指甲短而清洁，保持手、齿清洁，但关注程度适可而止。

16. 不可鼓脸颊，不可伸舌舔手、胡子，不可噘嘴咬唇，嘴不可张太大或太小。

17. 不可拍马逢迎，既不要乐于奉承他人，也不要乐于受人奉承。

18. 不可当众读信、读书或读文章，必要时须告退；除非受人所求提供个人意见，否则不可偷窥他人的书籍或书稿；除非应人所求，否则他人在写信时不可偷看一字。

19. 表情和悦，但在严肃场合要神情肃穆。

20. 身体姿态与所谈话题保持一致。

21. 不要责备别人天生的缺陷，也不要因此欣喜地一直念念不忘。

22. 即便是你的敌人，亦不可对他幸灾乐祸。

23. 看到罪有应得，内心或许高兴不已，但要对受苦的罪犯表示怜悯。

24. 不要对任何公开的奇观大笑不止。

25. 在社交礼仪中，要避免虚情假意和过度恭维，但在有必要的场合，也不能对此完全忽略。

26. 对贵族、大法官、传教士等显贵可脱帽致敬，依礼貌习俗和对方人品适当鞠躬以表尊敬。不要期望你的同辈主动打招呼，摘下帽子，不需矫揉造作，敬酒、答礼之语保持最常见的习俗即可。

27. 着帽与身份高于自己之人寒暄属失礼之举，急于戴帽亦如此，需等对方先戴帽，或第二次请你戴帽时再戴。得体的交谈、就座同样重要，典礼就座时举止无度会惹麻烦。

28. 就座时，若有人前来搭讪，即使对方是下级也要站起来；安排座位时，须符合各人身份。

29. 迎面碰到上级，尤其是在门口或是笔直的通道，要停足、后退，让对方先过。

30. 在大多数国家，并排走路时，以右为尊，如表示尊敬，请走左边；三人行，尊者行于中间；若两人沿墙而行，让尊者靠墙而行。

31. 一个人即使在年龄、财产或荣誉上都远超他人，也应在家里或别处给地位低于自己者一个位子，而不应排斥他，但也无必要一而再、再而三地坚持。

32. 在住所，让主位给地位相等或相仿之人，而对方应首先婉拒，再请之后，可先表示歉意，然后接受。

33. 有身份者或就高职者在各个方面都拥有优先权，若他们年轻，则应尊重在出身或其他方面与自己平等之人，哪怕这些人没有公职。

34. 与人谈话时，应先让他人开口，尤其是与地位高于自己者说话时，绝不可先开口。

35. 与商人谈话应简短而全面。

36. 劳动者及地位低下之人不必对上流社会人物有过多的繁文缛节，给予深深的敬意即可。相反，居高位之人应对他们亲切有礼，不可傲慢无礼。

37. 跟高位者交谈，不可俯身，不可直盯对方，也不可离他太近，至少保持一步之遥。

38. 探望病人，如果自己不是医生，切忌越俎代庖。

39. 写信或与人交谈，称呼其头衔要依据其地位和习俗。

40. 不可与上司争辩，而要谦虚地表达自己的观点。

41. 不可对同事指手画脚，如此有傲慢之嫌。

42. 交谈时，礼仪要符合对方之身份，将乡下人和国王同样对待是十分可笑的。

43. 在病人或痛苦之人面前不可面露喜悦，因为情感之反差会加重他人之痛苦。

44. 如果一个人已经尽其所能，即使失败，也不要责备他。

45. 向他人提出建议或批评时，要考虑是当众还是私下提出，是现在提出还是另找时间提出。此外，注意措辞，在批评他人时，不要面露愤怒，口气应委婉温和。

46. 无论何时何地，对于他人的责备表示感谢；若无过错，寻适当的时间和地点让对方知晓。

47. 对大事要事，不可嘲笑或讥讽；不可开尖刻的玩笑；如要说幽默或诙谐的话，首先要控制自己不笑。

48. 如想谴责别人，自己须一身清白，因为榜样比规则更具说服力。

49. 勿用责备的口吻谈论任何人，也不可诅咒或辱骂他人。

50. 不要轻信贬低他人的传言。

51. 不要穿有异味，有破洞或有灰尘的衣服，至少每天要检查衣服是否洗刷干净，注意不要接触脏物。

52. 穿着朴素，追求自然而非为他人所艳羡。遵循地位相仿者的时尚，看时间与场合表现礼貌和整洁。

53. 不可在街上奔跑，步行不可太慢；走路时不可张嘴、甩胳膊，不可用脚踢土或用脚尖走路，亦不可手舞足蹈。

54. 不可学孔雀过于炫耀。环顾四周，注意自己衣着是否得体，鞋袜是否整洁，衣服是否漂亮。

55. 不可在街上吃东西，也不在屋里吃不合时令之物。

56. 如果你看重自己的名声，一定要与品德高尚之人交往。与其近墨者黑，不如守身独处。

57. 与地位高于自己之人同时上楼或下楼，应让出右位，他不停步，不可停步；不可先于他转身，若要转身，应面朝对方。与高位之人同行，不可肩并肩，而是稍后一点儿，保持的距离以便于他与你交谈为宜。

58. 说话时不可心怀恶意或妒忌，这是一种柔顺且值得褒奖之天性。无论遇到何种愤恨之事，都要保持理智。

59. 在下属面前永不说有失体面的话，也不做违反道德戒律的事。

60. 不可不怀好意地鼓动朋友去探听他人之秘密。

61. 不可在严肃者或有学问者面前谈论低级或肤浅之事；不可在无知者面前提及难理解的深奥话题或故弄玄虚，也不要在你的上级或同级面前自我吹嘘。

62. 欢娱或用餐时不可提及哀伤之事，不可谈及死亡、受伤等悲伤之事；如别人提及，则当尽力岔开话题。只对自己的密友谈论自己的梦想。

63. 不可评述自己的成就，或以智者自居，更不可说自己家财万贯或与富人为亲。

64. 不开无法令人享受的玩笑，不可不分场合地大笑，切忌幸灾乐祸，即使有理由如此。

65. 无论是开玩笑还是郑重其事，说话不可伤害他人。不可嘲笑他人的痛楚，哪怕他们确有可笑之处。

66. 待人切忌鲁莽，应友好、礼貌；主动问候，主动回礼，应说话时，不要沉思不语。

67. 不可贬低他人，亦不可颐指气使。

68. 不去陌生之地，不去无法确定是否受欢迎之地。若未被请求,切莫好为人师。若受人之请,话要简短。

69. 两人争论,不可随意表明立场。在无关紧要的问题上要随大溜,不必坚持己见。

70. 不可责备他人的缺点,只有父母、先生和上司才有此权力。

71. 不可紧盯他人的缺点不放,亦不可对此刨根问底,只和朋友交流之事不可对他人言说。

72. 与他人相处时要讲母语,忌用对方不知道的外语;在这一点上要向高雅之士看齐,勿向粗俗者学习,认真对待庄重之事。

73. 讲话要三思,发音要准确,不可急于开口,言辞要有序,思路要清晰。

74. 认真倾听他人之言,不可干扰其他听众。若说话者言词犹豫,不必帮助他亦不必催促他,除非他希望如此;待讲话结束时方才提问。

75. 他人谈话时不可插嘴问在谈什么。如你知道因你出现而使谈话中断,应礼貌地恳请对方继续。若你在谈话时,恰逢高位者出现,则应重复所谈之事,此为有礼。

76. 与他人交谈,不可手指对方,也不可离对方太近,尤其不要过于贴近对方的脸。

77. 有事商谈应选好时机,不可在他人面前交头接耳。

78. 不可随意比较他人;如果赞扬某人英勇无畏,不要用同样的话来赞扬另一个人。

79. 消息如难确认是否属实,不可轻易告诉他人。谈论听说之事不可提及他人姓名,亦不可揭露他人秘密。

80. 交谈或阐述个人观点切忌单调乏味,冗长啰唆,除非听众乐于如此。

81. 不要好奇他人之事,也不要在他人窃窃私语时靠近。

82. 不做无把握之事,注意遵守诺言。

83. 对某事发表言论时,无论相关之人多么鲁莽,不可感情用事或轻下断言。

84. 上司与他人说话时,不可偷听,不可插话,不可发笑。

85. 与高位者相处,在被提问时才说话,此时应挺身直立,摘下帽子,简明作答。

86. 发生争论时,不要急于战胜对方,也不要让所有人随意发表见解。要听取主流意见的评判,尤其当这些人有权判决时。

87. 与他人交谈,要沉着镇定,认真倾听,不可处处反驳他人。

88. 谈话切忌单调乏味,不可离题太多,亦不可重复太多。

89. 不可恶意攻击不在场之人,如此有失公允。

90. 就餐时不可撕咬肉块,不可吐痰、咳嗽,不可擤鼻子,除非迫不得已。

91. 不可对所吃食物表现出过分的兴趣,亦不可食相贪婪;切面包要用刀,不要将身体倚在桌上,不要挑食。

92. 不可用沾油的刀取盐或切面包。

93. 招待客人用餐,有肉食才有礼数,不要随意帮客人夹菜。

94. 用面包蘸果酱时,面包大小以一次进嘴为宜。不可在餐桌上用嘴吹冷热汤，待汤变凉后再喝。

95. 不可用刀将肉送进嘴里；不可把果核吐在盘子里，也不可将任何东西扔于餐桌下。

96. 吃肉时不可俯身过度；手指保持清洁，如果脏了，可用餐巾一角擦拭。

97. 吃东西时，一口一口地吃，不可狼吞虎咽。

98. 嘴里有食物时不可喝东西或交谈；喝东西时不可东张西望。

99. 喝东西速度适宜，不可过慢或过快。喝的前后都要擦嘴；喝东西时大声呼吸或声音太大都有失礼节。

100. 不可用桌布、餐巾、刀或叉清理牙齿，如果他人需要，可让其使用牙签。

101. 他人在场时不可漱口。

102. 用餐时，不要频频邀他人用食，也不需每次喝酒时都敬他人酒。

103. 与长辈一起用餐，时间不可超过对方。只可把手放于桌上，不可将手臂也放于桌上。

104. 多人同时用餐，地位最高者先打开餐巾，先开始用肉食，但他应及时开始，灵活掌控节奏，以便让动作最慢者也可尽情享用。

105. 吃饭时无论发生什么，不可生气。若情之有理，也需以愉快的表情来表达，尤其有陌生人在场，只有心情好，才能尽情享用美餐。

106. 不可在餐桌上居于上座，除非实至名归或应主人之请，此时不可过于谦让，以免给在场之人带来不快。

107. 用餐时他人谈话需注意听，吃肉时不可说话。

108. 谈及上帝时需显庄重并满怀敬意。即便父母贫穷，也应尊敬并服从他们。

109. 娱乐活动需积极向上，不可无聊邪恶。

110. 努力让胸中那称为良知的小小圣火长明不熄。

（终）

鸣 谢

首先，感谢我的妻子和孩子、我的父母、兄弟姐妹及其他亲友，是他们给了我无穷无尽的欢乐和支持。同时，我要感谢阿尔恩特先生、布里顿先生、洛宁先生和希罗先生，在过去的十五年里他们是我不同寻常的同事和朋友。我还要感谢我的亲密伙伴和其他读者，如安·布拉谢尔、戴夫·吉尔伯特、希拉里·雷伊尔，还有莎拉·伯恩斯、皮特·麦凯伯和杰瑞米·明迪奇，他们给我提供了非常有价值的反馈。此外，我还要特别感谢珍妮弗·沃尔什、多利安·卡莫、感谢威廉·莫里斯、保罗·斯洛伐克的团队，感谢维京的团队，以及塞伯特的约卡斯塔·汉密尔顿，他们都为这部作品的问世提供了很大的帮助。同样的感谢给予从运河街到联合广场的那些杰出的咖啡商以及丹尼梅尔和基思麦克纳利的机构，是他们给我提供了那么好的活动场所。

最后，我要感谢我的奶奶和外婆，感谢她们的热情大方；感谢彼得·马西森，感谢他很早就给予我信心，正是这种信心让我与众不同；感谢迪克·贝克，感谢他给我做出模范，他在智力上的好奇心和自律一直是我看齐的目标；感谢迪伦，是他创造了让几代人都受益的灵感，正是他让我有了意外登陆纽约的机会。